胡映泉 著

故事演绎

海峡出版发行集团
海峡文艺出版社

图书在版编目(CIP)数据

故事演绎/胡映泉著. — 福州:海峡文艺出版社,
2021.3(2021.9 重印)
ISBN 978-7-5550-2577-1

Ⅰ.①故… Ⅱ.①胡…… Ⅲ.①散文集－中国－
当代 Ⅳ.①I267

中国版本图书馆 CIP 数据核字(2021)第 031778 号

故事演绎

胡映泉 著

责任编辑	谢　曦
编辑助理	吴瑶华
出版发行	海峡文艺出版社
经　　销	福建新华发行(集团)有限责任公司
社　　址	福州市东水路 76 号 14 层　　邮编　350001
发 行 部	0591－87536797
印　　刷	福建省金盾彩色印刷有限公司　邮编　350007
厂　　址	福州市仓山区浦上工业园 D 区 24 座
开　　本	890 毫米×1240 毫米　1/32
字　　数	300 千字
印　　张	11.375
版　　次	2021 年 3 月第 1 版
印　　次	2021 年 9 月第 2 次印刷
书　　号	ISBN 978-7-5550-2577-1
定　　价	48.00 元

如发现印装质量问题,请寄承印厂调换

目录

故事演绎

乌鸦喝水

　　这是我在小学上过的一篇课文，也是我印象最深的课文之一。这故事老师并未过多讲解，只给我们念了一遍，我们就大体知道其意思了。以前我们那边很少有乌鸦，我很久以后到了北方才见到了很多乌鸦。然而，处在我们这样一个汉语文化圈中，乌鸦即便未曾见过也曾听过，对它也是十分熟稔的，知道乌鸦长着一身黑色的羽毛，天下乌鸦一般黑，知道乌鸦"哇哇"的叫声很是难听，是不吉利的象征。而"乌鸦喝水"却是少有的讲乌鸦好话的故事。一只乌鸦口渴了，看到地上有一瓶水，想喝嘴却够不着，于是就去衔来一枚石子丢进瓶里，一枚不够就再来一枚……这样水就慢慢满上来了，它顺利地喝到了水。这是一则寓言，告诉了我们一个道理，即在生活中遇到各种困难时都要开动脑筋想一想，寻找到一个对策，从而使问题迎刃而解。

　　我们人类之所以高于一般的动物，就在于我们大脑的容量大、智商高，懂得制造和使用工具，从而对大自然进行改造，使其更好地为我们服务。我们人类聪明还表现在遇到各种困难时能想出各种办法予以克服，而不是束手无策，也不是仅仅产生一种本能的反应。在困难面前越能拿出主意的人，就越能得到他人的肯定和欣赏，人们都喜欢心灵手巧、聪明能干的人，而不是笨手笨脚、头脑简单的人。同时，一个人在困难面前越能想出主意，越能破解各种难题，就越有成就感和价值感。一个很聪明、很有

3

主意的人就是所谓的"智多星"，诸葛亮就是典型的一位，他料事如神、足智多谋，无论多大的困难都难不倒他，他可以"草船借箭"，可以唱"空城计"，简直达到了出神入化的境界。我们也不必纠缠这类事迹的真假与否，只要知道世界上就有这样的人，我们应该多向他们学习就对了。

我们只要有一个正常的智商，遇到困难总会想出办法的，只是有的人想得快些，有的人想得慢些，有的人想得好些，有的人想得差些，谁都不必过于自卑。据科学家的研究，人大脑的潜能是十分巨大的，我们常人其实都只开发出其中的一小部分，可以想见，只要我们充分发挥自己的聪明才智，许多困难都是不在话下的，没有过不去的坎还真不是一句戏言。但这必须建立在一个基础之上，即我们必须勤于动脑、善于动脑。讲到勤快时，人们通常只从手脚勤快的角度去理解，即把它单纯理解为体力劳动，而忽略了还有一个头脑是否勤快的问题，脑力劳动也是需要讲究勤快二字的。做什么事情时间久了就会熟能生巧，变得越做越会做，所以用人单位招聘时通常是有工作经验者优先。同样的道理，头脑也是越使越好使，勤于动脑的结果不是脑细胞又死了多少，而是大脑得到了更好的开发，人变得更具有聪明才智了。但用脑也往往是十分费力劳神的，人们常用绞尽脑汁、苦思冥想等来形容用脑的辛苦程度，人们想问题时通常会紧皱着眉头，因而在许多情况下，人们往往会懒得去想。要使自己变得聪明起来，也并无捷径可走，首先需要克服的是自己的惰性。

我这人向来比别人笨了一些，遇到事情反应总是比别人慢半拍，别人已经恍然大悟了，自己还不明就里地愣在那里。高中时，有一次就要到元旦了，数学老师下课时说今年就讲到这里，剩下的明年再讲。我和同桌听了好生纳闷，怎么今年讲不完还要等到明年再讲？过了一会儿才恍然大悟，原来明天就是明年了。当需要解决什么问题时，我也常常束手无策，而别人很快就能拿出主意了，我就很佩服他们，同时又觉得自己实在太笨了。我也很想改变这种状况，使自己也变得聪明起来，但又苦于没有大的长进。我曾经认为自己天生就是这么笨了，因而变得有些自卑起来。但后来我又慢慢发现，有些时候自己也是可以想出办法的，并且还能想在别人的前面，这证明自己也并不比别人笨多少。有一次我跟一个工友拆除一个废旧的暖气炉。临到最后，我往上一撬，炉子拼着的铁块倾倒了下来，往旁边的煤气管挤压过去。工友赶忙用脚挡在了那里，生怕碰坏了煤气管。正当他站在那里投鼠忌器，想拆炉子又怕碰坏管道之际，我急中生智起来，从这堆铁块的中间往上撬，从而既减轻了两头的压力，又使铁块变得松散起来，得以一块块地搬开。我们很快就完成了任务，并顺利地排除了一处险情。只要做一个有心人，遇到困难时冷静下来多想一想，很多时候都会峰回路转、柳暗花明的。

出主意、想办法不仅表现在一些具体的事情上，也表现在重大的人生方向选择上。著名作家柳青说过，人生的道路虽然漫长，但紧要处往往只有几步，特别是在人年轻的时候。对于这紧要的几步，人们要是做出了正确的选择，就会走上一条坦途，就容易取得事业上的成功，从而实现人生的目标，而要是没有做出正确的选择，就会走上一条歧路。可以说，就这紧要的几步决定了人生的成败。我自己也经历过几次重大的人生抉择，每次都能从自身的所长、追求以及外界所提供的条件出发，进行反复的思索，从长远考虑，然后做出自己的选择。我不敢自诩已经取得多大的成功，但至少在人生方向上未曾做出错误的选择，同时也充分利用外界所提供的一些有利条件，刻苦、踏实地追求自己的事业，做了一些事情，在一定程度上实现了自己的人生目标。

一个人是如此，一个国家、一个民族又何尝不是如此呢？改革开放前的三十年间，虽然我们的经济建设在某些方面也取得了巨大成就，但仍然没有使经济长足发展起来，国家长期处于一种短缺经济状态，人民过着一种紧日子，这是很少有人能够否认的事实。这一严峻的事实促使人们头脑冷静下来，认真地思索一番我们的问题到底出在哪里，如何才能使经济更好地发展起来，使人民的生活更好地得到提高。人们深切地感受到，我们过去长期坚持的那种模式是十分僵化的，必须进行改革，引入市场竞争的机制，从而调动起人们的积极性，提高经济发展的活力。同时，我们与发达国家的差距不断拉大的事实也促使人们头脑清醒过来，认识到我们不能再走过去那种关起门来搞建设的老路，而必须虚心学习发达国家反映社会化生产规律的先进经验，积极引起外资和技术，大力拓展贸易往来，充分利用国际市场发展我们的经济。于是才有了 1978 年底召开的十一届三中全会，才有了把工作重心转移到经济建设上来，实行改革开放的重大决策，才有了我们后来经济社会的快速发展，从而一举改变了国家面貌，也改变了世界格局。而所有这一切，都要建立在人们解放思想、开动脑筋的基础上。

2020 年 1 月 19 日

报春的燕子

我读小学一年级时有一篇课文，讲的是春天来了，燕子从南方飞回来了，它们从田野上轻快地掠过，张开的翅膀像剪刀似的，飞行的姿影优美极了。进入三月后，万物经过一个冬天的蛰伏，开始苏醒过来了，青草开始吐绿，鲜花开始绽放，而这时可爱的燕子也从过冬的地方飞回来了，它们带来了春天的讯息，所以是报春的燕子。这时，农人也开始春耕了，他们在广阔的田野上忙碌着。一年之计在于春，只有把春耕的活计安排好了，将来才能得到更好的收成。课文还配有一幅彩色的插图：田野上有溪流、马路，还有电线杆，几只燕子轻快地从上面掠过，一派热闹祥和的景象。春天是播种的季节，充满了生活的希望，人们都喜欢春天，所以顺带着也喜欢上报春的燕子。当我们在课堂上琅琅地读起这篇课文时，在我的脑海中这个画面似乎活了起来，仿佛看到了和煦的春风在吹拂着，农人们在辛勤地耕作着，燕子们在欢快地飞翔着。学过的课文许多都已经淡忘了，但春天里燕子掠过田野这一画面却经久不忘，这仿佛在不时地提示着我，要劳动才有收获，美好的生活是通过辛勤的劳动换来的。可爱的燕子似乎在无声地对我说，每天都要早起做事，不要好逸恶劳，只有劳动才是有意义的，也才是有希望的。

即使在阴雨连绵的天气，燕子也会飞出去觅食，在野外细密的雨丝中掠过,为了它们自己,更为了嗷嗷待哺的儿女。这也不免令人联想到了农人,他们即使在下雨天,也仍然要披着蓑衣、戴着竹笠来到田里耕作,农时是耽误不得的,况且春天下起雨来往往都要接连下几天,不能因为下雨就钻进温暖的被窝,而必须挽起裤管,踩进还有些冰冷刺骨的田里,开始一天的劳作。这时,田野上空翩跹飞过一只两只的燕子,想必是出来觅食的,或者嘴里衔着一只虫子要飞回去了。可以想见,这会与农人在田里劳作的情景构成一幅多么美妙的图画!

我们这里地处南方,春天里燕子是从比我们更南的地方飞来的。许多人家的屋檐下或者厅堂上都有燕子的窝巢,在人们的心目中,燕子是一种吉祥的鸟儿,是从南海观音那里飞来的使者,屋主们都十分欢迎它们前来筑巢。同时,巢里燕子妈妈哺育小燕子的那种浓浓的"儿女亲情"和"天伦之乐",也使人们喜爱燕子前来安家。燕子妈妈飞出去后,几只小燕子在巢里安静地等着它回来。它们才看到妈妈的身影就齐刷刷地探出小脑袋,把嘴巴张得大大的,"叽叽喳喳"地叫个不停。妈妈把衔回的虫子放进其中一只的嘴里,看了看然后又飞出去了。小燕子叽喳一阵后又安静下来了,它们从不你争我抢,因为它们相信自己的妈妈都是一视同仁的,不会落下哪一个。此情此景,着实会让人感到一种温馨和可爱。主人每天早早地就把门打开了,让燕子出去觅食,晚上要等它们都落窝之后才把门关上,活像一家人一样。一对燕子夫妇看中了一个地方,就会一点一点衔来柴草和泥巴,渐渐就做成了一个窝巢,于是就在这里安家落户、生儿育女了。燕子不像麻鹊那样叽叽喳喳地叫个没完,平时显得比较安静,叫起来声音也比较清脆悦耳,因而人们并不觉得它们嘈杂,相反还会感觉热闹，叽喳的叫声使屋子显得更有人气了。不知什么时候，几只雏燕就孵化出来了，上面多了些稚嫩的吱吱声。它们的身子十分小巧玲珑，在上面探头探脑的，羽毛是青黑色的，脖子下又有一道白，而腹部又是白的，看上去煞是可爱，尤其在我们这些小孩眼里。在妈妈的精心哺育下，它们渐渐长大了，也跟随出去学着觅食和生存了。冬天来了，燕子都飞到温暖的南方去过冬了，但它们明年还会再回来，不论来的是新朋还是旧友。

因为这可爱的燕子，还产生了一首脍炙人口的儿歌，歌词是这样的："小燕子，穿花衣，年年春天来这里，我问燕子你为啥来？燕子说：'这里的春天最美丽！'小燕子，告诉你，今年这里更美丽，我们盖起了大工厂，装上了新机器，欢迎你，长期住在这里。"大概很少人未听过这首儿歌吧，它以一种舒缓、轻快的旋律，把春天充满希望的景象描绘了出来，也把社会蓬勃向上的状态呈现了出来。在这里，人们是快乐的、礼貌的、辛勤的，生活充满了一种祥和的氛围，人与自然也充满了一种和谐的关系，人们生产生活的面貌是积极向上的。但这样的生活需要通过我们的双手才能创造出来，需要合理地调节各种的社会关系。要是人间充满了各种不公和不义，人们的欲望不加节制，生产又无法步入正轨，社会就会进入一种耗散、紊乱和萧条的状态，明年燕子回来时也许连家园都找不到了，还会说这里的春天最美丽吗？人们通过燕子，寄托着一种美好的希望。

小孩听着这些儿歌长大，会使心地变得更加纯真，对社会产生一种善意。长大后他们也许会渐渐感受到社会的复杂，会在一定程度上感到生活欺骗了我，但我们仍然没有理由否定它们，因为它们会培育起人们心中的一种理想，倘若没有理想之光的指引，社会就会更加地下行。大人的心灵也许已经被生活的风沙磨砺得十分粗糙了，但为我们的未来计，我们也需要多陪着小孩听听这样的儿歌，从而把他们导引到向善之途，也使自己的心田变得更加滋润和柔软。

2020 年 1 月 20 日

坐井观天

　　"坐井观天"的故事我不记得是在小学几年级的课文学的。故事十分生动有趣：一只青蛙蹲在井底，一只小鸟飞到井沿上，说天很大，自己飞了很久才飞到这里。青蛙不相信，说自己天天坐在井里看天，天只有井口这么大。故事还配有一张插图，有一口古井，一只青蛙蹲在井底，鼓着两只大眼往上看，井沿停着一只小鸟，它们正在激烈地辩论着。井里幽深而又狭小，而井外是无边无际的天空。画面十分惟妙惟肖，把故事的含义生动地表现出来，给我留下更深印象的是这幅图画而不是课文。这只青蛙自己没见过世面，却以为世界就是它所见到的那样，因而"井底之蛙"就用来形容那些缺少见识却又自以为是、可笑不自量的人。这个故事似乎没什么难懂的，但我早先也只懂个大概而已，后来随着阅历的增长，才一点一点地读懂其中蕴含的哲理。

　　我的家乡位于一个山窝之中，在我家斜对面的不远处有一座又高又陡的山。在我们小孩的视线里，它似乎高不可攀，直插云霄，只觉得那山顶已经离天穹很近了。天气晴好的时候，蓝天下一朵朵蓬松的白云低垂着，似乎就要触到山顶了，这时有人站在山顶上，那云朵就触手可及，至多拿一根竹就足以捅到，平时可望而不可即的云朵可以尽情地触摸了，那真是一种神仙般的体验！可惜我那时人还小，无从上去体验这般美妙的感觉。后来我长大了，终于爬到了山顶，发现云朵离我们还远着呢，就跟我们从山下看到的一般。我这个故事与课本里的《坐井观天》何其相似乃尔。人的成长有一个过程，人的认识也有一个过程，起初的坐井观天也是难以避免的，重要的是我们要有一颗开放的心，不断地扩大我们的眼界，提高我们的认知。

事非经过不知难，许多事情看似轻而易举，只有亲自尝试了才会知道到底有多难。我小时候看别人骑自行车，轻轻一踩就脚不沾地地飞驰起来，显得十分轻松、自若，全不当一回事似的，心里真是羡慕极了。同时，我又天真地认为，这又有何难，等我长大了也去学，似乎世界上最容易的事情就是骑自行车了。我还对哥哥们说，骑自行车有啥不会的，车往左边斜就往右边摆，往右边斜就往左边摆。后来我读到初中，让二哥教我骑车。人上了车后就开始六神无主了，要往前蹬却发现车子一点也不听使唤，车往一边倒，想摆过来却更倒下去了，急得满头大汗起来。后来能骑上一段了，但车又开始倒了，想摆过来却不知如何下手，稀里哗啦连人带车倒在了地上。

许多事情我们看到的往往只是一些表面现象，其真实状况如何也许并不真正知晓。我刚上大学时，一个系领导在迎新会上对我们说，你们跟一些老生在一起时要注意，他们往往会对你们说，我看透了这个学校。其实他们并没有看透，有许多东西他们并没有看出来。他的其他话我都忘记了，唯独这句话记得牢牢的，但也并不十分理解其中的深意，后来也是毕业很久后，才结合自己的阅历慢慢理解了。那时，有的学生整天无所事事的，十分空虚地打发着日子。老师在课堂也基本上都在念讲义，让学生在下面做做笔记。有的学生临到考试了才把笔记拿出来突击一番，考完后就把这些知识都还给了老师。但也有老师是真正以学术为业的，他们兢兢业业地做着学问，具有很高的学术造诣，并且又好为人师，对教书育人投入了很大热情。他们传授给我们许多新鲜的知识，给我们许多思想上的启发，极大地打开了我们的眼界。学生也不都是得过且过的，有些人根据自己的兴趣和特长，借助大学所提供的各种有利条件，不断地充实着自己，锻炼着自己，以后就成了各个领域的重要人才。

最能说明问题的，莫过于求知了。学海无涯、学无止境，这道理我们老早就懂得，懂得知识是学不完的，我们要像海绵一样不断地吸收知识的营养，但要真正吃透它们却是不那么容易的。学习大体上都要经历这些阶段：刚开始往往倍感新鲜，很有学习的劲头，但学了一星半点之后就容易产生一种自满，以为已经学到家了，已经无所不知、无所不晓了。我大四时受一位老师的启发，变得求知若渴起来。但书读了几年之后，就开始感到已经读得够多了，已经把许多社会问题都看透了。后来我冷静下来想想，才知道这纯粹是一种幻觉，许多问题自以为弄懂了其实并不了了，都只知其一而不知其二，只知其表而不知其里，何况还有许多问题就连浅尝辄止都谈不上，想想真是汗颜无地啊！学习越是深入，就会越感到知识的无穷，就会越感到自己的不足，还有更多的知识需要我们去学习。在知识的海洋面前，我们需要永远保持一颗谦卑的心。

青蛙要看到天真正有多大，就必须从井里跳出来。这无疑是最要紧的，但这是否就一定能收到效果呢？其实也未必。对于孤陋寡闻的人而言，扩大他们的见闻可以有效地改变他们的认知，但有时人们会对事实真相视而不见、充耳不闻的。倘若戴着一副有色眼镜，人们看到的仍然是一个经过过滤的世界，而不是世界的真实状态。真相真相，只要不是我所想要的真相，任你怎么摆事实讲道理，也不会打动我的心的。我到国外后发现，许多从国

13

内出去的年轻人与在国内的年轻人在观念上仍然是高度重合的。按理说他们到了外面，所接触的信息渠道与国内有很大不同了，从而会使他们的观念得到很大的改变，可这样的事情并没有发生。在偏见的左右下，人们对于外界的信息会进行选择性地接受，事实和逻辑都会显得十分苍白无力。青蛙跳出井外了，但价值观念还是陈旧的一套，所看到的仍然是一个扭曲的世界。它们的身上还背着一个井，所以叫"背井蛙"。

2020 年 3 月

寒号鸟

"哆啰嗦，哆啰嗦，寒风冻死我，明天起来垒窝"。这大约是我小学一年级读过的关于寒号鸟的故事，读起来很有一种节奏感，琅琅上口的，意思也很贴近我们的日常生活，从而就在脑海里留下了深刻印象。这故事讲的是有一种鸟住在河边的崖缝里。冬天来了，夜里起了寒风，它感到了寒冷，想到明天要起来垒窝，以抵御寒风，度过这严寒的冬天。但第二天太阳出来了，气温开始回升，天气变得暖洋洋起来，它又像往常那样该干吗就干吗，而把垒窝这件事忘到了脑后。天气挺暖和的，昨晚也许只是一时的降温，现在还不急着垒窝，过一段时间再说吧。又到晚上了，寒风又呼呼地刮了起来，而且比前一天晚上来得更急了。它更加感受到了寒风的威力，在崖缝里瑟瑟发抖着，心想再不垒窝不行了，明天起来要去把柴草衔回来，给自己垒一个温暖的窝，不再受这在寒风中受冻之苦。但第二天起来后，它又遇到了更加可心的事情，又把垒窝这件事给忘了。晚上又到了，寒风又起了，来得比昨晚更加猛烈，一阵紧似一阵的，刮在身上像刀割似的疼。它紧紧地裹着翅膀，以多挤出一点热量来，仍然无济于事，风不断地从外面灌进来，彻骨的寒冷从脚底直往身上钻。它还想着明天起来就垒窝，但头脑已经越来越不听使唤。它慢慢趴了下去，脑子开始迷糊起来，身体渐渐失去了知觉。第二天早上，当其他的鸟儿纷纷从自己的窝巢飞出来时，发现它已经冻死

15

在了崖缝里。

我当年读这篇课文时，似乎能够感受到冬天河边那种寒风呼啸的厉害。在冬天里，我们一家人一到晚上就钻进被窝里抱团取暖，同时还要把门窗捂得严严实实的，寒号鸟在寒风中发哆嗦的情形是可以感同身受的，尤其在河边的崖缝里，到了冬天更是冷得如同冰窖一般。而寒号鸟明天起来就垒窝却一直未能垒成，这也很符合我们的人性特点——我们身上都是有惰性的，事情能拖一天就拖一天，只要未到火烧眉毛的地步就不加理睬，总认为事情到时候自然会得到解决的，车到山前必有路，船到桥头自然直。我看到这个故事分明就是看到了一个人，寓言其实就是在讲人的故事。

然而，一味地拖延最后总是要拖出不利结果的，一味地得过且过最后总是会难以为继的。明日复明日，明日何其多，事情一直拖着，只能使情况不断恶化，意识到严重性时往往为时已晚，不可挽回了。许多疾病开头也只是有些小恙，似乎并无什么大碍，但倘若不加重视，防患于未然，就会一步步酿成大病，以至病入膏肓，就是神医亦无力回天了。扁鹊去见蔡桓公，指出他有轻微的病症需要治疗，他非但不接受，还认为"医之好治不病以为功"，喜欢把没病的当作有病治，从而邀功请赏。他一次次听不进扁鹊的忠告，最后就不治身亡了。"千里之堤，毁于蚁穴"。堤坝的蚁穴最初也是很不起眼的，但倘若不加重视，及时把隐患排除，就会日益严重起来，发生洪水时就会产生一个个的漏洞，形成"管涌"的现象，从而使堤坝一溃千里。

为了避免这种不利后果，我们事先就要做好必要的准备，哪怕提前和充分一些也好，以做到有备无患。"未雨绸缪"这个成语，讲的就是趁着天还未下雨就把房屋门窗修缮好，这样下起雨来就可以安然无恙，而不是平时不作修缮，等雨要下来时才变得手忙脚乱起来。我小时每到秋天，就会看到天气晴好时，大人们把柜子里的棉被、大衣等拿出来晒上一番。我心想现在为时尚早，并不需要这些过冬的衣被，因而感到有些不解。实际上他们所做的正是"未雨绸缪"，把久已不用的衣被拿到大太阳下晒晒，不但可以把上面的细菌杀掉，还使它们变得松软起来，到时候要是天气骤变，就可以直接拿出来用上，而不至于挨冻或者把未经晒过的衣被也拿出来用。

成语"居安思危"讲的也是这个道理。在情况尚好的时候就要使自己保持一个清醒的头脑，看看还有哪些不足需要改进，还有哪些隐患需要排除，甚至还有哪些危机需要应对，而不是认为可以高枕无忧，在一派歌舞升平中忘乎所以，思想麻痹大意起来，从而使潜在的隐患逐渐暴露出来，危机逐渐酿成大祸。尤其到了日新月异、竞争性很强的现代社会，人们更是必须具备这种意识。在这样的社会，人们犹如逆水行舟，不进则退，不及时学习新知和更新观念，很快就会变得落伍，不能有效应对社会带来的挑战，就很容易遭到淘汰。

一个人是如此，一个企业、一个国家也是如此。一篇曾在社会上广为流传的文章《华为的冬天》，讲的就是当华为集团2000财年销售额达220亿元，利润以29亿元位居全国电子行业百强首位的时候，总裁任正非大谈公司正面临的危机和失败，俨然一场华为的冬天正在到来。正是凭着这种很强的危机和忧患意识，重视在发展过程中遇到什么挑战，存在什么隐患，不断提高自身的实力和市场竞争的本领，华为公司才一步步发展壮大起来，成为国际IT行业的龙头企业。一个国家面对的情况更加复杂，更是必须具备这种意识，必须及时发现社会发展中出现的各种问题，并找到解决这些问题的有效对策，才能使社会长治久安，而不是一味陶醉于既有的成功，在各种社会问题和挑战面前背过身去。

2020 年 4 月 20 日

小猫种鱼

小学一年级时有一篇课文讲的是小猫种鱼的故事，文字部分我没多大印象了，但所配的图画却让人印象深刻，以至时间过了很久也还会记得这个故事。这故事讲的是一只小猫看见农民把玉米种子种进地里，到秋天后收获了很多玉米，把花生种子种进地里，到秋天后也收获了很多花生，就想自己要是也像他们那样把小鱼种进地里，以后也一定会长出很多鱼来，自己就有吃不完的鱼了。于是它就提着一只小桶，拿着一把铲子来到地里，煞有介事地把小鱼种了下去。后来，这只天真可爱的小猫当然没有吃到从地里长出来的鱼，而是原先埋在地里的鱼都腐烂掉了，只剩下了一把骨头。

这故事本身没什么难懂的，我们都知道小猫干了一件傻事，鱼是鱼，作物是作物，两者完全是不同的种类，怎么可以简单地进行类比呢？但我们又不觉得它傻，相反还觉得它有些天真可爱。我原先对故事的理解仅仅停留于此，没有进一步思索下去，深入挖掘故事的内涵。

在这个故事中，小猫首先是要得到肯定的。它会懂得去种鱼，说明它还是勤劳的，懂得需要通过自己的劳动得到收获，而不是像偷吃灯油的老鼠和从乌鸦嘴里骗走一块肉的狐狸那样，贪图享乐却又不肯付出辛勤的劳动，于是就打起别人的主意，专门干那种偷鸡摸狗、坑蒙拐骗的勾当。想吃鱼就自己到河边钓去，想吃更多的鱼就想方设法把鱼养出来，这些都是很正当的想法，也是值得肯定的一种美德。

小猫看见农民在地里种玉米种花生，就也想把小鱼种进地里，说明它还是肯动脑筋的，善于从别人那里受到启发，学习别人的先进经验。同时，也说明它不保守，敢于进行尝试和创新。它要是保守的话，就只能每天去河边钓鱼，靠天吃饭，去碰碰运气，运气好就多钓一些，运气不好就少钓一些，甚至一只都钓不到，收获变得没有保证。而要是能够通过尝试和创新把鱼"种"出来了，一则产量大为提高，可以提高自己的生活水平；二则自己可以更好地控制产量，使生活变得更有保证。即使尝试失败了，也不会白交了学费，也能从中总结出经验教训，使以后可以做得更好。只有善于学习、善于思考、善于尝试，才有可能探索出一条新路来，尝试有可能失败，但不尝试却永远不会成功，永远不会取得创新和突破。

小猫的不足在于，仅仅受到他人的启发和敢于进行尝试还不够，还必须了解不同对象的不同习性，但它却未能想到这一点，只把鱼和作物进行简单的类比，把适用于作物的方法用到了鱼身上，尝试当然不会取得成功，它非但未能吃到种出来的鱼，而且连鱼苗都搭进去了，为自己的创新活动付出了不小的风险成本。它不但把本钱蚀掉了，而且还白费了功夫，而它本来可以利用这些时间和精力从事其他活动，譬如钓鱼或者娱乐，都可以从中获得相应的效用，所以它同时还付出了一种机会成本。

我高中时上哲学课，学到了"一把钥匙开一把锁"的辩证法原理，讲的也是"小猫种鱼"这个道理。虽然钥匙都是钥匙，锁头都是锁头，但不同的锁头需要拿不同的钥匙打开。作物的习性是生长在地里，需要吸收阳光和雨露，因而要种好它们就要找一块地进行开垦，把种子种下去后还要进行精心的施肥、浇水和除草、除虫等活计，从而才能使它生长得更好，到秋天后才能取得更好的收成。而鱼的习性是生长在水里，必须在水里自由自在地呼吸，吃水中的各种生物，因此要养鱼就必须找到一个水塘，把鱼苗投放进去，平时还要注意给它们喂食、换水，如果水中氧气不够了还要开动机器搅动水面，增加水中的含氧量，从而为鱼提供一个适宜的生长环境。

我们都很熟悉的一个成语"南橘北枳"讲的也是这个道理。适合生长在南方的橘子一旦移植到水土和气候都截然不同的北方，就会由又甜又大的橘子变成了又涩又小的枳子，完全吃不下口了。我们不能因为看到一种经验对别人很管用就简单地照搬过来，而要看到它必须具备的相应条件，自己又是否具备这样的条件，倘若不具备，又能否创造出这样的条件，倘若无法创造出来，又能否对经验本身进行相应的变通，使其适合我们的条件。只有把这方方面面的因素都考虑周全之后，才能对这种经验进行有效的借鉴。历史的发展充分证明，照搬外来的经验是从来不会成功的，它们必须有机结合本土的环境才能有效地发挥作用。

小猫在看到农民种地的经验后，要是不急于依葫芦画瓢，匆匆忙忙把鱼"种"下去，而是多观察、多思考，再看看其他农民又是怎么把鱼养出来的，就会明白过来要怎么才能吃到更多的鱼了。以它的那种智商以及勤劳，是不怕养不出鱼来的。

2020 年 4 月 21 日

猴子下山

　　我读小学一年级时有一篇课文讲的是猴子下山掰玉米的故事。说是有一只猴子从山上下来，来到一块玉米地里觅食。地里的玉米长势很好，结出的玉米棒很饱满，一个赛过一个。小猴子看了心里一阵欢喜，就接连掰下几根来，然后挑选一根又粗又长的往回走。它走着走着，看到前面有一棵桃树，树上挂满了桃子。这些桃子个儿又大，颜色又鲜艳，它看了不由得垂涎欲滴起来，心想这可比玉米好吃多了，于是就扔下玉米，三下五除二地爬到树上摘下几颗大大的桃子，然后抱在怀里往回走了。又过了一会儿，它看到前面有一片西瓜田。一个个碧绿的西瓜静静地躺卧在瓜叶丛中，它不由得又开始动心了，想道这西瓜可比桃子强多了，又甜又多汁，在大太阳下忙活了半天，正好可以摘一个解解渴。于是它又把那几个桃子扔进路边的草丛，三步并作两步地跳到瓜田里，挑一个又大又好看的西瓜，然后抱着它上路了。它正在路上走着，突然看见路边蹿出一只兔子。兔子长着一身白色的绒毛，竖着两只长耳朵，两只大眼睛透着亮光，看上去伶俐又可爱，它又想逮住带回去玩，于是就丢下沉沉的西瓜，跑去追赶兔子了。兔子个头虽小，奔跑起来却很迅疾，一会儿就钻进什么地方不见踪影了。结果，它兔子没有逮着，前面的玉米、桃子和西瓜也都找不到了，只好空着双手回到了山上。

　　这个故事讲得十分生动有趣，猴子的那种活蹦乱跳、不肯安生下来的形象就像是我们小孩的化身，我们天生就喜欢这种动物。大人对那些调皮捣蛋的小孩总是用猴子来形容，说这小孩就跟猴子似的。同时，小猴子下山后的这种行状，也很像我们小孩做事情不专心致志，总是三心二意的，结果总也做不好事情，受到大人的批评和责备。因此，我们看了这个故事，就仿佛看到了我们自己，从而产生了一种亲切感，那只下山的猴子在我的脑海打上了深深的印记。

"五色令人目盲，五音令人耳聋，五味令人口爽。"这是《老子》十二章中的一句话，如果我们不作简单化的理解，不得不承认这讲得也很在理。世界是五彩缤纷的，到处都充满了诱惑，让人们什么都想尝试一番，什么都想拥有。但也正因为这样，人们也同时感到了眼花缭乱和无所适从，不知道到底应该选择什么。在现实生活中，我们总要面对选择的难题，产生选择的烦恼。到处都充满了诱惑，但我们的精力又是有限的，能力也是有限的，我们所需要的其实也是有限的，并非所有东西都适合我们，都是我们真正擅长和感兴趣的，也并非所有东西都是我们真正需要的，因而我们只能从中进行选择，找到既是我们的所长，也是我们的志趣所在，又是我们所安身立命的，然后心无旁骛地追求下去。这样效率才是最高的，才是通往成功的捷径，也才最有乐趣可言，才能最大地实现人生的价值。从这个意义上说，人是要做到清心寡欲的。这并非要我们消除欲望，而是要我们记住，我们一天只能吃三顿饭，睡一张床，更多的都是多余的，只能专注于一件事情，才能把它做到极致。

从社会的意义上讲，也只有每个人都各安其分、各守其位，做好适合自己的事情，才能实现最合理的社会分工，产生最高的社会效率。这一原理还可以继续扩大到国际领域。按照国际贸易的比较优势理论，在两个国家之间，其中一个国家要生产自己具有优势的产品，而自己具有劣势的产品要由另一个国家生产，然后相互进行交换。即使这个国家在这两种产品上同时具有优势，也要生产相对更具有优势的产品，而优势相对不大的产品也要由另一个国家生产。通过这样的国际分工和贸易，两个国家付出的劳动还是那么多，生产出来的产品却神奇地增加了，每个国家都享受到了更加物美价廉的产品。

倘若我们在外界的诱惑面前变得心浮气躁起来，这山望着那山高，什么都想抓到手，就会像这只下山的小猴子一样，摘了桃子丢了玉米，摘了西瓜丢了桃子，最后一无所获，空着双手回到山上去。十个手指按跳蚤，结果一个也按不死。十八般武艺样样都想精通，结果样样都很稀松，都只懂个皮毛，浅尝辄止而已。

天生我材必有用，造物主都是公平的，对每个人赋予所长，也赋予所短。我们需要的不是抱怨造化的不公，不是守着金饭碗讨饭吃，而是要认清自己的长处在哪里，要充分发挥自己的所长，专心致志于自己选择的人生方向。"人啊，认识你自己！"这是刻在希腊圣城德尔斐的阿波罗神殿上的一句著名箴言。这看似不成为一个问题，难不成还有谁不认识自己？其实这其中的学问可大着呢，都一大把年纪了还不知道自己是谁的大有人在。只有把自己认识清楚了，才能找到适合自己的人生方向，一旦找到后就要锲而不舍地追求下去。不必羡慕别人的风光，专心致志地做好自己的事情，在追求人生目标的道路上自得其乐才是最重要的。

2020 年 4 月 22 日

猴子捞月

　　这是我小学时学过的一篇课文，具体几年级没有印象了，应该是三四年级吧。它讲的是一群猴子在井边的一棵树上戏耍。那天晚上天气很晴朗，一轮圆月当空照着，明晃晃的就像一面玉盘挂在天上。而井水也清澈见底，月亮的影子清晰地映在水里，宛如有一个真月亮似的。一只猴子不经意间看见了水里的月亮，惊讶地大声叫起来："快来看呀，月亮掉进井里了！"于是其他的猴子也闻讯赶过来，纷纷探头探脑地往井里瞧着。井里的月亮可爱极了，一只猴子说要是能把它捞上来就好了，其他猴子也纷纷附和起来。但井这么深，如何才能下去把它捞上来呢？猴子到底是猴子，很快就想到了一个好主意。它们个个都体态轻盈、身手敏捷，就决定老猴把身体倒挂在树上，抓住另一只猴子的腿，然后按照大小依次连接下去，最小的一只在最下面。当最下面的那只小猴够得着水面时，伸手往水里一捞，水面就开始晃动起来，月亮也跟着摇了起来，碎掉了。折腾了好一阵，这些猴子开始支撑不住了，这时最上面的那只老猴抬头看了一眼，天哪，月亮不好端端地挂在天上吗！原来我们对着水中的月亮幻影白忙活了一场。

　　这则故事告诉我们，对着那些虚幻的目标追求下去，最终只会像猴子到井底捞月一样，费尽了心思和周折，结果只能空欢喜一场，理想无情地破灭了。就像镜中的花朵一样，看上去非常漂亮，就跟真的一样，但只是虚幻的影子，我们永远都无法得到它。这显得十分迂腐可笑，但我们人类何曾少干过这样的傻事。心里向往着一个美好却不切实际的愿望，结果却总也实现不了，白搭了许多精力和金钱不说，还浪费了许多感情。

然而，对美好事物的向往又是人类的一种天性，所谓的乌托邦情结就是要实现一种至善至美、没有剥削压迫、没有不公不义、没有两极分化的富足康乐的社会。在人们的身上，都多少存在这种乌托邦情结。正是人们永远不满足于现状，正是人们对理想社会的不懈追求，才带来社会的不断发展进步。每次的努力虽然无法完全实现理想，但我们可以经过总结经验教训，距离理想的实现又接近了一点。

人类还有一个理想，就是不愿臣服于自然，而试图驾驭自然，成为自然的主人。正是在这种理想的驱使下，人类不断地去认识自然，探索自然的奥秘，同时不断地发明出各种工具，按照自己的意志对自然进行改造，使其更好地为自己服务，从而带来科学技术的不断进步和生产力的不断发展。正是不甘心只在地面行走，而要像鸟儿那样可以在天空自由地飞翔，人类才发明了飞机、火箭以及宇宙飞船，不但飞上了天空，还飞出了外太空，足迹越来越远，对广阔无垠的宇宙不断地进行探索。这些在当初都只能是幻想，到后来却一一实现了，所以我们不能轻易嘲笑那些敢于幻想的人。明朝有一个叫万户的人，一直向往着能像鸟儿一样飞到天空。他把47个自制的火箭绑在椅子上，自己坐在上面，双手举着两只大风筝，然后叫人点火发射。他设想利用火箭的推力，再结合风筝的拉力飞起来，不幸升到空中后火箭爆炸了，他为追求自己的梦想献出了宝贵的生命。他的尝试虽然失败了，却不是没有意义的。正是许多像他这样的有识之士的不懈探索，人类飞天的梦想才一步步变成了现实。为了纪念这位人类最早进行载人火箭飞行的先驱，国际天文家联合会将月球上的一座环形火山命名为"万户山"。

然而，高远的理想只能成为我们心中的一种指引，而不要轻易地当成现实，否则它就会成为一个虚幻的泡影而很快破灭，我们就会在坚硬的现实面前碰个头破血流。立意要高，眼光要远，但现实的操作必须具有可行性，要看条件具备与否。眼高手低从这个意义上说也是对的，即要想大问题，却要做小事情，要从身边能够做到的小事情做起，做成一件是一件，每做成一件都朝着理想又前进了一步，它小则小矣，却是实实在在的。同时，做小事情时心里又要有大局意识，小事情要构成理想的一个阶梯和一个环节，从而才能显示出它应有的意义，否则就只停留于一种琐碎的无关宏旨的格局。

堂吉诃德也是一个可笑的文学人物。他把风车当作了敌人，一次次驾着瘦马、端着长矛，奋不顾身地向它刺去，说明他心中存有一个高远的理想，风车成了他实现这一理想的障碍，因而必欲除之而后快。我们可以嘲笑他的傻气和迂执，但他身上所具有的这种理想情结却是不能轻易否定的。扫除人间罪恶的理想都没有了，人们对所有的罪恶现象都背过身去，只会使其变得更加泛滥成灾，最后谁都会沦为它们的牺牲品。

2020 年 4 月 23 日

动物拉车

　　我小学一年级时学过一篇课文，讲的是不同的动物在一起拉车的故事。有一辆车载满了各种好吃的东西，梭子鱼、天鹅和虾合伙拉车。梭子鱼一跳一跳的，拼命要往池塘里游去，天鹅伸长着脖子，不停地扇动着翅膀要往天上飞去，虾则弓着腰，鼓凸着两只大眼要往后边爬去。虽然它们都使出了浑身解数，累得气喘吁吁的，但由于各打各的算盘，劲没往一处使，结果车子还是纹丝不动地停在那里。这个故事的情节挺简单的，却十分生动有趣，所配的图画也很形象，意思浅显易懂，很贴近我们的生活常识，因而我看后印象十分深刻，久久都不会忘记。

　　根据力学原理，不同的力量越处于同一方向，所产生的合力就越大，越不处于同一方向，所产生的合力就越小，方向相反就会互相抵消。我们生活中常说的"团结力量大""人心齐，泰山移"，讲的就是这个道理。一个团体的成员倘若能够齐心协力，默契配合，心往一处想，劲往一处使，都为共同的目标而奋斗，就能形成强大的战斗力，就会办成许多个人所无法办成的事情，就能产生"1+1>2"的效果。然而，这个道理好懂，要真正做到却不容易，在现实生活中，人们所表现出来的往往是自觉或不自觉的互相拆台和窝里斗，从而像一筐螃蟹那样互相咬住了，谁也别想爬出去。

　　足球运动是一项最讲究队员的合作和团队精神的体育运动，前锋、前卫、中锋、中卫、后卫、后腰以及门将各守其位，各司其职，每个人都是不可或缺的，都要充分地发挥作用，都需要相互之间默契配合，从而才能形成坚强的战斗力，才能攻得进、守得住。单靠某个队员的单打独斗，即使其素质再好，表现再出色，缺少其他队员的密切配合，不充分发挥其他队员的作用也是无济于事的。

其实，团队精神与个人主义并不矛盾，而且还相辅相成，成熟的团队精神正是建立在成熟的个人主义之上。并非像我们通常所理解的那样，团队精神其实并不抹杀个人，并不否认个人的作用，相反它正是由一个个优秀的个人构成的。只有队员个个身体素质都很过硬，技术都很出色，才能打造出一支优秀的球队来。队员要在赛场上充分地展示自我，但又必须在自己的位置上打好，要有很强的团队意识，全力配合好队友。队员个人的表现越出色，相互之间配合越默契，整个球队的战斗力就越强。同样的，个人主义也并非我们通常所曲解的那种自私自利，个人要维护自己的权利，追求自己的利益，但这必须建立在不损害他人和公共利益的基础上。同时，个人又永远离不开社会，社会的发展状况如何与我们个人的前途命运息息相关，我们还需要具备很强的社会意识，积极地履行应尽的义务，承担应尽的责任，为社会的发展进步献计献策、尽心尽力。个人主义精神很深厚的地方同时也是国民的公德心和爱国心很强的地方。"二战"时希特勒试图征服英伦三岛，对不列颠发动了规模空前的大空战，结果却以失败告终，这也是与英国人民具有很强的团结精神，在大敌当前齐心协力、同仇敌忾分不开的。当德军战机进行狂轰滥炸，伦敦沦为一片废墟的时候，躲在防空洞里的民众却没有出现慌乱和恐惧的情绪，而是充满了一种坚毅和团结的氛围。这样的民族是不可征服的。

2020 年 4 月 24 日

羊遇上狼

　　这是我在小学二三年级时学过的一篇课文。有一天狼来到一条小溪边，看见一只小羊正在下面不远的地方喝水，顿时心中生起了邪念——要把这小家伙吃掉。于是它就开始故意找碴，怪罪小羊说你怎么把我要喝的水弄浑了。小羊觉得这家伙太不可理喻了，但还是和颜悦色地回答道，你在上游，我在下游，水是从上往下流的，我怎么可能把你要喝的水弄浑了？狼一计不成又生一计，说就算这样吧，你也是个坏家伙，去年你经常在背后骂我，到处说我的坏话。小羊无比委屈地说道，狼大哥您可冤枉我了，去年我都还没有出生呢。狼又被顶了回去，索性大声地吼道，你这个小坏蛋，骂我的不是你就是你爸爸，反正都一样。它不容分说地朝小羊扑了过去，可怜的小羊成了恶狼的美餐。

　　在这个故事中，狼是一个十足的强盗，实行一种赤裸裸的强盗逻辑——今天你让我撞上了，无论如何都要把你吃掉，不过要随便找个理由，以显得冠冕堂皇罢了；倘若这理由说不过去，干脆就撕下伪装，直接露出狰狞的面目。这里奉行的是一种丛林法则，谁的牙齿坚，谁的爪子利，真理就在谁的一边，谁就可以信口雌黄、指鹿为马、颠倒黑白，说太阳是从西边出来的，水是从低处往高处流的，所有的是非、道理、逻辑和事实在这里都是苍白无力的。任可怜的小羊怎么解释，道理讲得再充分再无懈可击也无济于事，等待它的只有被吃掉的命运。

　　我当时看了这个故事，觉得这狼太可恶了，太蛮不讲理了，我们的社会倘若也这样岂不太可怕了。然而，我们的社会其实也充满了这种强盗逻辑，通常所讲的"秀才遇见兵，有理说不清""欲加之罪，何患无辞"，讲的就是这种现象，这故事其实是借着动物讲人的故事。但义愤归义愤，倘若没有找到有效的对策，这样的现象就会屡见不鲜。

弱者要避免遭受霸者的欺凌，当务之急是要团结起来，一致对敌。一只羊必然不是狼的对手，两只羊想必也不是狼的对手，但要是三只羊四只羊，狼恐怕就要有所忌惮了。这些羊要是能够团结起来，把分散的力量拧成一股绳，面对窜入羊群的狼不是四散奔逃，从而让狼可以从容地分而食之，而是同仇敌忾，群起而攻之，狼也会落荒而逃的。这时最需要的是胆壮心齐，同时还要有一只领头羊，带领大伙保卫家园，奋起抵抗外敌的入侵。

类似的现象在现实生活中是经常发生的。许多为害一方的黑恶势力，就是利用这种人性的弱点而得逞的。面对黑社会的敲诈勒索，人们不懂得团结起来对付他们，也没有人愿意起来带头，于是大家只能忍气吞声，乖乖地交出保护费以求个苟安无事。

弱者要避免遭受霸者的欺凌，从长远看要组织起一个有效的政府。霸者的本性是凶恶残忍的，分散的弱者远不是它的对手，要组织起来也并非易事；再者，带头起事的人必须具备足够的能量，一旦成事后谁也不能保证他不会成为又一个霸者。更为可行的是要组织起一个政府保护自己。

现代社会的使命就是要建立起一种新型的制度框架，使权力受到有效的监督，把权力关进制度的笼子，使政府有效地履行应有的职责，维护正常的社会秩序，维护社会的公平正义，为民众提供必要的公共产品，真正做到权为民所用，情为民所系，利为民所谋。只有这样，当羊遇上狼时，才有免于恐惧的自由。

2020 年 4 月 25 日

长颈鹿与山羊

　　这是我小学二年级左右学过的一篇课文，讲的是一只长颈鹿和一只山羊比谁的个头高，谁更有能耐的故事。长颈鹿本来就身材高大，一个脖子又长得老长老长的，因此可以够得到很高的地方。而山羊个头很小，又没有那么长的脖子，站在那里才及长颈鹿的膝盖，只能昂起头来跟它对话。在一个花园外面，长颈鹿自恃个头高，对山羊说：我可以吃到树上的叶子，你可以吗？它说完就昂起头来，不费吹灰之力地从一棵树上咬下几片叶子，含在嘴里咀嚼了起来。而山羊抬起头望了望，树叶显得那么高不可及。但它并未轻易低头认输。它看见花园有栅栏围着，栅栏中间有一道小门，就轻轻松松地从那里钻了进去，在花园里悠然自得地吃起了青草，并对外面的长颈鹿说道，我可以到花园里来吃草，你可以吗？长颈鹿听了，也只好惭愧地低下了它那高昂的头颅。

　　这故事的意思并不难理解，讲得也十分生动有趣。《伊索寓言》中的"狮子与蚊子"的故事与之也有异曲同工之妙。狮子是百兽之王，森林里所有的动物都对它畏惧三分。有一天它正卧在一棵树下休息，一只蚊子嗡嗡地飞了过来，在它的头上盘旋着。"快闪开，你这不识好歹的小东西！所有的动物都不敢在我面前造次！"狮子不耐烦地说道。可是蚊子偏偏不买它的账，仍然在它头上嗡嗡地盘旋着。狮子愤怒地站了起来，咆哮了一声，张开利爪向蚊子扑去。可它扑了个空，蚊子仍然毫无惧色，并瞅准机会钻进它的鼻孔，狠狠地咬了一口。它疼得大叫一声，用爪子猛抓自己的鼻子，结果把自己的鼻子都抓烂了，蚊子仍然毫发无损，仍然继续发起进攻，直到它跪地求饶为止。

这两个故事告诉了我们一个相同的道理，即每个人都是有自己的长处也都有自己的短处，都有自己的优势也都有自己的劣势，不要总觉得老子天下第一，而且什么都天下第一，而要懂得谦虚谨慎，否则就会使自己变得十分被动，处于一种十分尴尬的境地。一个人的本事再大，也不能骄傲自满，还必须清醒地意识到自己还有哪些短板，还有哪些是自己所不擅长的，从而要虚心听取他人的意见和建议，以他人之长补自己之短，要集思广益和群策群力，发挥各人的长处，团结大伙共同做好一项事业。"一个篱笆三个桩，一个好汉三个帮"，一个人尤其处于领导岗位的人之所以能干，也许并不在于他自身有多能干，不在于他自身样样都能干，而在于他善于学习和吸取他人的长处，善于听取别人的意见和建议，善于发挥别人的作用，能够把更多的人才团结在自己周围，共同做出更大的事业。越是有抱负有作为的人，就越是如此。

同时，我们普通人也不必自卑，更不必自暴自弃，而要善于发现自己身上的长处，要相信自己，相信天生我材必有用，要扬长避短，充分发挥自己的长处，专注于适合自己的事情。苟能如此，我们也能成为一个有作为的人，一个在自己平凡的岗位上对社会做出有益贡献的人。我读高三时，换了一个政治课老师。他在第一堂课上就给我们讲了一个故事，说一家几兄弟，个个都有不同的残疾。具体记不真切了，只记得说其中一个是跛子。他们根据各自的特点，分别从事不同的工作，其中那个跛子编草绳。

他们都是残疾人，身体条件都是十分不利的，但同时也都有自己的所长，都可以找到适合自己的事情，只要持之以恒地做下去，也会做出出色的业绩来。跛子把草绳编得又快又好，成了远近闻名的编绳匠，不但解决了谋生问题，还把它做成了一项事业。

心理学上有一种现象叫"自卑超越"，即一些先天条件不好的人最后反而超越了那些先天条件好的人。他们的先天条件不好，为了能够追赶上别人，就开始奋发图强，以勤补拙。别人很聪明，可以一学就会，我头脑不太灵光，就反复地练习和揣摩，并且不耻下问，别人还在被窝里睡大觉时，我就早早起床做事情了。假以时日，我也可以做到笨鸟先飞，早起的鸟儿有虫吃。同时，这种人往往会专注于某一件事情。他们心里十分清楚，比综合素质自己差别人老远，因而只能做一件适合自己的事情，不然就更没有奔头了。于是就专心致志地做下去，兢兢业业地做下去，终于熟能生巧，也做成了一件事情。

最怕的是本事不大却又好高骛远，心有旁骛，给自己设定一个不切实际的目标，勉强去做自己不擅长的事情，而唯独把自己还有一定优势的事情给放弃了。这种人到头来除了碌碌无为，在那里长吁短叹时运的不济之外还能怎样？其实不是时运不济，而是自己没有选择好人生的方向。上天对每个人都是公平的，每个人都要选择适合自己的人生方向。面对我们的先天不足，怨天尤人是无济于事的，只能靠自己的后天努力去弥补。

只要我们能够专心致志，吃苦耐劳，就能够有所作为，实现自我，超越自我。

2020 年 4 月 26 日

小马过河

  "小马过河"也是小学课文中我十分喜爱的一个故事。小马慢慢长大了，可以帮助妈妈干点活了。有一天妈妈叫它把一袋麦子驮到磨坊去磨，它得到这个任务后高高兴兴地上路了。我当时看了这个故事，简直看到了自己的身影。我们生长在乡下，父母从小就让我们学会干一些活，家里缺少油盐酱醋了，就让我们到店铺去买，同时我们还要做扫地、煮饭、喂猪喂鸡鸭等各种家务。除此之外，我们还要帮大人干一些农活，像割稻谷、晒稻谷等，有时大人挑着一副重担，我们也要挑一副小担亦步亦趋地跟在后面。父母这样做的用意一是自己忙不过来，让我们为他们分担一些辛劳，二是要从小培养我们的劳动意识，要让我们知道米是怎么来的，要通过辛勤的双手才能创造出美好的生活，而不能好逸恶劳、贪图享乐。在这样的生活环境中，我从小就很爱干活，很爱做事情，父母交代我任务后，我总是不加推托，立即就跑去做了，就像这匹小马一样高高兴兴地上路了。

  闲言少叙，这个故事再接着往下讲。小马走到半路，被一条小河挡住了。河水在哗哗地奔腾着，它变得有些胆怯起来，不知道自己能不能趟过去。它看见一头牛正在附近吃草，就走过去问道，牛伯伯，这条河可以趟过去吗？牛十分有把握地说，没有问题呀，这河水只没到膝盖那里。小马听了正要往河里走，这时河边一棵树上的一只松鼠忙不迭地劝阻道，小马哥，走不得，走不得！这河水深得很，前几天我的一个伙伴就走进去被淹死了。小马感到进退两难，不知如何是好，还是先回去问问妈妈再说吧。妈妈看见它又回来了，感到十分惊讶，就说你怎么又把麦子驮回来了。听它说明原委后，妈妈说道，傻孩子，河水深不深，你自己走进去试试看不就知道了，不要光听别人怎么说。小马听了妈妈的话，又来到了河边，慢慢地走进水里，发现河水既不像牛伯伯说的那么浅，也不像松鼠兄弟说的那么深，刚好没到自己大腿那里。它就这样小心翼翼地蹚过了这条小河，顺利完成了妈妈交给的任务。

　　我们买鞋子时都必须做的一件事情，就是要先把鞋子拿来试穿一下，看看合不合脚。每个人脚的长度、形状都是不一样的，鞋子合不合脚只有自己试了才知道，而不是光听别人怎么说。脚是长在自己身上的，适合别人的鞋子未必就适合自己，不适合别人的也未必就不适合自己。这与"小马过河"讲的是同一个道理，即我们每做一件事情都要亲自尝试一番，看看效果如何，做得成做不成。因为没有把握和担心风险，未经尝试就轻易放弃了，像那匹小马那样又退了回来，我们就无法到达目的地，无法实现预定的目标。同样的，在对前途还不明了，还存在许多未知数的情况下，未在小范围内做个试验看看效果如何，就开始大张旗鼓地做起来，就像那只松鼠未试探河水的深浅就贸然跳了进去，结果就会遭到惨重的失败。经过局部的试验即便未能成功，所造成的损失也不会太大，而且还可以使我们知道为何不能成功，要成功必须找到什么途径。譬如，松鼠想过河，可以先试探这里的水有多深，要是太深了过不去，就要再去寻找一个浅的地方，或者有没有独木桥、石磴什么的可以通过去。

　　改革开放之初，人们普遍意识到我们的经济发展与国外存在着巨大的差距，与此同时国外又有大量的资金、技术等资源可供我们利用，国外的先进管理经验以及灵活的经济体制也可供我们学习借鉴，因此我们想到了可以实行对外开放，通过引进和学习国外的东西加快我们的发展步伐。但由于传统的经济体制已经变得根深蒂固，遽然打开国门，全面引进国外的东西必然会与传统的做法、观念以及利益等产生严重的冲突，能不能行得通，人们能不能接受和承受，都存在着很大的风险。

在这种情况下，我们就要先找几个地方进行试验，因而在广东和福建几个华侨众多、毗邻港澳的地方办起了经济特区，利用当地的有利条件大力吸引外资，实行灵活的经济政策和市场化的经济体制。经过几年的发展，实践证明这一政策是富有成效的，这些经济特区迅速发展了起来，深圳从一个偏僻落后的渔村拔地而起成为一个现代化、工业化的城市。邓小平 1984 年初到经济特区视察后，看到了当地欣欣向荣、热火朝天的局面，欣然写下了"深圳的发展和经验证明，我们建立经济特区的政策是正确的"这样的题词。于是中央决定进一步扩大对外开放，又开放了14 个沿海港口城市，以及长江三角洲、珠江三角洲和闽南三角地区。到 20 世纪 90 年代后更是进入全方位的对外开放格局，使我们深度地融入经济全球化，充分利用国际上的资金、技术、管理和市场等有利因素，极大促进了我们经济社会的发展。同时，为了适应对外开放的形势，我们还不断对经济体制进行改革，促进了我们市场经济体制的建立。

这就是我们国家在对外开放中摸着石头过河的故事，与《小马过河》的故事异曲同工。

2020 年 4 月 27 日

小蝌蚪找妈妈

　　我记得很清楚这是小学一年级下学期的一篇课文。蝌蚪以及青蛙是我们农村出来的小孩再熟悉不过的一种动物。四月以后，在水田、水塘以及溪流等有水的地方，小蝌蚪开始生长出来了。黑溜溜的一个小圆球，拖着一条细小的尾巴，快速地摆动着身子，在水里悠然自得地游来游去。它们游动的速度不快，我们随便曲着手掌伸进去一捞，就可以捞上一只，装在瓶子里带回去玩。大自然中最容易逮住的动物差不多要数蝌蚪了，我们反而会对它们产生一种怜悯。蝌蚪长得很快，没过多久身体就变粗变长，不再是一个小圆球，而像一条小鱼了。又过了不久，开始长出了两条后腿，然后是两条前腿，同时尾巴也越变越短了。等到尾巴都消失后，它就可以跳上岸，长成一只小青蛙了。此时夏天也快到了，天气开始变得燥热起来，青蛙呱呱地叫着，尤其是刚下过雨时，更是齐声地叫开了，让人们听到了哇声一片，说不出是一首美妙的音乐还是阵阵烦躁的吵声。蝌蚪变成青蛙的过程是一个奇特的生长发育过程，我们从中可以看到从水生生物到两栖生物的进化，生物的进化史都浓缩在了这种动物身上，这是一堂天然的生物课。

　　这故事讲的是小蝌蚪开始长大了，要去寻找自己的妈妈。它们在水里游来游去的，看见了一只鲤鱼，觉得很像自己，就游过去亲昵地叫起了妈妈、妈妈。鲤鱼对它们说，孩子，我不是你们的妈妈，你们的妈妈长着四条腿。它们告别了鲤鱼阿姨，游走了。过了不久，它们慢慢也长出了四条腿。有一天它们在水里游着，看见了一只乌龟，觉得它长着四条腿，应该是自己的妈妈了，于是就游过去又妈妈、妈妈地叫开了。乌龟说，孩子，我不是你们的妈妈，你们的妈妈穿着一件绿色的衣裳，长着一个又大又扁的嘴巴。它们道了一声谢，又游走了，继续去寻找自己的妈妈。又过了不久，它们四条腿都长好了，尾巴也消失不见了。它们在水里游啊游，看见一只绿色的青蛙蹲在一张荷叶上，长着四条腿，披着一身绿衣裳，嘴巴又大又扁的，想必是自己的妈妈了，就问了一声，您是我们的妈妈吗？青蛙说，孩子，我就是你们的妈妈。快上来吧，你们已经长大了。小蝌蚪终于找到自己的妈妈了，我们都为它们感到由衷的高兴。

小蝌蚪找妈妈之所以要费这么多周折，是因为妈妈在水里产下卵后就离开了它们。它们在生长发育过程中身体形状会不断发生变化，要长大后才会变成妈妈那副样子。在这一过程中，它们先后根据自己的形体特征误认鲤鱼和乌龟为妈妈。但再费周折也要继续寻找下去，寻找到自己的妈妈。这就像我们人类一样，寻找到自己的亲生父母乃是我们身上的一种天性，亲子之情是一种最天然、最牢固的人伦情感。许多被送走或拐走的孩子，长大后一旦知道自己不是亲生的，就会千里迢迢去寻找自己的亲生父母，即使他们在还没有记忆的时候就被抱走了，始终跟自己的养父养母生活在一起。这种天然的亲子情感驱使着他们无论多么艰难都要找到自己的亲生父母，这种力量无疑是十分神奇的。因此，只要不是出于特殊的原因，人为地斩断这种亲子关系都是极不人道的，那些为了获取暴利而拐卖小孩的犯罪行为，更是必须依法予以严惩。

对于父母而言，从本质意义上讲，他们给予子女的爱是无条件的，并非要图他们将来会回报自己，更不是现在人们常说的一种"投资行为"。他们生儿育女，从根本意义上说，是出于延续血缘的一种生物天性。因而把子女生下来后，在他们尚未长大成人，还不能在社会上独立生存之前，就必须悉心地抚养他们，教他们以做人的道理和生存的本领，让他们逐渐学会独立生存，学会面对生活，这是我们天然的职责，而不是我们的功劳，不必从中图什么回报。等到孩子长大成人，学会生存本领，学会为人处世了，我们的使命就完成了，也就要让他们独立出去了。我们小时候母亲总是自己舍不得吃，有什么更好的东西都要留给我们吃。我现在也为人之父了，也是有什么好吃的、有营养的东西要留给儿子吃。我这样做时并未考虑到为何要这样做，也不是因为当年母亲这样做了现在我也要这样做，而是出于一种天性，自然而然就这样做了。遥想当年，母亲也一定是这样的吧。

我们做子女的要回到父母身边，亲切地叫一声爹娘，这是他们最需要和最感欣慰的。我们能够在社会上独立地生存，能够面对人生的各种问题，能够幸福快乐地生活着，同时能够成为一个对社会有益的人，这才是他们最希望看到的，也是对他们最好的回报，而不是要给他们多少的赡养。当然，必要的赡养也是需要的，特别是在社会保障还不完善的时候，但从长远看，父母的养老需要依靠社会保障以及自身的积蓄和商业保险，而不是依靠子女，这才是真正人道和可行的做法。我们像小蝌蚪那样找到自己的妈妈，这是出于一种天性，需要知道自己的根在那里，那里是我们永远的情感寄托。我们要找到妈妈，更要记住这种人间的至爱，并把这种爱传播开来，传递下去，使人间处处都充满了爱，时时都充满了爱。

2020 年 4 月 28 日

种子的力量

　　这是一个十分励志的故事，我记不清是在小学哪一年级的课文读过的。这故事讲的是一颗种子被埋在了一块石头下面，见不到阳光，沾不到雨露，处于一片黑暗之中。春天到来了，它也开始萌芽起来，却被坚硬的石头挡住了向上生长的道路。但它强烈地寻求生长，强烈地渴望阳光雨露。石头压在上面挡住了去路，它就要想方设法从其他方向寻求突破。于是它就改变了方向，从石头与泥土的接缝处慢慢地生长着。这一过程虽然十分艰难、漫长，但它依然顽强地生长着，终于有一天破土而出，沐浴到了阳光，得到了雨露的滋润，然后又开始向上生长，慢慢长成了一棵苗壮的树苗。

　　这个故事告诉我们，千万不要小瞧一颗种子，它虽然小而又小，却具有一种不可思议的力量。它在石头的重压之下并没有屈服，而是抱定一个宗旨，看清一个方向，锲而不舍地追求下去，终于克服了石头的巨大障碍，实现了自己的目标。我们要以这颗种子为榜样，在生活中不要向各种困难低头，而要迎难而上，做一个生活的强者，奏出生命的强音，实现人生的目标。

　　人的一生不可能是一帆风顺的，在人生的道路上总会遇到各种的困难，有时甚至还是无比巨大的，几乎要陷入灭顶之灾。但天大的困难我们都不能逃避，它不会因为我们的逃避就不存在了，而是会继续阻碍我们的前进。困难来了我们就要面对，要有一种"泰山崩于前而色不变"的气概，沉着冷静地想办法克服它。在逆境中我们要争取走出去，换一种方法试试，或者换一个方向试试。要像种子那样上面被巨大的石头压住了，直接往上生长已经变得不可能，但天无绝人之路，边上在石头和泥土的接缝处还有机可乘，于是就采取了一种迂回策略，先横着生长，待钻出去后再往上生长，虽然过程十分艰难曲折，但毕竟也生长出去了。

"天将降大任于斯人也，必先苦其心志，劳其筋骨，饿其体肤，空乏其身，行拂乱其所为，所以动心忍性，增益其所不能"。困难和逆境对于我们也是一种很好的锻炼，我们固然要遭受一种磨难，要付出巨大的代价，但在这一过程中，我们的本领也变得更强了，思路也变得更活了，意志也变得更坚了，从而都转化成了我们宝贵的人生财富，今后在人生道路上再遇到困难时就更能战胜它，就可以走得更加顺当、更加宽广。故事中的那颗种子，在石头的重压之下都能生长出来，今后也一定会生长得更加茁壮，生命力变得更加顽强。就像在悬崖峭壁上生长出来的松树一样，这里既没有土壤也没有水源，山风又十分强劲，生存环境是极其恶劣的，但它们就是在如此严酷的生存环境中，经过艰难的磨砺生长了起来，从而具有了极强的生命力，因而寿命都很长，轻易不会枯萎死掉，也都很坚劲，轻易不会被暴风雨所摧折。

我原先在一所高校工作，由于感到实在前途无望，同时也无法适应这种环境，为了换一种环境和换一种活法，我就破釜沉舟，从单位辞职了。这可不是一个轻易就可以做出的决定，在单位有一个旱涝保收的铁饭碗，各方面的收入和待遇都很不错，工作上也没有多大压力，而到社会上后工作很辛苦不说，还很不稳定，人们需要的是你会做事情，事情要做得又快又好，否则过两天就会让你卷起铺盖走人，让你下一顿饭失去了着落。而我无论身体条件还是其他方面的本领都不是很好的，坦白说刚到社会上时心里也是十分没底的，工作起来压力很大。我干的是那种又累又脏又危险的工作，而且还朝不保夕，因而曾经想到了打退堂鼓。但此时我已无路可退，否则就真的一败涂地了。我只能咬紧牙关坚持着，终于慢慢适应了这种生活状态，经受住了严峻考验，没被老板开掉。

但我本质上还是一个读书人。我原先业余从事社会科学的研究，后来转成文学写作了。如今我在谋生之余，基本上都把精力放在读书和写作上面。写出文章需要呕心沥血，而发表文章更是困难重重。我经过朋友的大力推荐以及自己的不断推销，才在公开的刊物上发表了一些作品，并得以加入了作家协会，总算是一只脚踏入了文学这个圈子，使自己可以在这条道路上继续走下去。

经过这异常艰难的转型过程，目前我已经基本上适应了这种生活，需要谋生计时就出去找工作，辛辛苦苦、勤勤恳恳地干活，争取把事情做好，让老板满意，也让自己多获得一些收入，从而可以养活自己，并供儿子上学。一旦解决了生计问题，我就要回到书桌上来，认真地读书，认真地思考，认真地写作，争取多写出一些有质量的文章来，争取多发表一些作品，多收获一些劳动的喜悦。

渡过了人生中的这个最大难关，我还是我，还是一个普普通通的人，一个普普通通的读书人，但我又不是过去的我了，我经受住了生活的巨大考验，得到了必要的锻炼，学会了如何在社会上自食其力，变得更有底气，更能抗得住挫折，更能从容地面对生活的风风雨雨了。

2020 年 4 月 29 日

泉水叮咚

"泉水泉水你到哪里去？我要流进小溪里。小溪小溪你到哪里去？我要流进江河里。江水河水你们要到哪里去？我们都要流进大海里"。这是小学一年级的一篇课文，通过它我们学到了泉、江、河、海这些生字，知道了小溪是由一个个细小的泉水汇聚而成的，一条条小溪不断地汇成一条江河，一条条的江河奔流向前，最后都汇进了大海。泉水在我们山村是十分常见的，在我们生活中也是十分重要的。我们平时喝的井水，就是从地底下的泉眼汩汩地冒出来的。在山洼处的田间地头，也常常有泉水流出来，十分的清冽、甘甜。从山路边岩缝里涌出来的泉水更是如此，在山上干活的人们路过时，都会停下脚步休憩一下疲乏的身子，从泉眼掬起水咕噜噜地喝下去，顿时浑身感到一阵舒畅，暑气全消了。谁家田里要是有一眼泉水，种田就不愁干旱了；菜地有一眼泉水，浇水就很方便了。水是生命之源，我们在生活中离不开它，尤其在炎炎夏日，它可以解除我们的干渴，驱走我们的暑热，我们心里对它都有一种感恩，虽然它不会说话，一直默默地涌着。

泉水总要向远方流去，流进潺潺的小溪，流进奔腾的江河，最后流进广阔的大海。小小的泉水一步步地来到外面广大的世界，这也很契合我们小孩的成长过程以及对外面世界的向往。就像泉水从山中流出来最后流进大海一样，我们也会慢慢地长大成人，走出大山，来到外面广大的世界。

20 世纪 80 年代时，有一首描写泉水的歌曲曾经唱响了大江南北："泉水叮咚，泉水叮咚，泉水叮咚响，跳下了山冈走过了草地来到我身旁。"旋律十分的轻快，歌词也十分朴实，唱起来琅琅上口的，就连我这种缺少音乐细胞的人也想哼哼起来。听了这首歌，又在课堂上学到了这篇课文，我就更喜欢泉水了。父母给我起的名字最后一个字本来是"全"，我因为喜欢泉水就在作业本上擅自改成了"泉"，于是将错就错一直用到了今天，并且还将一直用下去。说起来我的名字，它实乃出自小学一年级的这篇课文。

源泉，是水起源的地方，大江大河的源头，往往就是一个不起眼的泉水，其源头追根溯源都要找到这里。源泉表示人们对泉水的一种敬重，有了它才有了起源，才有了后面的江水奔流。只有一个个不枯竭的泉水，才能积少成多，汇成滔滔的江水，所以我们不能只看江河其大，还要看到其何以为大，其源自何处。人类社会也是同样的道理，一个充满活力的社会是由一个个充满活力的个人构成的，国民的素质低下，缺少一种主体意识，缺少一种创造和进取精神，国家的活力以及发展进步就成了无源之水、无本之木。

大河有水小河满，个人离不开国家和社会，国家四分五裂，社会动荡不宁，个人就无法安居乐业，变得流离失所起来，所以我们要有很强的家国意识，为国家和社会做出自己的贡献，同心戮力地使其健康发展下去，"天下兴亡，匹夫有责"。但同时我们还要切记，个人才是国家和社会的主体，个人的活力是国家和社会活力的源泉，个人的权利得到切实的保障，创造性得到充分的发挥，才会有国家的兴旺发达和社会的欣欣向荣。

同时，泉水要融入江河才成其为大，个人也要把自己的命运与国家和社会联系起来，甚至要放眼世界才能形成大的格局，才能真正成就人生的事业，实现人生的价值。历史上那些留下丰功伟绩的政治家、科学家、思想家以及文学家、艺术家等，无一不是胸怀天下的有志之士，他们都以天下苍生为念，以人类的文明进步为念，而不只局限于自己的小小天地。即便我们处在平凡的岗位上，是否具有社会关怀和大局意识，其结果也是大不相同的。同样是在清洁工的岗位，有的人也达到了很高的境界，成了劳动模范，产生了许多可歌可泣的事迹。

2020 年 4 月 30 日

掩耳盗铃

"掩耳盗铃"是一个著名的成语，我读小学时有一篇课文就讲这个故事。说是古代有一个人，看见一户人家门口装着一个铃铛，是防盗贼用的，一碰上去就会当当地响起来，提醒主人有盗贼入室了。他觉这玩意真好玩，就很想把它据为己有。他心想铃铛会响，要是把耳朵掩起来，不就听不到它的声音，可以稳稳当当地搞到手了？于是他有一天就悄悄地走过去，看四下无人，就用一只手掩住自己的耳朵，用另一只手取门上的铃铛。他脸上笑咪咪的，自以为得计，动个脑筋就把事情做成了，没想到主人闻讯而至，正站在旁边把他逮了个正着。这种人我们立即会想到他是一个十足的蠢货，然而现实生活中这样的蠢货还少吗？这是我们生活中常见的一种现象，或者说是我们人性的一种弱点。

儿子还小的时候喜欢躲起来让我们找，随便找个角落躲一躲，就以为自己看不见别人，别人也看不见他了。有时他站在窗帘后面还哧哧地笑着，甚至把下面的脚都露出来了，窗帘也跟着他在抖动。我们为了让他玩个尽兴，自然也乐于配合把这出戏演下去，故意找了这间找那间，到处都找不着，然后就听到他哈哈地大声笑了起来，我在这里呢。或许会说这是小孩玩的低级把戏，不过是一种天真幼稚罢了。然而，我们大人就没有这种"天真幼稚"或者糊里糊涂了？非也。

"扁鹊见蔡桓公"讲的是讳疾忌医的故事，其实与掩耳盗铃也是一个道理。医生指出了你身上有某种疾病需要治疗，但你就是不信，认为自己身体棒棒的还有什么毛病，或者不愿意面对这个现实，似乎这样疾病就真的没有了，或者抱着侥幸心理，似乎不久疾病就可以不治而愈了。但疾病不会因为你的忌讳就消失了，而是继续恶化下去，等你感到问题严重要去就医时，往往为时已晚，已经病入膏肓了。还有外国人常说的在困难面前采取鸵鸟政策，也是同样的道理。遇到困难不是坦然地面对它，想办法去解决，而是像鸵鸟那样被追急后就把头钻进沙土里，似乎这样自己看不见，敌人也看不见了。没想到对于紧追在后的敌人而言，这样恰好束手就擒，不费吹灰之力就捕获到手了。

我们小时候要是童言无忌，说出一些不大吉利的话来，大人就会掌我们的嘴，并连声说"狗吠狗吠"，似乎这样一来不吉利的话就不会应验了。其实我们不过像安徒生童话里说皇帝没有穿衣服的小孩那样，说出一些大人不愿意听到，不愿意它们发生的实话罢了。这可是我们的一个悠久传统，即不愿意直面现实、直面问题，阿Q因为长着一个癞痢头而怕人说到"光"与这也是一脉相承的。这种思想会严重阻碍我们个人以及社会的进步。无论个人还是社会，都是在发现问题、解决问题的过程中向前发展的，正因为在现实中遇到了什么问题，然后尽力解决这些问题，才使我们不断地实现目标，也不断地从中得到长进。而解决问题的第一步就是直面问题的存在，否则就不会去想办法解决问题，问题就会一直存在着，越积越多，愈演愈烈，由小疾变成了大患。

晚清时期，西方国家挟着坚船利炮找上门来，要求叩开我国的大门。在与其进行交锋的过程中，我们传统社会的缺陷暴露无遗，因而很快就败下阵来，面临着巨大的民族危机。少数有识之士看清了形势，认为在中西交通、无法再实行闭关自守的时代，要想不受外侮，就必须虚心学习他们的长处，学习他们的先进器物，乃至要学习他们的先进政治制度和价值观念，从而才能真正自强起来，自立于世界民族之林。然而，这些最早开眼看世界的先驱者的声音在社会上并没有产生应有的回响，大部分人尤其当权者仍然闭目塞听，继续做着"天朝上国"的迷梦，认为自家的制度十分优良，尤其在伦理道德方面更是无与伦比，只有别人向我们学习的份儿而不是我们要向别人学习，别人可炫耀的无非一些奇技淫巧罢了。结果，我们在学习西方国家、进行制度改良的道路上一再错失良机，在西方国家的挑战面前只能处处挨打，一直到甲午战争被打疼了，都快亡国灭种了才开始有所醒悟过来。

而同一时期，我们的近邻日本也面临着大致相同的情势。1853 年美国海军准将佩里率领的舰队来到日本，叩开了他们长期闭守的大门，并签订了一系列不平等条约。但他们不像我们这样仍然夜郎自大、不思进取，而是锐意革新，请进来、走出去，虚心地全面地向西方国家学习，学习其先进的科学技术，改革各方面落后的制度，举全国之力发展工业，很快就摆脱了民族危机，实现了富国强兵，一举成为亚洲的头号强国，在世界上也与欧美列强并驾齐驱。令人感慨万千的是，鸦片战争之后，魏源作为林则徐的好友，接受其建议大力搜集西方国家各方面的资料，悉心研究西方国家的历史和现状，找出他们何以先进的道理，写出了著名的《海国图志》，并最早鲜明地提出"师夷长技以制夷"的主张。但这部著作在我们国家没有产生多大的影响，传到日本后却迅速传播开来，许多日本人从中了解到西方国家的状况，认识到必须虚心地向西方国家学习，从而对明治维新运动产生了重要影响。真可谓墙内开花墙外香。

2020 年 5 月 1 日

矛盾

大约小学三年级时有一篇课文，说是古代有一个人有一天站在街头，一手拿着一根长矛，一手拿着一面盾牌在叫卖着。他逢人就兜售起自己的矛和盾，说得口若悬河，极尽夸张之能事。他拿起自己的矛，说它如何的锋利，没有什么东西是它戳不穿的；然后又拿起自己的盾，说它如何的坚固，任何锋利的东西都无法把它戳穿。于是一个顾客就上前问道，既然像你说的这样，我拿你的矛戳戳你的盾又如何？他听了，也觉得自己的话自相矛盾，顿时变得哑口无言起来。这就是著名的矛和盾的故事，"矛盾"也成了用来形容两个事物互相冲突、对立，无法相容、并立的词。

这个故事告诉我们无论说话还是做事，都要讲究严谨两个字，要符合事实和逻辑，避免产生自相矛盾、无法自圆其说的现象。我们也可以从中判断一个人所说的话有没有道理，所做的事行不行得通。

然而在现实生活中，矛盾的现象却是十分普遍的，可以说是无处不在、无时不有。在生活上有健康和美味的矛盾、保暖和美观的矛盾，在事业上有工作和休闲的矛盾、事业和家庭的矛盾，在价值观上有义和利的矛盾，等等。

很多美味佳肴往往都要经过复杂的加工制作过程，而食物在这一过程中，往往会产生各种有害物质。譬如腊肉，它在熏制的过程中会产生一种高致癌性的物质，吃多了显然会大大增加健康上的风险。譬如在制作美味佳肴的过程中加入的各种香料，也往往含有致癌物质，像我们常吃的花椒就是如此。我们在品尝美食、享受口腹之欲的过程中，其实已经吃进了许多有害健康的东西。对新鲜的食材进行简单的烹饪，只有这样才能充分保持健康和营养，但这同时在风味上或许会有些欠缺，人们吃东西除了要填饱肚子和摄入营养，还要讲究东西的好吃与否，讲究色香味俱全。天气冷下来的时候，要保暖不被冻得伤风感冒，就要穿得多一些、厚一些，但这样一来就显得十分臃肿，尤其是爱美的女士，她们身上的曲线就显现不出来了。而要穿得美观一些，充分显现出身上的优美曲线，就要穿得少而薄，就要在寒风中冻得瑟瑟发抖，所以人们戏称此为"要风度不要温度"。

在事业上要想取得更大的成就，就要把更多的时间和精力放在工作上，就要更多地牺牲娱乐和休闲的时间。那些事业上很成功的人士往往都是不分白天黑夜地工作的，也没有什么节假日可言。同时，他们还要更多地牺牲与家人团聚的机会，无法经常陪伴家人，而他们的家人也要为此付出很多。有的甚至长年在外打拼，都难得和家人见上一面。所以我们不能光看到他们在事业上风光的一面，他们以及家人其实也是十分不容易的，有所得必有所失。

义利之辨更是古今中外所有人都必须面对的一个两难问题。义和利往往会发生矛盾，要想多追求一些精神层面的东西，多为社会做一些贡献，就不能把物质层面的东西看得太重，就不能把个人的名利看得太重，就要把更多的时间和精力用于精神价值的创造和对社会公义的追求，而不是用于个人名利的追求。而要是醉心于个人的名利，整日钻营奔竞于名利场，就无法拥有充实的精神生活和高尚的情操，人就会变得十分势利和俗气。义和利不但是此消彼长的，有时还会见利忘义，发生以不义的手段谋取私利的现象。当医生的希望人们多生病，开棺材铺的希望多死人，从而才有更好的生意和更多的收入。这固然不好，但也不得不承认是一种常见的社会心理现象。仅仅心里这么想也就罢了，一些人为了谋取私利，还真做出了草菅人命、伤天害理的事情。这也是我们不得不面对的一个现实。

既然生活中有如此多的矛盾需要面对，我们就有一个如何取舍的问题，即要选择什么，同时就要放弃什么。鱼和熊掌不可兼得，就要舍鱼而取熊掌，或者舍熊掌而取鱼，就看个人的偏好如何，看重的又是什么。你把健康看得更重要，就要管住自己的嘴，牺牲你在美食上的享受。你认为保暖更重要，就要把衣服穿得厚一些，牺牲你外形上的美观。你认为义比利更重要，更值得追求，就要舍利取义。你认为事业和工作更重要，更值得追求，就要把更多的时间和精力用在这上面，就要更多地牺牲娱乐和休闲的时间，像鲁迅先生那样把别人喝咖啡的时间用来读书；就要更多地牺牲与家人在一起的时间，无法把更多的精力放在子女的教育上。事业和家庭可以兼顾固然更好，但人的时间和精力总是有限的，谁都没有三头六臂，一个事业上的女强人是不可能像全职太太那样当陪读妈妈的。

但有所取舍又不是非此即彼的，选择一方并非要以完全放弃另一方作为代价，通过合理的安排在矛盾双方之间取得一定程度的平衡是可以做到，也是需要做到的。健康固然重要，但在不损害健康的前提下，还是可以把饭菜弄得可口一些的。保暖固然重要，但在不至于冻着的前提下，还是可以把衣服穿得美观一些的。义固然必须坚持，但同时利也少不得，不然不得喝西北风了？缺少一定的经济基础，独立的人格也是建立不起来的，也是无法真正得到义的。但我们在追求私利的时候也不能有损于公义，即要通过正当的手段挣钱，"君子爱财，取之有道"。工作固然重要，但人又不能只为工作而活着，不能沦为工作的机器，在繁忙的工作之余也要懂得放松身心、享受生活，也只有这样才能更好地工作，更好地投入战斗。就是鲁迅先生也主张要边干边玩，只有这才能持久地战斗下去。事业和家庭也同样如此，要成就一番事业就要牺牲许多与家人在一起的时间，但这并不意味着都不能兼顾家庭了，更不意味着都不要兼顾家庭了。一个对家人都不好、不把家人放在心上的人，难以想象他还会对别人好，还会有社会关怀，一个没有尽到家庭责任的人也是做不出多大事业的。

既然是矛盾的权衡，就很难做到平分秋色和半斤八两，每个人在一对矛盾中总会偏重于一方。完全处于一个极端的人是极少的，但在这两极之间如何具体进行权衡，不同的人却有十分不同的选择，只要不违背社会的公序良俗，不损害他人和公共的利益就可以了。正因为人们的选择如此的不同，世界才变得如此的多样，如此的精彩。

2020 年 5 月 2 日

故事演绎

买椟还珠

　　古代有一个人把珍珠拿到一个地方去卖，为了能卖个好价钱，他用名贵的木材给珍珠做了个匣子。这匣子制作得无比精美，镶上了玉石，饰上了玫瑰，还放入了香料。珍珠也很漂亮，但把它放在如此精美的木匣里顿时变得黯然失色，产生了一种喧宾夺主的效果。市场上人们都被这木匣吸引住了，对其赞不绝口，对珍珠却视而不见。有一个人十分中意这只木匣，毫不犹豫就花大价钱把它买走了。但不久后他又回来了，把珍珠还给了卖家，只把木匣带回去了。这是小学一篇课文讲的著名的"买椟还珠"的故事，我当时看后的第一个反应是太替那个买家感到惋惜了——珍珠乃是无价之宝，甚至价值连城，而一个盒子做得再漂亮，也只是木头做成的，又能值几个钱？它看起来再漂亮，也只是起到一种包装和装饰的作用，而珍珠才是真正需要和重要的东西。

　　这个故事告诉我们要懂得正确衡量一个事物的价值，不要被那些次要的华而不实的东西所迷惑，因小失大，丢弃了更重要更有价值的东西。这就说到了所谓的面子和里子的关系问题。里子是我们所需要的实质性的东西，对我们真正重要的是里子。看重里子的人就显得求真务实，凡事都讲求能够取得实效，而不是只图个门面好看，搭个花架子让别人看了都说好。而有的人却更看重面子，凡事首先考虑的不是对自己是否真正有用，而是要让更多的人知道自己有多风光，于是就大讲排场，为了面子上的风光而费去不少银子，甚至变得负债累累，可谓图虚名而招实祸。

　　故事中那个买椟还珠的人，倘若只是因为喜欢这个木匣本身而想买下来，他并不喜欢珍珠，本来的目的就不是买珍珠，那他这样做其实并没有什么错。这涉及消费行为中的个人偏好问题，我的偏好就是这个精美的木匣，在别人看来只是装东西的盒子，不过做得好看一些而已，对我而言却如同无价之宝，愿意出高价得到手，而别人视为无价之宝的东西我并不需要，对我来说就是毫无价值的。对于那些不懂得艺术欣赏以及收藏的人而言，一张名画的价值也许还不如一把青菜的价值。因此，这买椟还珠还不失为一种诚实的行为。但从交易行为的角度讲，他应该事先说明我要买的是木匣而不是珍珠，这样也许就可以花更少的钱买到这个木匣了。如果他本来是要买珍珠，但被这个美轮美奂的木匣给迷住了心窍，珍珠在他眼里就如敝屣了，那他就是典型的为了面子而不要里子，实乃一种不智之举。

　　对于社会成员来说，铺张浪费与否是他们自己的事情，只要有钱这么做似乎也没有什么法律可以禁止。但这仅仅是个人的事情吗？也不尽然。各种铺张浪费的现象多了，其他人也会纷纷进行效仿，从而就变成了一种社会风气。人们生活在这种氛围中，不这样做就会觉得没有面子，就会在众人面前抬不起头来，于是就不得不打肿脸充胖子，哪怕砸锅卖铁也得这样。在许多地方，人们遇到红白喜事都要大操大办，要收天价的彩礼，为婚姻和爱情打上了价码。现在随着生活水平的提高，婚姻的条件也升级换代了，谈婚论嫁时很多都要求在城里有一套房子，"丈母娘经济"十分盛行，同时还得有一辆体面的车子才跟得上时代的步伐。这种社会风气使许多家庭背上了沉重的经济负担，初衷是为了追求家庭的幸福，结果却带来了生活的困顿。

对于这种"死要面子活受罪"的不良习俗，政府虽然无法硬性加以禁止，但必须进行正面引导，倡导一种健康的社会风气，积极进行移风易俗。从个人的层面看，要尽力从这些陈旧的观念中解放出来，要让自己活得更洒脱一些，更好地活出自己，要更在乎里子而不是面子。

2020 年 5 月 4 日

曹冲称象

　　曹冲是曹操的一个儿子，从小就长得十分机灵。有一次有人给曹操送来一头大象，他想知道它到底有多重。但这样一个庞然大物如何称重呢？人们按照常规思维立刻会想到要找到一把特制的巨大无比的秤。但哪里找得到这么大的秤呢？就算能找到，又如何把大象抬起来过秤呢？大人们左思右想都想不出一个妥当的办法。这时跟在身边的曹冲灵机一动，提出建议说可以把这头大象赶到一艘船上去，刻下船吃水的线，然后再把它赶下船，重新用石头装上去，刚好也装到那条吃水的线，接着再一块一块地称石头，加总起来就是大象的重量。大人们听了都恍然大悟起来，于是就纷纷夸赞他的聪明机智，并按照他说的方法顺利地称出了这头大象的重量。

　　这则故事告诉我们一个道理，即面对一个难题时要懂得跳出常规思维，换一种思路或许就能使问题迎刃而解。经验通常是很管用的，但也是有局限性的，即它只适合于既有的问题，对于新出现的问题却未必适用。它会限制人们的视野和思维，遇到新问题时往往还会拾起老办法来。但这时老办法或许已经不能奏效了，人们要是不懂得跳出来，还在上面打转转，就会在困难面前变得束手无策。而要是换一个角度，换一种思路，甚至进行逆向思维，往往就会感到豁然开朗，"山重水复疑无路，柳暗花明又一村"。在这个故事中，曹冲想到用传统的办法是无法称出大象重量的，因而就要去寻找新的办法。船的吃水深度是由承载的重量决定的，重量相同的东西吃水的深度也是相同的，因而他就向大人们提出了那个金点子，让他们自叹弗如。

大禹治水的故事说的也是同一个道理。洪水泛滥给人们带来了巨大危害，前人尝试过各种治水方法了，但所想到的无非都是"兵来将挡，水来土掩"，在不断上涨的洪水面前筑起一条堤坝挡住它。但水的本性是要往低处流，总要找到一个出口的。前面的水排不出去，后面的水又汹涌而至，洪水就越涨越高，一旦超出了堤坝的承受极限，就会把它冲垮。大禹吸取了前人的教训，不再用封堵的办法，而改用疏导的办法，把那些狭窄、堵塞不畅的河道挖深挖宽，使水能够顺畅地流进大海，从而洪水不再泛滥成灾了。这种思路后来成为人们治水的常识，但大禹最早提出来却是多么的难能可贵，解决了当时社会面临的最大问题，功莫大焉，因而继舜之后被禅让为首领，可谓众望所归。

2020 年 5 月 5 日

刻舟求剑

古代有一个人要坐船过江。当船行到江心的位置时，他身上佩带的一把宝剑不小心掉进了水中。他不慌不忙地从身上掏出一把小刀，在剑从船舷掉下去的位置刻了个记号，说等船靠岸后他再从这个地方跳下去，就可以把剑打捞上来了。旁边的人对他说，船是在行驶的，而剑掉下去后就不动了，你等船靠岸后再跳下去，哪里还打捞得到剑呢？这则故事显得十分匪夷所思，这个刻舟求剑的古人实在迂腐得可以，以为剑从船舷的这个位置掉下去，就不管什么时候从这个位置跳下去都能打捞上来，而忘记了剑不动船却在动。这个道理兴许连尚未开蒙的孩童都懂得，他作为一个大人却懵然不知。如果仅仅是一则茶余饭后供人发噱的故事，它就不会流传得这么久远，成为一个家喻户晓的成语，被人们普遍地使用着。它反映的是我们人类社会普遍存在的一种现象，即总有人会固守着僵化的教条，客观情况已经发生了很大变化，他们还以陈旧的思维和方法对待，结果只能是牛头不对马嘴，以失败而告终。

就像古希腊一位著名哲人所说的，人不能两次踏进同一条河流。事物总是在不断发展变化着，虽然每天太阳都照常升起，但今天之太阳已不是昨天之太阳，我们每天都要面对新的情况和新的问题。当实际情况发生变化之后，我们的思路也要跟得上变化，要重新客观、全面地认识实际情况，弄清哪些是不变的，哪些是变化的，哪些是老问题，哪些是新问题，老问题我们可以从过去的经验中找出对策，而新问题就需要我们摸索出一套新的办法。要是以一种静止的眼光看待现实，在变化了的现实面前还念着过去的老皇历，就会四处碰壁，就会产生"老革命遇到新问题"的困惑。如果说在过去那种农耕宗法社会，由于社会的发展变化十分缓慢，总是"太阳底下无新事"，因而经验往往是十分管用的，但到了工业社会以及信息社会，社会的发展日新月异，新情况和新问题层出不穷，老皇历往往就不吃香了，这时更应当避免刻舟求剑的思维定势，要善于用一种发展的眼光看待现实。

时移而世易，这是我们古人总结出来的一种社会思想，认为时代发展了，社会的情况也不同了，我们治理社会的对策也应与时俱进，要善于根据新的情况提出新的思路，找到新的对策。春秋时期是一个礼崩乐坏的时期，随着社会生产力的发展，周朝的那种宗法分封制度已经被破坏无遗，各诸侯国争霸天下，周天子沦为傀儡，后来干脆被废掉了，从而进入诸侯之间争霸更加激烈的战国时代。在春秋战国时期，传统的秩序无法维持了，传统的价值也无人信从了，社会上出现了一种群说纷起、百家争鸣的局面，不同的学派拿出了不同的治世药方。道家主张退回到"鸡之声相闻，民至老死不相往来"的小国寡民社会，即一种原始社会的状态，百姓层面要做到无知无识、无欲无求，国家层面要做到无为而治，"治大国如烹小鲜"。儒家主张恢复周礼，重新回到西周那种"君君臣臣父父子子"的宗法等级秩序。而法家主张"法后王"，认为过去已经回不去了，必须顺应社会发展的趋势，实行赏罚分明的奖励耕战制度，从而实现国家的统一，建立起君主专制来。虽然法家也有其重大缺陷，推崇"法术势"，主张赤裸裸的君主专制主义，同时也把人性看得过于黑暗了，但我们也不得不承认，相对于当时的其他学说，它更清晰地看到了社会发展的趋势，更具有现实性和可行性。后来历史的发展也证明了这一点，所以才有"百代皆行秦政制"和"儒表法里"这些说法。

进入近代后，我们已经脱出了传统社会的发展轨道，过去长期实行的那一套制度不适合社会发展的要求了。西方国家率先完成了资产阶级革命以及工业革命，率先进入了资本主义。而资本主义的本性就是要求不断扩张，到处寻找产品市场和原料产地，要求把整个世界都纳入这一体系，没有一个国家能够置身其外。于是当时最强大的国家英国就挟着洋舰洋炮而来，用大炮轰开了我们的大门，使我们被迫纳入了这一体系。面对这"三千年未有之变局"，我们固有的社会结构被无情地打破，过去长期实行的那一套已经行不通了，倘若不虚心地向西方国家学习，适时地进行变革，使我们由农业国变成工业国，由君主专制变成君主立宪制，从而迎头赶上它们，就只能继续落后挨打。形势咄咄逼人，但仍有许多人的观念还停留在古代社会，还死抱着过去的那一套不放，不肯学习西方国家先进的东西。我们现代化的事业之所以被一再延宕，就因为这种刻舟求剑的做法，在已经大为变化的形势面前，仍然死守着过去的教条和家法，仍然念念不忘过去的老皇历。

我们常讲的实事求是的思想路线，其实讲的就是这个道理。在不断发展变化的现实面前，过去的经验只能成为一种参考，我们更需要的是对客观现实进行全面深入的调查研究，必须认清我们所处的现实，从而才能找到切实可行的解决问题的对策。新情况和新问题呼唤我们的新思维，呼唤我们实事求是的精神。

2020 年 5 月 6 日

守株待兔

　　古代有一个人有一天在地里汗流浃背地劳作着，突然有一只野兔蹿了出来。它受到了很大惊吓，慌不择路地蹿着，没看见前面有一截很大的树桩，就一头撞上去毙命了。谁说天上不会掉下馅饼来？这个农夫今天就平白无故地捡到了一个便宜。他心想这可太好了，以后要是每天都能在这里捡到一只兔子，就可以不愁吃不愁穿，不必在烈日下辛辛苦苦地干活了。第二天他果真撂下锄头不下地干活了，悠闲地坐在这截树桩附近，等着再从什么地方蹿出一只兔子，然后撞死在树桩上，再让他捡到一个便宜。但这天他不再走运了，等得太阳落山了，仍然连一只兔子的影子都没有看见，只好两手空空不无失望地回家了。第三天他还不死心，仍然期待着会有奇迹发生，又来到老地方守着……日子一天天过去了，他非但没有再捡到一只兔子，而且连自己的田地都荒芜了。这就是我小学时一篇课文所讲的守株待兔的故事。

　　这个故事出自《韩非子》一书，其原义是说不能"以先世之法治当世之民"，社会已经发展变化了，不能再拿以前的那一套治理当下社会了，告诉我们不能墨守成规和不知变通。然而，后来人们使用这个成语时通常不从这个意义理解，而从好逸恶劳、坐享其成的角度理解，用来形容一个人不想付出辛勤的劳动，却又贪图享乐，总幻想着天上会掉下馅饼来，哪天会大发横财，突然就暴富起来。这种现象在社会上其实是很常见的，所谓的投机取巧、机会主义等皆是如此。

美好的生活是谁都求之不得的，但美好的生活又必须经过辛勤的劳动才能实现，必须吃得苦中苦，方有甜上甜。许多人吃不了这个苦，也不想吃这个苦，却又总想着能够坐享其成，不劳而获。有人买了一张彩票，幸运地中了一次奖，于是就异想天开起来，希望下次运气之神还会再光临自己头上，再中一次奖甚至是大奖。于是他就一直买下去，变成了一种瘾，为各种彩票机构做出了不小"贡献"。有人恰逢股市处于低位时买进股票，后来行情开始上涨，让他很是赚了一把。于是他就也想成为"杨百万"，不惜拿出所有的积蓄砸进去。结果股市又应声下落，他由于未能及时脱手而被套牢了，沦为机构和大户收割的韭菜。这些其实都是守株待兔。

人们也知道好运往往可遇而不可求，可一而不可再，理性告诉了我们这一点，现实更告诉了我们这一点。然而，许多人仍然想坐享其成、不劳而获。怎么办？于是一些人就想到了投机取巧和机会主义，通过使各种心计来骗取人们的钱财，搞形形色色的坑蒙拐骗。这对他们来说不必风里来雨里去的，只消一些花花肠子，一旦得手了却可以赚个盆满钵满。这可以说是守株待兔的升级版，只是往邪恶的方向发展了。前一种守株待兔还只是一种懒惰，并不损害他人的利益，而这种守株待兔却是十分有害的，以严重损害他人的利益为代价。但无论哪一种都是要不得的，前者荒废了自己的事业，后者迟早会东窗事发、银铛入狱，只能在铁窗里继续做发财的美梦了。

这些现象的共同特点是想不劳而获、坐享其成，这种思想是十分不可取的。第一种守株待兔看似乎只荒废了自己的事业，而与他人无涉，但它往往是第二种守株待兔的温床。许多人也不是一开始就要搞坑蒙拐骗的，最初也只是好逸恶劳，想突然发一笔横财，无奈左等不来，右等不来，于是就开始心生邪念、铤而走险，先尝试着干一笔小的，得手后一发而不可收，越走越远、越坠越深。因此，我们需要树立起脚踏实地的作风，要想过上更好的生活，就要付出更多的劳动，要根据自己的能力和吃苦耐劳的程度去设定目标，自己的能力平平，也吃不了多大的苦，就要把目标设定得低一些，是通过自己的努力可以实现的。

现在社会上普遍流行着一种财富和创业的神话，大街小巷都在谈论马云和巴菲特等这些耀眼的财富明星以及他们所创造的财富神话。我有一次坐公交车，听到前面有一个母亲在对中学生的儿子进行一番说教，说电视台近期播出一个节目，来自新疆的一个大学生在校期间就开始创业，跟同学合伙生产切糕，赚了多少多少，语气中充满了羡慕和赞叹。社会上这类神话流传得多了，就会对人们尤其是青年产生极大的误导——它们没有告诉人们创业还有多少的风险，还要付出多少的劳动，也没有告诉人们这些神话又有多少的水分，似乎只要你立下这个志向，下一个马云和巴菲特就是你了。就是这个"切糕哥"的神话，后来人们经过多方了解，发现他也有很大的炒作成分，然后又靠着知名度卖了个高价，而不是自己所标榜的平价。当然，商业上的炒作无可厚非，但它存在名不副实的一面却也是不争的事实。凡是炒作的东西都是无法长久的，果然风光一阵后，他也变得无声无息了。好逸恶劳本来就是人性的一个重要方面，盲目地传播各种财富和创业的神话，就会对它产生一种火上浇油和推波助澜的作用，从而使人心变得更加浮躁，使守株待兔的人越来越多。

2020 年 5 月 7 日

农夫与蛇

我读小学时有一篇课文讲的是农夫与蛇的故事。说是冬天里有一个农夫走在路上，看见路边团着一条蛇，身体已经被冻得僵硬，眼看就要死掉了。他心里产生了怜悯，就把它拾起来放到自己的怀里暖和。过了一会儿，蛇苏醒过来了，开始动了起来。它想必感到在农夫怀里被压迫得浑身不自在，就张开嘴咬了他一口。毒液进入农夫的身体，使他中毒死了。他临死前说道，蛇是很歹毒的东西，我不该可怜它！这故事告诉人们不要对敌人心存怜悯，否则就要被无情地反噬一口，像那个农夫一样白白地死掉。毛泽东还在一篇文章中引用了这个故事，告诉人们不要对敌人存有幻想，要将革命进行到底。

这个故事在社会上流传甚广，对人们的思维产生了很大影响。倘若在社会上做个调查，估计没几个识文断句的人未曾听过这个故事，不知道其中的道理。我是个不擅长讲故事的人，有一次在一个亲戚家里陪他的小孩玩，那小孩要我讲个故事给他听，我搜肠刮肚，实在想不出要讲什么，情急之下亦想到了这个故事。

蛇是很一种很歹毒的动物，"蛇蝎心肠"被用来形容一个人的心有多么歹毒和阴险。一部分蛇有剧毒是事实，人们在野外被咬中毒的现象并不罕见，但说它们很歹毒却是人们赋予的。在野外，蛇通常被人碰着了才会发起攻击，一般不会主动攻击人。我

65

在乡下生活时就经常遇到这种情形：蛇一旦发现人的动静，就会
窸窸窣窣地从草丛中游走，只留下若有若无的草蛇灰线。所以在草长
得很茂密的地方行走，都得带一根棍子打草惊蛇，让它们听到动
静后事先游走。故事中的这个农夫错在不知道蛇的习性，同情被
冻僵的蛇固然说明他心地善良，但同时还要懂得如何去同情，他
正确的做法应当是把蛇放到一个土洞里然后再盖上土，让它安然
度过冬天。野性的蛇与人类是无法共生的，把它放在自己的怀
里，待它苏醒过来后必然要被反噬一口，这并非是懂不懂得感恩
的问题。

由此可见，做好事也是有讲究的，要知道对方的难处在哪
里，要从哪里帮起，而且更重要的是要知道对方需不需要帮，否
则就会帮倒忙，好心办了坏事，别人非但不感激，还要怪罪你多
事呢。这样的事情在生活中是经常遇到的。上大学时，由于学业
很轻松，我们经常睡懒觉，早上睡到日上三竿，午觉睡到太阳下
山都是很平常的。但一旦睡过了头，人就会进入一种昏昏沉沉的
状态，这时候想起来又起不来，十分的憋闷难受，我自己就常常
这样。有一次我看见后面床位的一个同学下午三点了还在呼呼大
睡，想必也进入了这种状态，感到有点于心不忍，而且这时面临
期末考需要复习功课了，就把他叫醒了。没想到他并不领情，晚
上还在其他同学面前数落起我，显得十分不快，怪我没事找事，
打扰了他的好梦，吓得我以后再也不敢做这种"好事"了。

如果说"农夫与蛇"是从反面说明这种道理，"痛打落水狗"
则是从正面说明这种道理。鲁迅先生提出要痛打落水狗，"费厄
泼赖"应该缓行。对此有人提出了质疑，认为"费厄泼赖"仍应
实行。他们其实把不同的问题混淆了。鲁迅先生说的是对落水狗
不要可怜，而要痛打之。而"费厄泼赖"即公平竞争却不是针对

敌人，而是针对赛场上的竞争对手，当然要实行，不实行比赛就无法进行了，也没有任何公平性可言。这些年社会上出现了形形色色的造假以及其他丑恶现象，当人们对此进行激烈抨击时，又有一些人出来当老好人，认为得饶人处且饶人，不要老揪着不放，不要使用那么尖锐的语言，诸如此类，与以前人们主张不打落水狗如出一辙。对那些突破道德底线的行为，抨击得激烈一些并不为过，而且许多人在无可辩驳的事实面前还装聋作哑，甚至百般抵赖，并没有一丝一毫的认错态度。对这些人的原谅，必须以他们公开认错和诚恳道歉为前提。

但对待战场上的俘虏则必须讲求一定的规则。我们对敌人固然要提高警惕，但当敌人失去抵抗能力放下武器之后，就只能当作俘虏对待，按照国际公认的战俘规则进行管理，而不能还对其进行杀戮，也不能进行虐待。在这种规则下，对战俘要实行人道的待遇，当然也可以进行思想改造，改变其对我方的态度，使其可以为我方所用。在土地革命战争时期，优待俘虏是我军的一项重要原则，这对于争取更多的俘虏加入我方阵营，提高我方的政治影响是有很大好处的。

也许小时候受"农夫与蛇"的故事影响太大了，长大后我对优待俘虏的政策有些困惑，尤其对我军优待日军战俘的政策很难理解。后来才意识到这是现代社会的一个重要原则，而且事实上许多日本战俘经过我方的思想改造，遣送回去后都成了反战人士，成了中日和平友好的使者，有的还留在了中国，为中国做了许多有益的工作。

2020 年 5 月 8 日

南郭先生

　　古代齐国有一个国王喜欢听很多人在一起吹竽，于是宫廷就为他组建了一支两三百人的乐队，演奏起来场面十分恢宏壮观。有一个叫南郭先生的人，他压根就不会吹竽，但竟也凭着花言巧语和溜须拍马的本领，加入了这支乐队。乐队为国王演奏时，他也吹得煞有介事的，谁也不知道他其实并没有吹出声音来。他在这个乐队里就这样混下去，日子过得很是滋润。后来这个国王驾崩了，新的国王继位。这个新国王恰好相反，喜欢听乐师单独给他吹竽。南郭先生一听到这个消息就感到不妙，连夜逃得无影无踪了，连未领的薪水都不要了。因为他知道要是不及时开溜，自己就要穿帮了，非但不能再继续混下去，而且还要来个欺君之罪，连小命都保不住了。这个故事告诉我们一个道理，即无论做什么都必须有真才实学，能力不具备就不要去冒充，否则可行骗一时，却不能行骗永远。我从小学的课文读到这个故事后，就牢牢记住了南郭先生这个人以及滥竽充数这个成语，提醒自己无论做什么都必须具有扎实的本领，否则不但会混不下去，还会搞得脸面全无，就像这个南郭先生一样。

　　进行集体演奏时，类似南郭先生这样的人可以冒充进去，但要进行个人演奏时，南郭先生就要露出马脚了，于是赶紧逃之夭夭。这告诉了我们制度的重要性。以前农村经济实行集体化，田还是这些田，人还是这些人，但由于人们在一起吃大锅饭，多劳不能多得，少劳也不会少得，干多与干少一个样，干好与干坏一个样，于是就普遍产生了出工不出力，干活磨洋工的现象。出工的钟当当地敲了老半天，人们才慢吞吞地从家里出来。在地里干活时个个都磨磨蹭蹭的，生产队长在跟前时还表现好一些，不在跟前时又坐下歇凉了。虽然也知道集体的产出关系到我们的肚皮，但由于无法与个人的所得直接挂钩，因而就无法产生应有的激励作用，任你怎么"斗私批修"，任你怎么苦口婆心地做思想工作，可谓软硬兼施了仍然无济于事。这种制度实行了几十年，却未解决人们的吃饭问题，把经济搞得半死不活的。后来我们实行了包产到户，把田地分到了各家各户，广大农民取得了生产自主权和剩余索取权，交足国家的，留够集体的，剩下的都是自己的，劳动成果与劳动付出形成了直接的关联。这时候，收入的多寡就完全看自己的努力了，干得好都归你享有，干得不好也都由你承担。田还是这些田，人还是这些人，但人的状态却大不一样了，个个都像变了一个人似的。干活时也不用生产队长扯着嗓子吼了，人们起早贪黑地干着。在路上见到一坨牛粪都要捡起来，施进自家的地里。在地里绣花针般地精耕细作着，田间地头的每一寸土地都充分利用起来，田角种上了芋头，田埂种上了大豆。这种制度一经实行，当年就大幅提高了农业产量，没几年就使长期困扰我们的温饱问题得到了解决，甚至还出现了卖粮难的现象。这两种制度所产生的截然不同效果，让人们充分认识到了制度的重要性，激励和约束机制的重要性。

要避免让南郭先生这样的人混迹其间，还有一个办法就是招聘乐师时要由专业的人员进行严格的面试，让每个人都当面对着考官演奏一首乐曲，是骡是马拿出来遛一遛。这样南郭先生也许就不敢前来应聘了。但制度是死的，而人是活的，即使实行这样的制度，假如南郭先生可以通过各种方式搞定面试官，仍然可以混进乐队滥竽充数。因此，要经营好这支乐队，还有一个关键问题是如何进行监督和问责。

南郭先生这样的人什么时候都会有，他们缺少真才实学，却又想名利双收，问题在于我们是否有办法堵住制度的漏洞，让这样的人没法混进来滥竽充数，进来的人都必须具有真才实学，都必须积极地履行自己的职能。一个合理的制度就是要择人任事，人尽其才，把合适的人才放在合适的岗位上，让其有责有权有利，充分发挥其积极性、主动性和创造性。一个不合理的制度就是无人负责，责权利不明晰，管理十分混乱，这样的制度正是南郭先生们的乐园。

我们的国有企事业单位之所以需要进行改革，也在于内部存在的这种无人负责状态，有效的激励和约束机制尚未真正建立起来，铁饭碗和大锅饭的问题十分严重，在进人和用人的环节并不完全遵循选贤任能原则，而是充满了各种关系网，冗员充斥，开支浩大，却未能有效地发挥作用。在这样的单位里，滥竽充数的南郭先生多矣。改革的思路就是要形成明确的责任主体，各个层次都要建立起明晰的责权利机制。有了这样的机制，上上下下都会去完善制度，加强管理，积极有效地履行自己的职能。

2020 年 5 月 9 日

南辕北辙

　　我上小学时有一篇课文讲的是"南辕北辙"的故事，说古代有一个人要到楚国去，楚国在南方，他的车却往北方行驶着。他在路上遇到了一个人，告诉他说自己要去楚国。那人说楚国在南边，你的车怎么往北走呢。他说我的马跑得快，可以到得了的。那人说你的马跑得再快，但这不是去楚国的路呀。他又说我的盘缠带得很充足，即便多跑几天总会到的。那人说你的盘缠带得再充足，但这不是去楚国的路呀。他又说给我驾车的人本领很高，不碍事的。他分明走到了相反的方向，却不懂得掉头，仍然一意孤行地走下去，结果只会走得越快，离目的地越远，走得越久，离目的地也越远。

　　这个故事告诉我们不管做什么事情，方向以及方法乃是至关重要的。方向错了我们就会沿着错误的道路越走越远，投入的成本再大，都无法实现目标，所有的努力都将付之东流；方法不对头，做起来就会事倍功半，费了老大的劲却未产生多大的效果，甚至毫无起色，无功而返。我们去一个陌生的地方，最要紧的是把路打听清楚，特别是要往哪个方向走更是容不得差错。只要方向走对了，就一定能走到目的地，无非不懂得抄近路，多走一些冤枉路罢了；而一旦方向走错了，即使走到天黑也走不到目的地。在我们的现实生活中，像那个古人那样糊涂而又固执的人大概是很难找到的，但类似这样南辕北辙的现象却是很多的。

从小的方面说，人发烧后就要尽量少穿衣服，在通风的地方休息，让热量尽可能散发出去，从而才能把体温降下来。然而，在我们的传统观念中，却认为发烧是因为湿热郁积在体内，要通过发汗把它表出来。于是人发烧后就要把门窗关得紧紧的，衣服穿得厚厚的，大热天也要用一床棉被焐着。这样一来只会使体温升得更高，人烧得更厉害，有的人甚至因此而丢掉了性命。

　　从大的方面说，在国家和社会的治理上也存在南辕北辙的现象。譬如谣言，无论何时何地都会发生，但在什么时候多，在什么地方多却是很不同的，这其中的差别在于政府如何对待它。之所以会有各种各样的谣言产生，在很大程度上就因为人们得到真相的渠道不畅通，从而只能瞎猜和想当然，捕风捉影，道听途说，从而导致小道消息满天飞，各种匪夷所思的谣言层出不穷，而且还会不断地添油加醋，越传越邪乎，给正常的社会秩序带来了很大干扰。对付谣言最好的办法就是建立起畅通的信息传播机制，使各种真实的信息可以及时地得到发布。谣言止于真相，信息的渠道畅通了，谣言自然就失去市场了，人们说到底都是追求真相而痛恨谣言的。而要是信息的渠道不畅通，实行黑箱作业，什么都藏着掖着，什么都不让人知道，什么都怕人知道，就会导致"此地无银三百两"的现象，恰好为谣言的产生提供了温床。

　　面对这种种南辕北辙的现象，我们首先需要的是转变观念，把方向搞对头。

　　　　　　　　　　　　　　　　　　　　　　　2020 年 5 月 10 日

西门豹治邺

　　这是我小学快毕业时学过的一篇课文，那时已经是高年级，认识的字更多了，阅读理解能力增强了，课文的篇幅相应也拉长了。这故事讲的是古代一个叫西门豹的官员，到一个叫邺的地方上任。他到那儿以后，发现很多田地都荒芜了，人烟也很稀少。通过询问当地的老人，他了解到原来当地的官绅与巫婆串通起来，说每年都要给当地一条河的河神娶媳妇，否则河神就会发怒，发大水使百姓遭殃。为此他们每年都要向百姓收取大量的钱财，除了一小部分用于办事的开销，其余的都由他们分赃了。每年巫婆从无权无势的人家挑出一个标致的女孩，然后精心打扮一番，让她坐在一张苇席上在河里漂着，过了一会儿就一起沉入了河底。由于无法忍受这种祸害，许多人家都纷纷逃到外地。西门豹听了，感到这帮坏人罪大恶极，为了谋取钱财而不惜给百姓带来巨大祸害，决心设计除掉他们。

　　到了为河神娶媳妇的那天，西门豹也来到了现场。他先看了看那个要"嫁"给河神的女孩。那女孩想到自己将要葬身河底，感到十分悲戚，让人看了也觉得难过。西门豹对巫婆说，这个女孩长得还不够漂亮，河神不会满意的，请你下去跟他说一声，过几天再给他另外送去一个。他说完就命令士兵把巫婆投进了河里。过了一会儿，西门豹又对官绅的头子说，巫婆已经下去很久了，怎么还未回来？请你也下去看看怎么回事。他说完又让士兵把这个官绅头子投进河里。其他人见状，顿时吓得面如土色，跪在地上不停求饶着，头磕得像捣蒜似的。西门豹为当地百姓除掉了这个祸害，同时还兴修了一系列水渠，引用河水对农田进行灌溉，改善了生产生活条件，逃走的人又纷纷回来安居乐业了。

我当时看了这故事，心里十分同情那些百姓的遭遇，更为那些葬身河底的女孩们感到痛惜，同时也无比痛恨那些丧尽天良的官绅和巫婆。西门豹上任之初，就一举解决了这一问题，让这些坏人落个应有的下场，使百姓从祸害中解脱出来，他的魄力和机智让我钦佩不已，他心里装着百姓，解民于倒悬的情怀也让我赞叹不已。

那些官绅和巫婆为了谋取钱财，居然干出这种丧尽天良的事情，西门豹以其人之道还治其人之身，也把他们投进河里淹死了。这除了要有他身后的权力作为支撑外，还要有相应的智慧，从而让他们哑巴吃黄连有苦说不出。与坏人进行斗争，光有义愤是不够的，还得有智慧，后者甚至比前者更重要，因为这些人能够兴风作浪，说明他们也不是等闲之辈，往往都很会阴谋诡计并且心狠手辣，没有一定的手段是很难战胜他们的。我们不但要敢于斗争，还要善于斗争。

那些在社会上兴风作浪、为害一方的巫婆神汉，无一没有官府的背景，两者互相勾结，狼狈为奸。西门豹上任之前，那些官绅串通巫婆，已经连续为害当地多年，使百姓处于水深火热之中，不得不逃往四方，有家难回，其罪恶可谓罄竹难书。而西门豹上任之后，对这一现象出重拳进行整治，立即就拨云见日了，在盛行人治的古代社会，主政一方的官员被当地百姓称为父母官，百姓需要他们做主。但这又往往是靠不住的，存在着严重的"人存政举，人亡政息"现象，西门豹走了，又来一个东门豹，老百姓往往又要遭殃了。而真正为民着想的官员其实是很难找到的，所以人们才像盼星星盼月亮那样盼着出现一个青天大老爷。

那些官绅和巫婆神汉之所以能够沆瀣一气，共同对百姓进行鱼肉，还与当时社会上存在的迷信风气有很大关系。他们正是利用百姓迷信鬼神的心理，害怕河流会发大水使自己遭殃，从而提出每年要给河神娶媳妇，让人们难以反对，同时再结合官府的暴力，人们更是得顺从地把钱交出来。要使这种祸害不再发生，除了要把首恶者坚决镇压掉之外，还要进行移风易俗，改变人们的思想观念。西门豹要让人们亲眼看到，这些为非作歹的官绅和巫婆被扔进河里也只有淹死的下场，而不会再回来了，用鲜活的事例告诉人们，他们那一套纯粹只是谋财害命的迷信活动，不要轻易被他们欺骗。解决了这一问题之后，他还大力兴修了许多水利工程，改善了生产生活条件，减少了水旱灾害的发生。他通过这些行动让人们切实感受到，要想安居乐业，需要的是政治上的清明，以及人们对自然界的正确认识和利用，而不是去乞求什么神灵的力量。

看了这个故事，我们还应该懂得"多行不义必自毙"的道理。那些官绅和巫婆为了谋取钱财，不惜干出这种罪恶的勾当，从而对社会造成了极大危害，不但百姓没有活路了，而且还危及政府的生存——百姓逃亡产生了大量流民，成为社会动乱的根源；田地荒芜使政府失去了财源，从而无法正常运转下去。政府要不至于垮台，就必须派遣得力的官员下去，割除这样的毒瘤。同时，也不排除有的官员出于一种使命感，无法容忍这些祸害百姓的现象，要站出来为民请命。社会上毕竟还是有正气存在的。

2020 年 5 月 11 日

晏子使楚

　　小学高年级时有一篇课文讲的晏子出使的故事，这也是我很喜欢的一个故事。晏子是齐国的一个大夫，个子十分矮小，却能言善辩，遇事反应十分机敏。有一次他奉命出使楚国，楚王本想羞辱齐国以及他本人一番，他却凭着三寸不烂之舌，勇敢、机智地进行周旋，见招拆招，反让对方下不了台，很好地维护了齐国以及他本人的尊严。通过这篇故事，我们生动地领略到了什么是语言的艺术，什么是斗争的艺术。

　　楚王知道他身材矮小，就叫人在城门边开了一个小洞。晏子来到楚国后，楚王叫人把城门关了，让他从这个洞进去。他看了看，对接待的人说，这是个狗洞，不是城门。只有访问"狗国"，才从狗洞进去。楚王知道后，只好把城门打开了，让晏子从城门进去。晏子见了楚王，楚王瞅了他一眼，冷笑一声说道，难道齐国都没人了，竟派你这样的人过来？晏子严肃地答道，我们的都城住满了人，人们走在街上肩膀擦着肩膀，脚尖碰着脚跟。只是我们国家有一个规矩，访问上等的国家，就派上等的人去，访问下等的国家，就派下等的人去，我最不中用，所以就被派到这里来了。楚王听了，也只好尴尬地笑了笑。楚王宴请晏子时，两个武士押着一个从齐国来的盗窃犯从堂下经过。楚王以为有机可乘，就阴阳怪气地说道，你们齐国人这么没出息，净干这种为人所不齿的事情。晏子仍然面不改色，站起来说道，淮南结出来的橘子又大又甜，可是一到了淮北，就只能结出又小又苦的枳。同样的道理，齐国人在齐国时都好端端的，一到楚国就开始不务正业了。楚王听了，只好向他连声赔不是，说：我原想取笑你，没想到反被你取笑了。

对于楚王一而再，再而三的无端羞辱，晏子不能退让，否则就会让对方觉得自己软弱可欺，从而得寸进尺，就会使自己以及国家丧失尊严，以后在国与国的交往中处于十分不利的境地。但晏子要是简单地进行反唇相讥，又往往会把事情闹大，通过这种机智的方式回应，表面上看不出在跟你针锋相对，实际上又能让你感到哑口无言——我都是顺着你的逻辑说下去的，抓住了你话当中的漏洞，"以子之矛，攻子之盾"。这洞分明不是给人走的，你却让我从这里走，说明你们这里是一个狗国；你们这里要不是一个狗国，就要让我从城门走，给我一个外交使者应有的礼遇。你要通过我羞辱我们齐国派不出像样的人，我就决定牺牲自己，说我们齐国有的是人，但有一个规矩是什么样的人就派往什么样的国家。敝人最不中用，就只好派到你们这里来了。我并没有直接说你们的不是，但个中滋味你们自己去感受吧。你想羞辱我，实际上羞辱了你自己。你因为抓了一个从齐国来的盗窃犯，就以偏概全地说我们齐国净出这种鸡鸣狗盗之辈，这也分明是借机生事。坏人哪儿都有，齐国有，楚国也有，齐国人到楚国后有作奸犯科的，楚国人到齐国后又何曾没有。我就通过举南橘北枳这个例子，说明我们齐国人本来都很好，只是到楚国后就变坏了。我表面上还是没有明说你们的坏话，但这不言之言反而更让你吃不了兜着走。

齐国和楚国是当时的两个大国，彼此长期进行争霸，但谁都很难把对方吃掉。晏子出使楚国，之所以敢于有力驳斥楚王的羞

77

辱，是以自己国家的实力作为后盾，而楚王敢于如此羞辱一个国家的来使，也是仗着自身国力的强大，国家的交往说到底是讲求实力原则的。但作为一个使者，在外交上又必须能够沉着冷静地应对各种复杂场面，这不但可以更好地维护自身以及国家的尊严，同时也可以更好地避免国家之间的冲突，给国民带来一个和平安定的环境。使者出使的目的是要促进国家之间的沟通，维护国家之间的和平，而不能意气用事，从而激化矛盾。在国际交往中固然不能息事宁人、甘愿受辱，但也不能激化矛盾、轻启战端。"兵者，凶器也""自古知兵非好战"，只有穷尽了一切手段之后仍然无法维护正义，战争才能"不得已而用之"，作为外交人员其使命更是要尽力维护和平。而晏子在这方面就表现得十分出色，他既维护了应有的尊严，又避免了进一步的冲突。

在国家之间，因为外交上的冲突而引发战争是不乏其例的。就像我们在生活中有时因为口角而引发斗殴一样，有时国家之间发生战争也并非因为有着多大的利益冲突，而只是外交上的冲突引起的。这充分说明了外交艺术的重要性，语言艺术的重要性。要善于通过得体的方式和语言，正面地阐述自己的观点，增进双方的理解。同时对于那些无理的指责甚至挑衅，我们也要善于应对，既要严正地予以驳斥，让对方看到我们有能力维护自己的正当利益，又不能搞得过于剑拔弩张，以针尖对麦芒。反驳的目的是要维护正义、改善关系，而不是你死我活，你冒犯了我，我也要反以颜色，从而使矛盾升级、冲突加剧。这就是我们通常所说的"有理、有利、有节"的原则。我们首先必须师出有名、据理力争，其次要争取到一个对自己最有利的结果，即既维护了自己的正当利益，又维护了国家之间的和平。要达到这样的结果，就必须遵循有节的原则，要讲究斗争的艺术，要懂得适可而止。

在抗日战争时期，面对国民党顽固派不断掀起的反共摩擦，毛泽东指示我军在反摩擦斗争中必须遵循"有理、有利、有节"的原则。我最早对此还有些不解，觉得面对国民党军队的大举进攻，我方军民遭受了很大损失，吃了很大的亏，而我们的反击往往力度太小，到后来才慢慢理解了。我们更多的是要打政治仗，把真相告诉世人听，把道理说给世人听，让对方在道义上输掉了。当时我们的大局是要对付共同的敌人——日本侵略者，维护抗日民族统一战线是摆在首位的，其他一切包括我们的反摩擦斗争都要为之服务。我们对国民党军队的反击如果进行得过度了，将会使抗日民族统一战线受到严重的破坏，而这正是日本侵略者所乐意看到的。因此，我们在击退了顽固派的进攻之后，就要及时收兵，转入舆论战，反驳顽固派对我们的无理指责，把他们掀起反共摩擦的真相告诉世人，既取得了反摩擦斗争的胜利，又维护了团结抗战的大局。

2020 年 5 月 12 日

神笔马良

　　这是我小学最后一个年级学过的一篇课文，是小学时代最具有浪漫主义色彩、想象最瑰丽神奇、情节最丰富的课文之一。说的是古代有一个叫马良的孩子，他很喜欢画画，却穷得连一支笔也买不起。有一天他放牛回来，路过学馆时看见有个画师拿着笔给大官画画。他走进去要一支笔学画画。他们讥讽他穷娃子也想学画画，并把他赶了出来。他从此发奋学画，在山上打柴时，用一根树枝在沙地上画天上的鸟，在河边割草时，用草根在河滩上画水中的鱼，见到什么就画什么。日子一天天过去了，他的画技进步很快，却仍然缺少一支笔。他多么盼望能拥有一支笔啊！

　　有一天晚上他躺在床上，忽然眼前出现一个白胡子老人，送给了他一支笔。他用这支笔无论画出什么都会变成真的。他开始为村里的穷人画画，他们生活中缺少什么就给画什么，解决了他们生活上的困难。大官知道后就把他捉去，要他给自己画一座金山。他就把一座金山画在了大海中，金光闪闪的，满山都是金子。大官高兴得直跳起来，叫他赶快画一只大船，要开过去装运金子。他就画了一只大船。大官迫不及待地跳了上去，叫他赶快让船开动起来。他就画了几笔风。船开动了，但大官嫌太慢，就叫风再大些。于是他又重重地画了几笔。海上顿时狂风大作起来，船眼看就要倾覆了，大官又叫风小些。但他不加理睬，又继续画下去，船就沉入了海底。

　　这个故事让我记住了少年马良的刻苦学画，对穷人兄弟的同情，对那些大官的憎恨，也记住了他的聪明、机智，读起来觉得可亲可敬，觉得他跟我们的距离很近，心里感到很温暖。他想学画，大官却连一支笔都不施舍给他，还对他的穷困进行挖苦。这反而激发起他的志气，没有条件也要创造条件，用心地学下去，终于掌握了高超的画画技能。就像一些家境贫寒的少年，他们无法像别人一样拼爹，但可以自己奋发图强。世界之大，是不会把他们的道路完全堵死的，总会存在发展的空间，就看自己争气与否了。逆境有时会激发起人的斗志，会更加刻苦地进行学习，会把自己的潜能发挥到极致，因而反有利于一个人的成才。国外很多富豪并未给自己的子女提供多么优越的条件，而有意让他们自己去奋斗，自己去创业，这无疑是很有眼光的。只要真正具有一个志向，就会不畏惧任何困难，锲而不舍地追求下去。天助自助者，无论条件多么艰苦，只要咬定青山不放松，全力以赴，就一定能够到达成功的彼岸。

这个故事也告诉我们，要懂得同情穷人兄弟。马良学会画画，并拥有一只神笔了，但他并没有忘记自己的穷苦出身，也没有忘记那些大官对穷人的傲慢，自己的心始终和穷人兄弟在一起，同情他们的遭遇，急他们之所急，他们在生活中遇到什么困难就给他们雪中送炭。"穷则独善其身，达则兼济天下"，这是我们儒家的一种社会情怀，不要只想着自己的飞黄腾达，还要想到社会上还有很多穷人兄弟，心里还要挂着他们，为他们提供一些力所能及的帮助。有时这种帮助是很微小的，但重要的不在于大小，而是一种态度，一种扶危济困的情怀。有时对人的一个关心、一个鼓励，就会让人备感温暖，重新看到了希望，而不在于给了多少实际的帮助。救急不救穷，帮助穷人是要帮助他们渡过暂时的难关，而不是使他们养成依赖的心理，摆脱贫困从根本上说要依靠自己提高谋生的本领。从这个故事中，我们也可以看出，都是穷人兄弟生活中急需什么，马良就为他们画什么，而不是像那个贪得无厌的大官，要马良为自己画一个金元宝、一棵摇钱树甚至一座金山。

这个故事还告诉我们不要贪婪，不能去得那些不该得的。马良同情穷人，乐于为他们画画，却拒绝为那些贪得无厌的大官画画。他们已经极其富有，不需要再锦上添花了，而且他们之所以富有，又往往建立在对穷人的盘剥上，再为他们效劳就变成一种为虎作伥了。他非但不为他们效劳，相反还要惩罚他们，这充分显示出他的正义感。"人心不足蛇吞象"，但蛇把象吞下去后会把肚子胀破的。那些欲壑难填、多行不义的人，最后必然落个可悲的下场。故事中的那个为富不仁的大官，当初不肯施舍一支笔给马良，还对他进行讽刺和挖苦，等他会画画，并拥有一支神笔了，却要任意驱使他满足自己的无穷欲望。马良当然不能让他的意图得逞，于是就出现故事中的沉船这一幕。

现在的一些贪官污吏与这个大官是一个模子刻出来的。他们缺少基本的的道德情操，只有庸俗的名利思想，为了满足自己的无穷欲望，什么事情都做得出来，不停地捞取钱财。实际上他们的生活本来就很优厚了，压根就不缺钱，只是那无穷的欲望未能得到满足罢了。他们贪赃枉法，给国家和社会造成了严重后果，最后必然会东窗事发、锒铛入狱。他们被查出来后，人们往往会发现那些赃款其实大部分都没花掉，最后都上交国库了。他们不需要那么多钱，人再怎么贪婪一天也只能吃三顿饭；同时，他们有钱也不敢花，怕会暴露了自己，于是只能把钱锁进保险柜里发霉。他们还要时时担惊受怕的，当心反腐的利剑会落到自己的头上。他们没有一个是有真正幸福感可言的。

2020 年 5 月 13 日

王冕学画

　　小学时有一篇课文讲的是王冕学画的故事。王冕是元代的一位著名画家，很小的时候就死了父亲，因为家里穷，只念了三年书就去给人放牛了。他一边放牛，一边找些书来读。一个夏天的傍晚，他正在湖边放牛，忽然乌云密布，下了一阵大雨。大雨过后，阳光照得满湖通红。湖里长着一些荷花，花瓣上沾着滴滴清水，荷叶上水珠不时滚动着。他看得出神，心想要是能把它们画下来该有多好！他用平时省吃俭用攒下来的钱买了画笔、颜料，又找出一些纸，学着画起了荷花。他开始时画得不好，但并不灰心丧气，坚持天天画下去。画了几个月，他逐渐掌握了画画的要领，技法变得纯熟起来，画出来的荷花就像刚从湖里采来的一样。课文还配有一张插图，野外雨过天晴，天空中出现了一道美丽的彩虹，小小的王冕坐在湖边，专心地揣摩着荷花的神态。

　　这个故事首先让我想到的是，雨过天晴的野外，景色变得格外清新、优美起来，人置身于这样的环境，心情就会变得开朗起来，就会产生一种与自然界万物融为一体，幸福地生活的心境。湖里的蛙声此起彼伏着，水中的鱼儿在快乐地游着，或者轻轻摆动着尾巴，或者像箭一样蹿了出去。蜻蜓在水面上振动着两对翅膀，时而停在了空中，时而俯冲下去轻轻点一下水面，激起了一轮一轮的涟漪。一切都是那么充满生气，那么悠然自得。翠绿色的荷叶，表面有一层蜡样的东西，水珠在上面变得十分晶莹。微风吹过，水珠随着荷叶摇动起来，变幻着形状和光泽。有时荷叶摇动的幅度大了，上面的水就会"哗"的一声泻进湖里。我恨不得自己也会作画，像王冕那样拿起画笔，把眼前这美丽的景致画下来。

这故事告诉我们做事情必须专注。要把一件事情当作事业来做，就要沉浸于其间，排除一切干扰，要心无旁骛，不能三心二意，要持之以恒，不能三天打鱼两天晒网，更不能半途而废，要有长远的打算，不能计较于一时的得失。倘若能够做到这一点，假以时日，就会慢慢掌握扎实的基本功，就会熟能生巧，并领悟到这一行当的门道，从而真正走进这一行当，成为行家里手。以画画为例，必须长期坚持下去，才能真正进入对象的世界，从而才能把握其神韵，在纸上把它画活了，同时也才能经过长期的练习而掌握纯熟的技法，画起来得心应手、游刃有余。而所有这些都是一个永无止境的过程，不可能达到一个最佳的状态，最好的作品永远是下一部，我们必须不懈地努力下去、探索下去。王冕经过长期刻苦的学习，终于学会了画荷花，把它画得活灵活现、形神兼备的，然后再触类旁通，开始画其他事物。他后来主攻画梅，所画的梅花花密枝繁，生意盎然，劲健有力，对后世产生了很大影响。

还有一点也是很重要的，即王冕当初学画荷花并非要成为一名画家，并非要通过画画给自己带来什么，而纯粹出于一种对它的喜爱，非把它画下来不可。只有出于这种非功利的考虑，才能真正进入对象的世界，才能更好地把握它，才能把它形神兼备地画出来，从而成为一个真正的画家。带着太多的私心杂念是进不了对象世界的。艺术或者说任何一种事业，其至高的境界都是非功利的。如果只把它作为一种谋生的手段，或者作为一段成就功

84

名的阶梯，就不会真正热爱它，就进入不了它的世界，画得再纯熟也只是一个画匠，而不会是一个画家；画出来的画只有形似，看起来很像什么，甚至可以达到以假乱真的地步，但画得再像，人们也从中看不到一种生趣、一种神采，也看不到画者的内心和情感。

这个故事还告诉我们一个自学成才的道理。王冕是一个穷苦人家的孩子，连学都上不起，更谈不上请丹青妙手指点自己作画了，只能靠自己去克服一切困难，创造一切条件，更加刻苦地学习了。他走的是自学成长的道路，野外的自然就是他的课堂，湖中的荷花就是他的老师，没有人告诉他要怎么作画，但大自然会给他以启迪和灵感。他用心地观察和揣摩着，慢慢进入了荷花的世界，就会看出别人看不出的地方，或者别人熟视无睹的地方他也会看出不一样的感觉来。他每天都坚持画下去，在技法上就逐渐变得纯熟起来。刚开始时也画得很蹩脚，但他并不灰心丧气，而是锲而不舍地画下去，不断地总结自己在什么地方还未画好，还需要怎么改进。他一心想的是如何把荷花画好，其他的都无暇顾及了。功夫不负有心人，在这个刻苦磨砺的过程中，他画画的技能渐渐提高了，对对象的把握渐渐深入了……

2020 年 5 月 14 日

颗粒归公

　　我小学时有一篇课文讲的是"颗粒归公"的故事。故事以第一人称来讲述，讲的却是"弟弟"的故事。说"泥人张"很会捏泥人，把弟弟跟鹅打架的情形也捏出来了。奶奶养了五只鹅，它们红嘴巴、高额头、浑身雪白，走起路来步态从容，大模大样的，很有一副将军的风度，长长的曲颈常常左顾右盼，十分的灵巧。弟弟十分喜欢它们，经常给它们喂食。它们一看见他来，就以为来喂食了，伸长了脖子围着他转个不休。那天，弟弟在田里拾到一篮子的稻穗，正要往队里送去，那五只淘气的鹅以为又来喂食了，就嘎嘎地追了上来。弟弟把篮子举得高高的，大声说这是队里的，不是给你们吃的。但它们一点也不听他的，依然扑扇着翅膀，直往篮子上啄。弟弟左躲右闪，急得满头是汗起来。正在这时，"泥人张"走了过来，笑呵呵地对弟弟说，你做得很对，我来给你捏个像。他捏出了这个弟弟跟鹅打架的像，并给它起了个名字，叫"颗粒归公"。养鸭养鹅、拾稻穗，这是我们乡间十分熟悉的情景，因而我看这故事时很有一种亲切感，觉得趣味盎然。后来时间久了，故事的细节大都忘记了，但所讲的道理却十分鲜明地留在我的脑海里。

　　如今这个故事似乎有些过时了。在以前的时代，大公无私、公而忘私被人们普遍地信奉着，但与此同时人们又可以轻易地揩公家的油，"外国有个加拿大，中国有个大家拿"，不拿白不拿，大家一起拿，结果公家就越搞越穷。揩点公家的油还是小事，更要命的是"穷庙富方丈"，掌勺者可以私占大饭锅，监守自盗。这些现象都是大量存在的，因而"颗粒归公"的故事似乎成了一种虚假的说教。然而并不尽然，克己奉公、先公后私的精神仍是需要大力提倡的。

走上市场经济道路后，公家的事物大为变少了，但并非就不需要了，仍然有很多公共的部门，至少政府是需要存在的，公路、公园、公共交通、公共图书馆，以及公立学校、公立医院等公共机构仍然是需要大量存在的。在这种情况下，就需要这些机构能够有效地运转，从而才能发挥其应有的职能，更好地满足民众对公共产品的需求。而要使它们能够有效地运转，就必须做到不浪费资源，也不占公家的便宜，从而可以少花钱多办事。要做到这一点，固然可以依靠制度，建立起一个有效的运行机制，并接受社会的监督，但制度不是万能的，监督也不是万能的，还有很多地方是会产生漏洞的，这时就要依靠人们的自觉，依靠人们的公德心。

我曾经在一所学校的图书馆工作过很长时间。图书馆的出入口实行电子化的门禁管理，但上级的分管领导曾经说过，这（指门禁）做也要做，更重要的是要依靠学生的自觉。他们要是存心想盗窃图书，有的是办法。我们不得不承认，情况还真是这样，所谓门禁管理不过是防君子不防小人罢了。去年就曝出某所大学的一个学生，看到学校图书馆有许多老版本的图书定价低得出奇，同时又没出新版本了，就打起了它们的主意。他把这些书借出去后就不归还了，然后再来办理赔书手续，只要按照原价的三倍赔偿，花个区区小钱就把这些图书尽收囊中。其实就算十倍赔偿也很值当，因为这些书都很难找到了，有的甚至成了孤本。这个学生对自己的行为非但不以为耻，还在朋友圈大加炫耀自己的高明，并讽刺那些图书管理员是世界上一群最懒惰智商最低的人。

　　然而，倘若人人都去钻制度的空子，个个都去揩公家的油，到处都是监守自盗，到处都是顺手牵羊，最后导致的只能是公共机构的更加低效率，甚至难以为继了。像这所大学的图书馆，倘若别人也效仿这个学生，群起而盗之，从而形成了一股歪风邪气，过不了多久书库里那些老版本的珍稀图书就会被盗窃一空。那时人们想借阅却发现已经无书可借了，我想借的书被你窃走了，你想借的书被我窃走了。看似肥了自己，其实又是害了自己。一个文明的社会就在于公民的高素质，人们都十分自觉地爱惜公物，以破坏公物为耻，从而才能有效地维持公共机构的运行，才能更好地满足人们对公共产品的需求。一个落后的社会就在于人们的素质低下，对破坏公物的行为不以为耻反以为荣，从而使许多公共机构无法有效地运行，人们对公共产品的需求就无法得到满足。著名的"西湖十景"之一的雷峰塔，就因为当地居民你一块我一块地取走塔砖而倒塌的。

　　爱护公物、不损公肥私其实也是在保护自己。一个社会也许损公肥私的现象十分流行，但具体到一个人，倘若长此以往也迟早会败露的，因为公物毕竟是公物，国家毕竟是国家，最基本的秩序还必须维持，否则国家就无法继续存在下去了。我在图书馆工作期间，看见有一本书已经很旧了，几十年前的版本，从未看见有人来借阅过，不过是摆在那里充数而已，而且数量有二三十本之多，以后估计也是被处理掉。我是一个十分爱书的人，这书也是我想要的，但我始终没想去顺一本，因为开一次戒就难保不会有第二次，库里的书自己喜欢的很多，这本也顺那本也顺，就会一步步地堕入深渊，沦为可耻的窃书贼。我后来开始上起了孔夫子旧书网，很快就买了一本。

颗粒归公、颗粒归公，我们也许做不到大公无私、公而忘私，但克己奉公、先公后私、不损公肥私这些品德还是需要的，这是一个文明社会的底线伦理。

2020 年 5 月 18 日

陈秉正的手

这是小学毕业班时学过的一篇课文，讲的是一个劳动组长陈秉正老人的故事。有一次在田间休息的时候，他和副组长要烧一堆柴火吸烟。一个新参加劳动的中学生帮他们在附近捡柴，却只捡到了两段干树枝。陈秉正随后用两只手在土里随便抓拉了一阵，什么树皮草根的就抓到了两大把。那学生有样学样，也要这样去抓，陈秉正连忙阻止他，但慢了一步，学生的手指被刺破了，痛得缩了回去。副组长对那学生说，你是什么手，他是什么手？他的手就跟铁耙似的，什么刺针蒺藜都刺不破。那学生看了看陈秉正异常粗糙甚至都有些变形的手，脸上露出了不屑的神情。副组长说，你别看不起他这双手，这块教练地就是他当年跟别人一镢头一镢头开垦出来的。要是没有这双手，这里现在还是一片荒地呢。那学生还有些不理解，说原来是因为我们缺少那样的手。陈秉正说，是叫你们学成我这样的手，不是叫你们长成我这样的手。我这手也是开荒才变成这样的，今后要实现机械化了，你们的手不用再长成我这样了。

我读了这故事后，一个劳动模范的形象，以及一双异常粗糙却又很灵巧、能干，简直具有神奇色彩的手，就鲜明地留在了我的脑海里。

这个故事告诉了我们关于勤劳的道理。幸福的生活来自勤劳的双手，而不能等靠要，坐在那里等着天上掉下馅饼来。在我老家，当一个人把事说得很轻巧时，人们就反诘说你快去做了吃，意思就是要去做了才有得吃，要付出辛勤的劳动才会有收获，而不是轻而易举就能得到的。天道酬勤，上天总是眷顾勤劳肯干的人，越是勤劳越有收获，收获的果实与流下的汗水成正比。

辛勤的劳动还会带来人格的独立和完整。凭着自己的双手养活自己，这是一件很体面也很开心的事情，经济上可以自立了，人格也才独立得起来，而且经过辛勤的劳动享受到劳动的果实时也会觉得特别的甘甜。而那种游手好闲的人要依附于他人或者组织而生存，在人格上是独立不起来的。那些不走正道、巧取豪夺的人更是社会的寄生虫，他们依靠吸取民脂民膏而生存，最遭人诟病，也最为人所不齿。这些不依靠自己的劳动而生存的人，即使过着钟鸣鼎食的生活，也缺少应有的人格尊严，即使珍馐美馔也品味不出真正的甘甜。

劳动还会使人变得聪明。正是双手的劳动，才使古猿的大脑变得越来越发达，从而进化成了人，这就是马克思主义经典作家所说的手以及劳动在人类形成中的决定性作用。心灵手巧，其实应该是手巧心灵。心灵未必就会手巧。而要是手巧，平时多动手做事情，往往会使人变得更加聪明，因为在动手的过程中会遇到各种实际的问题，会促使你去思考，结果脑子越使越好使。实践出真知，这是很有道理的，只有在实践中去尝试、去探索，才能得到真正的知识，符合实际的知识。理论是从实践中总结出来的，而不是在头脑里凭空想象出来的，也不是闭门造车搞出来的，同时理论正确与否还要再回到实践中去，接受实践的检验。实践是不断发展变化的，我们要根据变化的实践不断修正我们的认识，才能永葆理论之树常青。

因此，我们要重视这手，充分发挥它们的用处。这手是要用来劳动的，而不是把它们精心保养得细皮嫩肉的。在涉世不深的那个中学生眼里，陈秉正的手简直不像一双手，但在劳动者眼里这样的手才是一双勤劳的手，一双能干的手，有了这样的手，何愁没有幸福的生活。我们古代士大夫的像都是看不到手的，深深地隐藏在宽袍大袖里。他们的手保养得白白嫩嫩的，指甲留得长长的，是用来读书、写字和作画的，而不是用来劳动的。孔夫子就十分鄙视体力劳动。"形而上者谓之道，形而下者谓之器"，而君子闻道不闻器，农民以及工匠是没有社会地位的。所以我们的心性之学向来十分发达，达到了"参天地，赞化育"的地步，却让人有点不知所云，而需要建立在实践基础上的科学技术却发展不起来，即使有一些发明创造也是那些籍籍无名的匠人搞出来的。而西方国家却有着截然不同的传统，在古希腊时期就产生了很强的向外探索自然界奥秘的科学精神。中世纪结束后，科学从神学中解放了出来，建立起了新的思维方势，以实验为基础的科学更是大踏步地向前发展。而且在西方国家的传统中，工匠的地位是很高的，第一次工业革命中有许多重大的发明创造，就是一些著名的能工巧匠搞出来的。

重视手的作用和重视实践，并非说理论就不重要了，实际上科学越发展到后面，理论就越重要，实践越要依靠理论的指导。到第二次工业革命时，许多重大的发明创造都是首先在理论上取得突破后再运用到实践中去的。但这与重视实践并不矛盾，科学家勇于探索自然界的真理，这本身就是一种实践，也需要付出艰辛的劳动。

勤于动手的人往往都是实干的。这个故事里的陈秉正就是一个实干家的形象，他没有豪言壮语，也没有花言巧语，用自己的双手辛勤地劳动着，终于把一片荒地开垦了出来。他在别人找不到烧火堆的柴时，默不作声地用手在地上抓拉起来，就把一件事情妥帖地解决了。他们心里想的是还有什么问题需要解决，如何才能把事情做好，而没有精力和兴趣去谈太多的空话。而我们社会真正需要的是这种人，而不是那些高谈阔论却又一事不做的人。

2020 年 5 月 19 日

放牛娃王二小

抗日小英雄王二小是我在小学一年级就从课文读过的一个十分熟悉的故事。后来我还听到一首关于王二小的歌曲。那歌声显得十分低沉，把敌人凶狠地打了进来，使我们根据地军民遭受巨大损失这种氛围生动地烘托了出来。特别到最后敌人因为被王二小故意带错了方向，而残忍地将他杀害时，歌声更是显得十分悲愤，激起了人们对敌人的仇恨和对王二小的痛惜。王二小是我心目中的第一个英雄，他英勇、机智地反抗日本侵略者，保卫国家和人民的崇高形象一直鲜活地留在我的心中。我小时候也放过牛，说起来跟他还是"同行"，但我们生活在两个完全不同的年代，我不是他那样的英雄，但需要以他为榜样，在心中需要树立起一种正气，一种对待社会上不公现象的凛然正气。

王二小是一个穷苦人家的孩子，通过为别人家放牛以赚取微薄的收入。有一天，凶恶的日本鬼子又开进村里进行扫荡，乡亲们闻讯后逃进山中躲藏了起来。敌人看见王二小正在山坡上放牛，就要他在前面带路，把乡亲们找出来。王二小没把敌人带到乡亲们躲藏的地方，而是机智地把敌人带进我军的包围圈。当敌人发现自己已经被包围之后，就开始凶相毕露，残忍地杀害了王二小。我军随即猛烈地向敌人开火，干净利落地消灭了他们，为王二小报仇雪恨。王二小从此成为著名的抗日小英雄，成为一代又一代青少年学习的榜样，使我们知道在敌人面前要像他那样进行英勇的斗争，同时还要懂得机智，从而才能最大限度地消灭敌人、保护自己。

　　和平是最大的幸福，因而我们要尽力争取和平，不到万不得已不要轻启战端，更不要主动去侵略别人。战争是要死很多人的，会给社会带来巨大的破坏。据说刘伯承元帅生前都不看战争片，电视上一旦出现战争的镜头就叫工作人员更换频道。他是一个著名军事家，可谓身经百战，被誉为"战神"，但也正因为这样，他才比别人更深切地体会到战争的痛苦以及和平的可贵。同时，简单地把对方划为敌人并进行斗争乃至要消灭之也是不对的。须知在敌人的眼里，我们同样也是敌人，动辄进行敌我的思维往往会导致战争的发生。但只要这个世界上还有侵略和霸权等现象，战争有时也是必要的。战争有正义和非正义之分，我们不能简单地歌颂战争，但反抗外来侵略这种战争是完全正义的，我们应该大胆地歌颂。同时，在战争中涌现出来的像王二小这样的人物就是英雄，我们也应该大胆地进行歌颂。

　　生命是最宝贵的，我们不能轻易放弃自己的生命，更不能轻易叫别人放弃自己的生命，自己不去牺牲却鼓动别人去牺牲的人是最卑鄙无耻的。不到万不得已，都要想方设法保护自己的生命，这是无可谴责的，只要不是为了活命而出卖他人和国家的利益。在战争中失去抵抗能力了，可以放下武器成为战俘，这是国际公认的战争准则，只要不当叛徒就可以了，苛求他们为何不反抗到底是不人道的，也是站着说话不腰疼的。王二小当时面临的情况是，如果把敌人带到乡亲躲藏的地方，就要使他们蒙受巨大的损失，因此在道义上是不允许的，但他毕竟还是个孩子。难能可贵的是，他不但不把敌人带到乡亲那里，从而保护了他们的安全，而且还把敌人带进我军的伏击圈。这十分有利于消灭敌人，却置自己于巨大的险境。这种临危不惧、大义凛然的精神是可歌可泣的，这种行为就是英雄的行为。

我们不但要敢于斗争，还要善于斗争。斗争的目的是要最大限度地消灭敌人、保存自己，而不是鲁莽行事、死打硬拼，轻易暴露在敌人的枪口下，固然其勇可嘉，但倒下去的却是自己而不是敌人。所以鲁迅先生叫青年要打壕堑战，而不要赤膊上阵。王二小既要保护乡亲，不能把敌人带到他们那里，而且更重要的是要消灭敌人。于是他就要巧妙地与敌人展开周旋，骗取敌人的信任，把他们带进我军的伏击圈，然后再相机逃脱，无法逃脱了才不得不牺牲自己。简单地赴死是不可取的，鲁莽地与敌人进行硬拼也不是英雄的行为，做什么事情都要考虑价值，要尽可能地以最小的成本换取最大的收获，斗争也同样如此，就是要以自己的牺牲换来最大限度地消灭敌人。

在生死大义面前毅然选择了死，视死如归、舍生取义，这种精神是值得大书特书的，这是人类的理想之光，是价值的最高层次。这些英雄为人类社会的进步做出了巨大贡献，他们的英名留在了青史中，义薄云天、浩气长存。我们自己未必能达到他们的这种境界，但不能嘲笑这种英雄行为，亵渎这些英雄，那样只能表现出自己的无知和卑下。轻易地亵渎英雄会使社会道德风尚更加下行——一个社会连英雄都可以亵渎了，还有什么不可以亵渎？前些年，社会上出现了一股对董存瑞、邱少云、黄继光等英雄人物进行恶搞、诋毁的现象，这些人当中有的出于玩世不恭，有的是别有所图，但都是对英雄的亵渎。对于历史上的英雄人物，我们当然可以进行更加深入的认识，挖掘出更多的历史真相，使英雄人物的形象变得更加丰满，却不能对他们的英雄行为进行恶搞和诋毁，更不能去编造一些谣言。我们要是连英雄人物都不懂得敬仰，还会去敬仰什么呢？所以后来国家通过立法禁止这类行为也是必要的。

2020 年 5 月 19 日

女英雄刘胡兰

刘胡兰在我们国家可谓家喻户晓了，通过一篇小学课文的讲述，一代又一代的青少年记住了这个名字。故事发生在1947年的1月，国共两党的军队激战正酣，国民党军队向解放区展开了猛烈进攻。有一天，天阴沉沉的，风刮在脸上像刀割似的疼，一支国民党军队攻进了山西省文水县云周村。他们抓到了刘胡兰，在一个庙里对她进行了审讯，要她供出村里谁是共产党员。他们先是对她进行利诱，利诱不成又进行拷打，仍然遭到她的严词拒绝。他们随后把她带到庙外的一个空地上，当着她的面铡死了六个民兵，并威胁她说要是不从实招供出来，也是这个下场。她临危不惧、视死如归，从容而又坚定地说道："怕死就不是共产党员！"她就这样死在敌人的屠刀下。毛主席转战陕北时，听闻刘胡兰的死讯，高度肯定了她的英勇就义，并亲笔题下八个字："生得伟大，死得光荣！"

通过这篇课文，刘胡兰与国民党反动派进行英勇斗争，为人民的解放事业而献出宝贵生命的高大形象，就在我们幼小的心中牢牢地树立起来了。与此同时，国民党反动派凶恶残忍、以人民为敌的形象，也在我们的心中牢牢地树立起来了。不管过了多少年，这种观念都很难得到改变。刘胡兰死时未满十五岁，还是一个青少年。她很早就接受了革命的道理，参加了革命活动，为了人民的解放事业而努力工作着，最后在生死面前又是如此的大义凛然，让我们不由得肃然起敬起来，是我们学习的榜样。同时，在我们的心目中，旧社会是暗无天日的，人民生活在水深火热之中，就如同故事开头所描写的那样，天阴沉沉的，风刮在脸上像刀割似的疼。不打倒国民党反动派，我们人民就得不到解放。

王二小是抗日战争时期涌现出来的一个小英雄。这是一场正义与非正义的界限极其分明的战争，是关系到民族以及人类大义的一场战争，除了至今尚存的日本一小撮右翼分子之外，世人在这一问题上丝毫不存在认识上的分歧。王二小作为一个抗日英雄，受到了我们的普遍敬仰。而刘胡兰是在一个民族内部不同政治阵营之间进行的战争中产生出来的一个英雄，这些年来有的人对国共战争的看法也变得不那么一致了。然而，经过进一步的认识之后，我仍然坚持认为刘胡兰就是一个英雄。

民国时代虽然也不乏一些亮点，但总体上是一个不同的政治集团之间反复争夺政权、人民饱受战乱之苦的时代，帝国主义、封建主义以及官僚资本主义的剥削和压迫，像三座沉重的大山压在人民的头上。在这样的时代，发动人民进行革命，摆脱半殖民地半封建社会，实现国家的统一和民族的独立，建立起民主主义制度，这是符合历史发展潮流的正义事业。哪个政治集团能够带领人民实现这一任务，历史的进步性就在谁的一边。共产党领导的新民主主义革命就是一个正义的事业，国民党政权坚持专制独裁，未能有效地回应当时社会的反帝反封建的诉求，就成为反动的政治势力。刘胡兰在少年时期就参加了共产党领导的革命，在与国民党集团进行斗争的过程中英勇就义了，她当然是一个英雄。她为了革命的事业而抛头颅洒热血，这种献身精神是极其可嘉的。历史固然需要不断地进行再认识，但有一些原则是必须坚持的，有一些大是大非是不容混淆的。

2020 年 5 月 20 日

赵一曼的碗

　　赵一曼烈士的故事也是小学课文给我留下很深印象的故事之一。它没有描写到战场上的战斗场面，也没有描写到烈士的牺牲，而是通过军营生活的一些细节，表现出赵一曼烈士的高风亮节，所具有的优良生活作风和领导作风。这种作风是作为领导干部十分需要具备的，对后人具有很强的启示意义。读了这个故事，赵一曼烈士的高大形象就在我的心目中树立起来了，以至许多年以后仍然牢牢地记得赵一曼这个名字。

　　这个故事讲的是赵一曼烈士生前用过的一个碗。赵一曼是东北抗日联军一个团的政委，一次战斗结束之后，通信员给她送来了一个在战斗中缴获的粗瓷大碗，因为她吃饭用的搪瓷缸早就送给伤病员用了。她看了看碗，就让他还回去。可现在战斗都结束了，碗还往哪儿还呀！开饭了，通信员就用这个碗给赵一曼盛了满满一碗高粱米饭。她一看就知道是从病号灶盛来的，要照顾一次她这个政委，她也确实好久没有吃到粮食了。那些日子部队的生活过得十分艰苦，都是靠野菜、草根和橡子面等充饥，团长、政委也和士兵吃一样的饭，同甘共苦，而把仅有的一点粮食都留给伤病员吃了。赵一曼不忍心责备通信员，就自己走进炊事棚，把饭倒进锅里，又从另一口锅里盛了半碗野菜粥。炊事员默默地看在眼里，感动得眼里噙满了泪花。第二天开饭的时候，赵一曼的碗又不见了，原来它已经变成一个班的菜盆了。

　　赵一曼烈士连一个碗都让给了部队集体，甚至连搪瓷缸都送给了伤病员，这种勤俭节约、先人后己、关心部下的作风无疑是十分可贵的，在过去艰难困苦的战斗年代，领导干部更是需要具备这种作风才能得到部下的由衷拥护，才能更好地带领部下去战胜困难、取得胜利。这个故事更有启示意义的是赵一曼烈士身上那种平易近人，与战士同甘共苦、不搞特权的作风。她作为一个团政委，得到一个从战场上缴获的碗用来吃饭并不为过，但她依然宁愿让自己不方便，而把碗留给了更需要它的集体。作为团政委，她也好久没有沾到粮食了，吃一碗病号吃的高粱米饭也并非什么大事，但她还是毅然拒绝了，要与大家同甘共苦，吃一样的饭，不搞任何的特殊化。榜样的力量是无穷的，领导干部身先士卒了，就会上行下效，大家都会自觉遵守部队的规定，服从集体的利益，团结一致，共同面对困难，争取渡过难关。在恶劣的条件下，正是凭着这种官兵一致的精神，部队才能形成巨大的凝聚力，才能产生坚强的战斗力。官兵平等了，部下才会把心窝掏出来，无拘无束地跟你交流，你才能接触到真实的情况，做出正确的决策。也只有这样，才能充分调动大家的积极性和主动性，才能集思广益、齐心协力，共同把事情办好。这是我们军队的一个优良传统，也是我们革命不断取得胜利，永远保持军队先进性和战斗力的法宝。反观我们的对手国民党的军队，军官和士兵的待遇差距何止以道里计，军官的当官做老爷，高高在上，漠视士兵的疾苦，而且还经常克扣军饷，无理对待士兵，对于那些临时拉来的壮丁，更是近乎虐待了。这样的军队如何会有战斗力可言？在国共战争中，国民党军队哗变、逃跑的现象十分普遍。

我们取得执政地位后，这种精神仍然需要很好地保持。在和平的年代，不再有战争年代那种如临深渊、如履薄冰的处境了，人们的思想往往会发生不同程度的松懈；在执政党的地位上，也往往会产生骄傲自满的情绪，不再勤俭节约、励精图治了，而是开始贪图享乐。领导干部蜕化变质了，同样也会上行下效，整个队伍就会有蜕化变质的危险。在这种环境下，人们不是致力于把工作搞好，更好地为群众服务，而是热衷于讲求待遇，享受各种特权，因而等级制就开始盛行起来，人们视级别这种形式上的东西远重于工作上的实际贡献。忙于享受等级和特权，就不会去真正关心群众的疾苦，就会渐渐脱离群众，而群众路线正是我们事业不断取得胜利的法宝。这些现象都是官僚主义的重要表现，而官僚主义又是关系到执政兴衰成败的要害所在。所以在进入城市之前的七届二中全会上，我们党就提出了在胜利面前要保持清醒的头脑，夺取全国政权后要经受住执政的考验，务必继续保持谦虚谨慎、不骄不躁的作风，务必继续保持艰苦奋斗的作风。后来全党又多次进行整风，目的也是要继续保持党的优良作风，克服各种蜕化变质的现象，始终保持党的先进性。而这个问题的解决没有完成时，永远都是进行时，必须坚持不懈地开展保持党的先进性教育，不断完善各方面的制度，做到从严治党，从而才能永葆党艰苦奋斗、密切联系群众、全心全意为人民服务的本色。

改革开放后，我们所处的环境又发生了很大变化，党的路线方针政策、党的先进性的具体内容也发生了很大变化，但从严治党、保持党的先进性的本质仍然没有改变。有一位已故的老一辈革命家，他生前住在一所普通的房子里，这房子根据有关政策本来可以转为私有产权，但被他拒绝了，他逝世后就退给了国家。在许多人的心目中，他的思想显得比较保守，但我们从这件事情也可以看出，他是一个真正有着自己理想信念的人，就是保守也保守得可爱。我们未必都要像他那样，但从他身上学到一种精神和品质却是不为过的。

2020 年 5 月 20 日

救人英雄罗盛教

　　小学课文里的故事大都发生在我们本土，很少发生在国外，而罗盛教烈士的故事却发生在异国他乡，因而读起来就显得别具一格。而且故事里描写到大雪覆盖的原野，孩子们在冰封的河面上滑冰，这些情景让生长在南国的我们读起来也别有趣味。说是在一个隆冬时节，天气异常的寒冷，大雪把野外都覆盖住了。志愿军战士罗盛教行走在路上，看见有几个朝鲜小朋友在结冰的河面上滑冰，原野上响着他们欢快的笑声。突然"咔嚓"一声，有一处冰面裂开了，其中一个小孩掉进了冰窟窿。其他小孩吓得面如土色，开始呼救起来。罗盛教闻讯后，边脱棉衣边跑了过去，奋不顾身地跳进冰窟窿。冰面下河水冰冷刺骨，水流又很湍急，他艰难地摸索着。过了一会儿，那个孩子被托出了水面，得救了，而他自己却由于体力不支，被激流冲走了，牺牲在异国的土地上。

　　这是一个志愿军战士舍己救人的故事，涉及当他人生命处于危险时我们应当怎么办的问题。生命是最宝贵的，看到他人命悬一线，我们不能见死不救，但上前救人自己又会面临巨大的危险，该不该救人这确实是一个问题，而不是简单的贪生怕死或者对他人的生命麻木不仁。救人的同时还要注意自身的安全，而不能光凭一腔热血，鲁莽行事。譬如，自己水性并不好，看见有人落水正在水中挣扎，就奋不顾身地跳下去，结果被对方像抓住救命稻草一般死死抱住不放，两个人就会一起沉下去，从而"同归于尽"。因此，对于落水的人我们还要懂得怎么去救，水性不好的人不要轻易下去救人，更不要在对方刚落水就急忙跳下去，而要等到他不太挣扎后再下去，同时也不要从正面拉而要从后面拉或者从下面托，甚至可以拿一根木头去接，等等。这些都是值得参考的救人方法，目的都是不但要成功地把人救上来，还要保护自身的安全。当然，救人的场面都往往都是千钧一发的，容不得人们多想，人们甘愿冒着生命危险去救人，无论如何都是可歌可泣的，因此而牺牲的人都是值得我们敬仰的烈士和英雄。

还有一种是救人值不值得的问题。20世纪80年代时发生过一个大学生救老农的事件。事件主人公张华是一所著名军医大学的高才生，可谓风华正茂，前途无量，而对方却是一个掉进粪坑的老农，他为了搭救这个老农而牺牲了自己宝贵的生命。事后人们都为他惋惜不已，并在社会上引发了一场关于大学生用自己的生命救一个老农值不值得的热烈讨论，一直到20世纪90年代我上高中写作文时还遇到过这个命题。在我看来，这并不是一个值得讨论的问题。救人就是救人，从生命的意义上说每个人都是等价的，也都是平等的。看见一个人掉进粪坑，我们无从判断他有何来头，来不及去想这些，也不必去想这些，感到需要上前救人去救就是了。他救出的不论是一个老农，还是一个多么了不起的人物，从救人行为本身看都是同一性质的，都是十分崇高的。舍己救人的精神，是一种极为可贵的精神，为救人而牺牲的人都是十分值得我们推崇的，何必去争论什么值不值得的问题。

罗盛教的故事还体现了一种崇高的国际主义精神。这并不是我们的国家，而是另一个国家，但它作为我们的邻居，受到了别国的侵略。以美国为首的联合国军打过了三八线，逼近了鸭绿江，我们"唇亡则齿寒，户破则堂危"，出兵援助朝鲜抗击美国，这是保卫我们国家自身安全所必需的。同时，我们也在履行一种国际主义的义务，帮助朝鲜人民保卫自己的国家，捍卫民族的尊严。罗盛教作为一名志愿军战士，从祖国来到朝鲜战场上进行战斗，并为了搭救一名朝鲜少年的生命而牺牲了，充分体现了一种国际主义的精神。这种精神是无比宝贵的，我们需要大力提倡。

国是家的扩大，我们都生活在一个国家里，要有很强的国家意识，要培育深厚的爱国主义精神这并不难理解。但国家还要继续扩大为国际，我们都生活在一个星球上，是国际大家庭的一员，共同构成了一个命运共同体，地球上其他地方发生的事情与我们都不是不相关的，其他人的命运都是需要我们关心的。而且越是进入全球化的时代，国际上的各方面交往越是密切，我们的命运越是息息相关，越是谁也离不开谁。

国际上还存在着各种不公正的现象，甚至霸权主义也还严重地存在着，对此我们就要鲜明地发出自己的声音，并且要采取实际行动制止这些现象，维护世界的正义。倘若任由这些现象存在，国际社会的正义就会泯灭，进入一个弱肉强食的丛林法则，这时谁都可能成为霸权的牺牲品。在全球化的时代，灾难也全球化了——一个地方发生了战乱，就会向其他国家输出大量的难民；一个地方发生了瘟疫，疫情也会扩散到世界各地。因此，国际社会就必须团结合作，一道应对这些问题。同时，发达国家还要帮助欠发达国家发展，只有他们也发展起来了，才能为发达国家提供更大的市场，也才能实现一个和平安宁的国际环境，一个两极分化的世界是没有和平安宁可言的。即使不考虑这些现实的利害关系，单是考虑我们都是大地上的同胞，我们也有责任尽我们所能帮助他们发展，"一枝独秀不是春，百花齐放春满园"。

2020 年 5 月 20 日

诚实的列宁

列宁是一个伟大的无产阶级革命家，领导苏联人民建立起了世界上第一个社会主义国家，开辟了人类历史的新纪元。可是再伟大的人物也跟所有人一样，都是从幼稚的童年一步步地成长起来的，他们也有我们常人的生活，也有我们常人的思想感情，他们也是要食人间烟火的。我小学时读到的第一个关于列宁的故事十分朴实，十分贴近我们的生活和思想感情，这就是他在姑妈家打破花瓶的故事。说是列宁小时候有一次跟爸爸到姑妈家做客，表兄弟表姐妹们跟他一起在房间里捉迷藏，他不小心碰到了桌子，桌上的一只花瓶掉到地上碎了。姑妈听到了声音，跑过来一看，问是谁把花瓶打碎的。其他人都说不是自己，列宁也低声地说不是自己。姑妈笑着说，那一定是花瓶自己打碎的。其他人听了都笑了起来，只有列宁没有笑，站在那里羞得满脸通红。回到家后，列宁躺在床上不说话，一副闷闷不乐的样子。妈妈问他怎么了，他就把在姑妈家打碎花瓶的事情从头到尾跟她说了。妈妈叫他给姑妈写封信，承认自己说了谎。过了几天，邮递员送来姑妈的回信，表扬他做错了事情能认错，是个诚实的孩子。

这故事让我们知道了做人要诚实的道理，从小就要学会诚实，长大了也才会诚实，始终做一个值得别人信赖的人。人总是会犯错误的，不会犯错误的大概只有天上的神仙了，人间是找不到这种人的。人们犯错误如果是一种无心之过，即不是明知故犯，而是出于自己认识上的局限，并未意识到这是错的，直到后

来才知道自己错了，或者是一种过失和疏忽大意造成的，这种错
误犯了并不打紧——认识跟不上，改过来就是了；不小心造成
的，以后小心点就是了。人们也是可以原谅这种错误的，但前提
必须是你认错了。我们承认自己的错误，这无损于我们的形象，
相反还会让人感到我们是诚实和值得信赖的。我们不但要敢于认
错，还要知道错在哪里，从而才会真正改过来，也才知道怎么改
过来。如果认错了，却没有真正改过来，下次又重犯这样的错
误，人们就会怀疑你认错的诚意。我们认错的目的是下次不再重
犯，而不是为下次重犯留下空间。如果知道这是错的，却还要明
知故犯，那就是另一种性质的问题了，要得到别人的原谅就很难
了。为此必须诚恳地向别人道歉，并用实际行动表明自己已经改
过自新了。

　　但叫一个人认错又是不容易的。许多人犯了错误后总要遮遮
掩掩，希望能够把事情掩盖过去。但毕竟纸包不住火，事情到最
后总要败露的，而人们一旦发现你是这种人之后，就会失去对你
的信任。还有人犯了错误后会百般抵赖，不断为自己辩护，但越
是这样就会越使自己的形象减分，成了茅坑里的石头——又臭
又硬。

　　小时候的列宁不小心打碎了姑妈家的花瓶，刚开始时不敢承
认，后来心里一直惴惴不安着，说明他具有一种羞耻之心——犯
了错误，还对姑妈说谎，就更是错上加错了。回家后他在妈妈的
开导下，主动向姑妈写信认了错，不但得到了姑妈的原谅，也使
自己从这种心理阴影中走了出来，重新生活在了阳光下。他从小
培养起了这种诚实的品质，这对于后来从事革命活动，领导革命
事业是十分重要的。

　　革命是由人来进行的，因而在革命进程中也会发生各种各样
的错误。重要的不在于会不会犯错误，而在于要敢于坚持真理、

修正错误。十月革命后，苏维埃政权面临着内外敌人的夹攻，形势是非常严峻的。为了保卫新生的革命政权，同时也由于当时对社会主义的教条理解，存在着一种"左"倾急性病，想一步跨入共产主义，因而就实行了战时共产主义政策，对农民实行余粮收集制，同时取消了市场。这在短时期内动员起大量的人力物力，为巩固新生的革命政权做出了很大贡献，但同时也严重挫伤了农民积极性，打乱了原来行之有效的经济联系，使生产发展遇到了严重阻碍。严峻的形势使列宁的头脑冷静了下来，他在中央会议上说过，不得不承认我们犯了错误。于是苏维埃政权又实行政策上的重大改变，重新恢复了市场，用粮食税代替了余粮收集制，即实行新经济政策，在无产阶级政权的领导下发展商品经济。革命导师恩格斯说过，一个聪明的民族，从灾难和错误中学到的东西比平时多得多。对于一个国家和民族来说，也要不惮于承认自己的错误，及时地改正错误的政策，使工作重新回到正确的轨道上来，这是永远保持事业兴旺发达的重要法宝。

　　如何让一个人善于认错，从主观上说就是要保持谦虚谨慎的作风，要知道自己不是万能的，是具有各种局限性的，从而犯了错误后才会及时地意识到。同时还要具备对他人负责的态度和情怀——坚持自己的错误无论出于何种考虑都是对他人的一种不负责，甚至是一种犯罪。从外界的角度说就是我们对任何人都不要迷信，对任何人的观点都要有自己分析的头脑，正确的就肯定，不正确的就要提出批评，这才是对他人的爱护和负责，否则就会让人变得飘飘然起来，犯下错误了还不自知。同时还要创造一种宽容的氛围，要允许人们犯错误，给人们一个改正的机会，而不是犯了错误就一棍子打死。

2020 年 5 月 21 日

故事演绎

拉兹里夫湖畔的列宁

　　记得是在小学最后一年级的一篇课文，读到列宁在拉兹里夫湖畔废寝忘食地办公的故事。那时课文的篇幅都很长了，也不再借助插图了，但这篇课文却专门在书本前面配有一整张的水彩画，把故事的情境栩栩如生地表现出来，我至今还清晰地记得。1917年十月革命前的好几个月，列宁化装成割草工人，隐藏在圣彼得堡西北拉兹里夫湖畔。有一天清晨，太阳刚刚出来，列宁就坐在一截木桩上开始办公了。他埋着头，双膝上托着一个文件夹，拿笔在稿纸上沙沙地写着，旁边的草地上放着几页已经写好的稿纸。在他的不远处，是一个简陋的"人"字形草棚，草盖得厚厚的，只容得下一个人，那就是列宁睡觉的地方。草棚的后头堆着高高的草垛，那就是列宁的"劳动成果"。草棚的前面，两根树杈支着的横木上吊着一口用旧的锅，旁边放着一把黑色的水壶，那就是列宁的厨房。篝火还在燃烧着，炊烟袅袅地升起来，锅里煮着的早餐散发出一阵阵的香味。但他全神贯注地工作着，早已忘记了周围的一切。就在这个"绿色的办公室"，列宁写出了伟大的著作——《国家与革命》，并拟订了许多重要文件，有力地指导着俄国的革命。

　　说实在的，我更喜欢这张图画，从中产生了一种莫名的感动——它把一个革命家丝毫不在意外界环境的艰苦，利用一切条件进行工作，为人类的解放事业而呕心沥血的情景淋漓尽致地表

108

现了出来。"创业艰难百战多"，革命的环境和条件总是无比艰苦和危险的，但也正是这样才能激发起人们的斗志，要奋发图强，争取革命的胜利。条件越是艰苦，人们的斗志就越是昂扬，安逸的环境只会消磨人们的斗志。所以对于那些有志之士而言，看了这种画面会产生一种"壮美"之感。条件是十分简陋的，甚至还是残缺的，却让人们看到了一种希望，使人们对未来充满了一种憧憬。就像月亮一样，那种残缺的月牙儿反而更具有美感，而那种又大又圆的满月，虽然看上去完美无缺，却总让人看了有些空虚起来。

在革命的年代，列宁所处的环境是十分艰危的。革命团体的力量十分弱小，还要随时面临沙皇专制势力的绞杀，因而革命者经常过着一种四处流亡的生活。列宁的大部分时间就是这么度过的，要么隐蔽在国内偏远的地方，要么流亡到国外，但无论身在何方他都不忘记积极地进行宣传鼓动，号召和组织人民起来革命。同时，他还利用一切条件进行读书和写作，深入思考关于革命的一系列理论问题。

这个故事告诉我们，不论树立什么目标，追求什么事业，都要经历各种各样的逆境，我们只有经受住逆境的考验，才能更好地成长起来，才能从小到大、从弱到强，抵达成功的彼岸。

这个故事还告诉我们，在实现目标的过程中要懂得待机守时，在条件尚未成熟时不要把时间和精力荒废掉，而要进行各方面的准备，更多地积蓄力量，在等待甚至是蛰伏的过程中进行理论上的充电，对问题进行深入的思考，把自己的头脑更好地武装起来，当以后机会来临的时候才能更好地抓住。在拉兹里夫湖畔的列宁是如此，当年被下放劳动的邓小平也是如此。1969年10月，邓小平被下放到江西省新建县的一家工厂监督劳动。他被打倒赋闲起来了，却没有让自己的头脑也赋闲起来，而是借助这个机会对我们的革命特别是建设所走过的道路进行深入的反思，思考我们的问题到底出在哪里，我们到底要追求一种怎样的社会主义，如何才能实现这样的社会主义，等等。他每天都要经过一条从住地通往工厂的小道，边走边思考着，后来改革开放的思路也许当时就已经在他的头脑中预想过了。可以说，正是从这条小道通上了改革开放的大道。

同样也在这个时期，著名经济学家顾准被下放到位于河南的干校劳动，比他年轻的吴敬琏也在这个干校，经常跟他在一起讨论问题，向这个大学问家请益。顾准告诉他要懂得待机守时，不要把时间荒废掉。现在这种状况似乎不能做什么事情，但刚好可以利用充裕的时间多读一些书，多想一些问题。这样的时期总会过去，我们国家总会转入发展经济，迎来一个"神武景气"。如果我们现在准备好了，到时就可以派上很大的用场。后来吴敬琏果然不负顾准的重望，在改革开放中发挥了很大作用。他旗帜鲜明地坚持地市场化改革的观点，被称为"吴市场"，而这与他当年靠边站时的刻苦学习和深入思考是分不开的。顾准本人在这一时期更是进行了大胆的探索，留下了《希腊城邦制度研究》和《从理想主义到经验主义》等著作，他视野的开阔、反思的深刻、思想的超前，都对后人产生了巨大的启迪。

机会总是留给有准备的人的，当形势出现了变化，给他们提供施展抱负的机会时，他们有备而来，就会充分利用这样的机会干出一番轰轰烈烈的事业，既实现了自己的抱负，也对人类社会的发展做出了贡献。而要是在逆境中蹉跎岁月，在那里愁闷彷徨，当形势发生变化，给你提供机会时，你却两手空空，只能在那里徒唤奈何。我们要时刻准备着，听从命运的召唤。

2020 年 5 月 21 日

毛主席在八角楼上

　　这是小学三年级的一篇课文。1927 年 10 月，毛主席率领秋收起义的队伍上了井冈山，在两省交界的偏僻地带开辟了一块革命根据地。他住在茅萍村一个叫作"八角楼"的房子里，为了根据地的建设，为了革命事业的发展而忘我地工作，不但白天要紧张地工作，晚上还要点着油灯工作到深夜。每当夜幕降临的时候，八角楼上的灯光就亮起来了，人们就知道毛主席又开始紧张地工作了。在一个寒冬腊月的晚上，他坐在桌前挑灯夜战着。那时天气已经很寒冷了，他只穿着一身单衣，不得不把一块毛毯围在身上。由于他过于专注了，毛毯从身上滑下去了都没有发觉。灯芯烧久了，光线变得暗淡下来，他就拿起什么东西挑了挑灯芯，右手还握着那支写作的笔。正是在这样艰苦的环境中，他写下了一系列重要的著作，正确地指导着中国革命，不断地扩大和巩固革命根据地，探索出了一条实行武装割据，农村包围城市的符合我们国情的革命道路。

　　课文还配有一张插图，毛主席穿着一件单衣，桌子和椅子都十分简陋，上身围着一件毛毯，说明夜间十分的寒冷，他临时把它找来御寒。灯光暗淡下来了，影响到自己的写作，他会停住笔把它挑亮一些，但毛毯滑下去了却没有觉察出来，可见他多么的专注。他的脸上有些蹙缩，可以看出他在忍受着严寒，但他的表情同时又是坚毅的，充满了一种不畏惧艰苦的环境，忘我地投入工作，执着追求革命事业的精神。插图把这种环境氛围以及人物的神态都生动地再现了出来，与课文相得益彰。我感受至深的是房间里的那些简陋的陈设，从中透出的革命者那种乐观主义的精神，那种对革命理想的执着追求。从此，革命根据地井冈山以及毛主席的形象就在我的脑海里留下了不可磨灭的印象。我后来十分喜欢了解新民主主义革命的历史，就是从这篇课文萌发的。我除了想从中了解历史，还想从中感受那种环境以及氛围。

革命者都充满了理想情怀，都树立起远大志向，要为人民的翻身解放、过上幸福的生活而不懈地奋斗。但革命者所面临的环境又是十分艰苦甚至恶劣的，否则也就不需要革命了。井冈山革命根据地处于偏僻、贫瘠的山区，生活条件十分艰苦，再加上国民党军队的封锁包围，物资更是紧缺，连盐巴都得不到正常的供应，人们吃着粗陋的"红米饭、南瓜汤"。但他们又不能被这样的环境所吓倒，而要充满革命乐观主义的精神，要看到历史的发展方向，坚定革命的信念。我们从这个故事中看到，毛主席正是充满了这种革命精神，坚定地带领革命队伍进行革命，为革命事业而忘我地工作着。

革命光有远大的理想还不够，还要脚踏实地地去做各种具体的事情。毛主席作为一个革命领袖，要正确地领导革命，就必须广泛深入地了解和研究我们的国情，找准中国革命的对象、动力、阶段和道路等，为革命勾勒出一个蓝图。这是一个无比艰巨的任务，需要付出巨大的心血，要对社会进行全面的调查，要对文献进行深入的研究。他的许多纲领性著作就是在井冈山这样的环境中写成的。他的理论还要接受实践的检验，在实践中不断地总结经验教训，还要注意吸收其他人的意见，使理论变得更加成熟和完善，同时还要去说服其他人，使理论变成共识。所有这些都不是轻而易举的事情，都要经过一个艰辛的探索过程。同时，如何打破国民党军队的围剿，如何开展土地革命和根据地建设，如何进行党和军队的建设，所有这些都是摆在革命领导者面前的迫切任务。井冈山八角楼上的灯光反映出的正是毛主席对这一系列问题的艰辛探索和日夜操劳。

我们读这样的故事并非要重走他们的革命道路，而是要了解过去，知道他们是怎么走过来的，对我们今天还有什么启示意义。我们不管身处什么时代，从事什么工作，都要学习老一辈革命家这种为革命理想而艰辛奋斗的精神，为人民解放而忘我工作的精神。我们都要追求一种理想，但所有的理想都不是轻易就可以实现的，都不是在一种安逸的环境中就可以成就一番事业的，都要在一种艰苦的环境中进行奋斗，孜孜不倦地做下去才有希望改变现状，才能实现理想。我们现在所处的环境不可能再像井冈山时期那样了，但是我们还会遇到新的问题，同样需要我们发挥这种艰苦奋斗的精神。

我们在发展和建设的过程中，也会遇到各种挑战和困难。从1959年到1961年的三年困难时期，我们的经济社会面临的形势极为严峻。这时党和国家号召人们要团结起来渡过难关，派各级干部下去蹲点，并把毛主席在井冈山时期所写的《调查工作》这篇文章找出来印发下去，号召全党大兴调查研究之风，以更好地找到解决困难的方法。毛主席平时很喜爱吃红烧肉，而在那一时期据说都不再吃了，他要身体力行，与全国人民一起渡过难关。改革开放后，我们的经济社会迅速地发展起来，但发展起来之后同样还会产生新的问题，甚至是更大的问题。邓小平晚年就说过，富裕起来后财富怎样分配也是大问题，解决这个问题比解决发展起来的问题还要困难。随着市场经济的发展，两极分化的现象也日益突出。随着工业化的进行，环境的问题也日益恶化；随着城市化的进行，城市治理的问题也日益突显出来。经济发展上去以后，精神文明建设也有待于跟上。人们的生活水平提高后，对于公民权利的要求也会相应提高。所有这些都是摆在我们面前的新问题和新挑战，必须找到积极稳妥的办法予以解决。

每当我们面对这些新问题的时候，都可以从井冈山八角楼上的灯光得到启示，从中汲取到一份责任，也汲取到一份力量。

2020 年 5 月 21 日

朱德的扁担

　　扁担在我们农家可谓一种再常见不过的生产和生活工具，它中间阔，两头窄，又把末端烧弯起来，好勾住绳索。我很小的时候，看见大人们每天都要用它挑着沉重的担子，后来慢慢长大了，自己也要学着拿起它挑一些东西，先是象征性的挑一些，然后一点一点地加重。看到扁担，我就会想到在重负之下咬牙坚持的情形，就会想到肩上承担的一种责任。小学时有一篇课文，刚好讲到朱德总司令在井冈山时期一段关于扁担的故事。

　　1928年4月，朱德带领一支南昌起义和湘南起义的部队，来到井冈山跟毛主席领导的秋收起义部队胜利会师，从此井冈山革命根据变得更加壮大起来。与此同时，国民党军队也加紧了对根据地的围剿。井冈山上是红军，山下不远就是敌人。山上缺少粮食，红军经常要抽出一些人马到山下的茅萍去挑粮食。从井冈山到茅萍，来回有五十里路，山高路陡，非常难走。可是每次出去挑粮食，红军战士们个个都争先恐后，朱德也总跟战士们一块儿去挑粮食。他白天穿着草鞋，戴着斗笠，挑起满满的一担粮食，跟大伙一块儿爬山，晚上还要工作到深夜，研究部署怎样跟敌人打仗。大家看了心疼，就把他那根扁担藏了起来。不料他又找来一根扁担，并在上面写上了"朱德记"三个字。大家看见了，就不好意思再藏起他的扁担，同时对他也越发敬爱了。

　　这个故事很好地诠释了领导干部在下属面前必须身先士卒的

道理，无论对待工作上的任务，还是对待工作中的困难，都要做在别人的前面。你带头这样做了，吃苦在前、享受在后，才能给别人一个很好的榜样，让人们都乐于跟随你，一起把工作做好，一起把困难解决，充分调动起每个人的积极性、主动性和创造性，从而才能使集体的事业欣欣向荣。你要是反过来，平时高高在上的，享乐在前、吃苦在后，把事情特别是困难的无利可图的事情都甩给别人，自己净挑那些轻松的有利可图的事情，躲在后面贪图享受，人们就会失去工作的热情，整个集体就会变得松松垮垮的，毫无战斗力可言。

朱德以一个宽厚的长者著称，他在下属面前十分平易近人，从不高高在上，始终与他们打成一片。他总是深入到下属当中，平等地与他们进行交流，知道他们的喜怒哀乐，可以急人们之所急，想人们之所想，可以从他们那里听到有用的意见和建议，集中大家的智慧，从而可以正确地进行领导。他同时能够与下属同甘共苦，有什么困难都带领他们一起想办法克服。为了解决粮食的困难，他不是简单地发一道命令就完事了，而是与战士一起到山下把粮食挑回来。他这样才能知道个中甘苦，才能更好地知道问题的所在；同时也才能给人们做出一个榜样，一起去努力完成当前这个紧迫的任务。他也因此受到全军上下的由衷爱戴，成为这支军队的象征。也正因为这样，这支军队才形成了坚强的战斗力，成为一支能征善战的军队，不断取得革命的胜利。

领导必须身先士卒并非说他们就要与下属做一样的事情。工作总是有分工的，每个人都有自己的岗位，都要在自己的岗位上尽职尽责，否则就不成其为一个集体，这样的集体就没有战斗力可言。我以前在一个单位上班，单位领导有一次在大会上说道，部门领导要善于把工作任务分配给下属去做，指挥他们完成这些任务，而不是什么都自己亲力亲为，如果这样我不但不表扬你，

116

还要批评你。不管这位单位领导具体做得怎样，至少他这句话说到点子上了。领导的任务在于要指挥整个集体去实现组织的目标，要善于把任务分配给下属去做，而不是自己包打天下，否则就不是一个称职的领导了。领导身先士卒最重要的表现是要在自己的领导岗位上尽好职责，善于指挥下属去完成任务。如果是一个将领，就要把这支军队带好，善于指挥作战。要是这个最重要的职责都没有尽好，其他细枝末节的事情做得再多都不是一个称职的将领。然而其他的细枝末节也并非就可以忽视，领导也不可能整天都在想那些大问题，都在做那些大事情，也有许多工作和生活的细节，在严肃之余也有轻松的时刻。这时领导就要多走近下属，多一些交流，多一些人情味，就像朱德一样与士兵一块儿下山挑粮。这是十分有利于密切联系群众，有利于形成集体的凝聚力和战斗力的，也是当好领导的重要一环。

朱德在全党全军都享有很高的声望，在全国人民心目中形象也是十分高大的，甚至全世界都知道中国有一个"朱总司令"，这除了他在军事和政治上的巨大功绩之外，也与他这种身先士卒、平易近人的作风分不开的。无论是战友还是下属，人们都乐于跟他交往，乐于走近他。"三十年功名尘与土，八千里路云和月"，时间久远了，具体的事功都会被淡忘，唯独人与人之间的这种温情不会被淡忘，甚至时间越久，这种情感就会变得越醇厚。一座建筑多年之后就会被拆掉，但人们在心中建立起来的情感大厦却会永远矗立着。时间久远了，人们津津乐道的也不是朱总司令指挥过多少次重大的战役，而是他那宽厚的长者形象，是那根上面写着他名字的扁担。

2020 年 5 月 22 日

没有一个铜板的方志敏

    小学时有一篇课文讲的是革命烈士方志敏的故事。1935 年 1 月，方志敏率领的北上抗日先遣队，在江西东北部的山区被国民党军队包围了。经过七天七夜的激烈战斗，一批又一批的战士突围了出来。方志敏和几个战士跟部队失去了联系，分散隐蔽在山上的密林里。敌人进行搜山。两个士兵发现了方志敏，知道他是红军的领导人，以为能从他身上搜出大洋来，好好地发一笔横财。他们把方志敏的全身都搜了个遍，除了一只怀表和一支钢笔之外，连一个铜板也没有搜到。一个士兵右手握起一颗手榴弹，左手拉着引线，叫他快把大洋交出来。他淡淡地回答说他连一个铜板也没有，别想从他这里发洋财。拿手榴弹的士兵不相信他这样的大官没有钱，以为一定是藏在什么地方了。另一个士兵弓着背，再次捏起方志敏的衣角和裤腰，仍然一无所获。"不要瞎忙吧！"方志敏说："我们不像你们当官的，个个都有钱。我们革命不是为了发财！"

    我当时读这篇课文，印象深刻的是那张插图：一个国民党士兵拉着手榴弹，面目狰狞地威胁方志敏把大洋在交出来，而方志敏却面无惧色，显得淡定从容。他确实身无分文，没什么可交的。他后来又严词拒绝国民党的劝降，英勇就义了。他参加革命的目的是为了劳苦大众的解放，为了实现远大的共产主义理想，而不是为了个人的升官发财，因而国民党士兵从他身上搜不出一个铜板。他为了实现革命的理想，早已将生死置之于度外，因而国民党在他那里没有任何劝降的机会，只好将他秘密杀害了。

在我们传统社会，当官往往就是做老爷，骑在人民的头上作威作福。无论哪一级的官员都是一个肥缺，要当上官就要先付出一笔很大的本钱，上任后再大肆地向老百姓搜刮，不但要把本钱捞回来，还要赚个盆满钵满，"三年清知府，十万雪花银"，就是这种情形的生动写照。"当官不为民做主，不如回家卖红薯"，这句话曾被认为是一种落后的意识，是为民做主，而不是由民做主，人民说到底还不是处于主人的地位。能实现人民的这种地位固然好，但在尚未实现之前，当官的多一些为民做主的情怀也不是什么坏事。而且即使人民处于主人地位，可以管住权力了，但行政管理又是一个专业性很强的工作，许多公共性的事务仍然需要通过政府以及官员来做，因而从更好地为人民服务这个意义上说，这句话也仍然是说得通的。最怕的是连这都做不到，当官的不但没有为百姓办实事，尽到应尽的职责，而且还一门心思争权夺利、贪赃枉法、大肆搜刮，让百姓遭殃。

在北洋军阀时代，军队是军阀的私人工具，枪杆子不是用来保卫国家和人民，而是用来争夺地盘，有了枪杆子就可以称雄一方，对百姓进行搜刮。大大小小的军阀并没有多少为国为民的情怀，而更多只是出于个人的打算，为了自己的升官发财和飞黄腾达。而士兵也大都是社会上那些走投无路的人为了吃饭而去当兵的，所以在北方士兵被称为"粮子"，有能耐的可以上升为军官，没能耐的也要从百姓那里多搜刮一些。大革命失败后，国民党政权走上了一个专制、独裁的道路，国民党不同的军事集团变成了新军阀，与北洋军阀时期的军队并没有什么两样。各级军官都享有厚禄，同时还要克扣军饷，收受贿赂，向百姓敲诈勒索。所以在国民党士兵眼里，方志敏这个"大官"不可能没有钱，说什么也不相信，对他搜了又搜。

革命者只有像方志敏这样不为升官发财，只为追求革命的理想和劳苦大众的解放，才能勇往直前、奋不顾身，也才能对下属形成强烈的示范作用，让他们跟着自己坚定地走革命的道路，英勇顽强地进行战斗，在战场上冲锋陷阵。而反观国民党的军队，他们却不是为理想、为人民而战斗，而只是为"大洋"而战斗，这种军队是注定没有战斗力可言的，无论军官还是士兵都不会在战场上卖命，他们在意的是如何搜刮更多的钱财而不是如何去战斗，一旦没有了"大洋"就失去了动力。他们并不知道自己的战斗任务是什么，方向又在哪里。所以我们从如何对待金钱上面，就可以清楚地看出两个政治集团的不同前途：一种是进步的，代表历史发展的方向，也代表人民大众的利益，会得到百姓的真心拥护，虽然还会一时遇到挫折，但必定会不断地发展壮大；一种是反动的，违背历史发展的方向，剥削人民大众，骑在人民头上作威作福，必然会为人民所抛弃。

　　方志敏生前写下了《可爱的中国》和《清贫乐》等作品，以十分感人的笔触表达了自己对国家和人民的忠诚和热爱，以及自己为了革命理想而甘于清贫的思想，对后人产生了很大影响，成了著名的历史文献和文学作品。我们现在处于一个很不同的环境，不可能再过得像他这么清贫了，但仍有必要时时重温他的这种崇高精神，要多想想我们革命的初衷是什么，革命的目的是什么，我们要实现这样的理想又该做什么。只有这样，我们才不会走向腐化变质，由一个追求革命理想的人蜕变为一个追求物质享受和个人名利的人，甚至因此而走上违法犯罪的道路，成为一个罪人。

2020 年 5 月 22 日

红军过雪山

　　红军过雪山的故事是家喻户晓的，也写进了我们小学的课文里。"苦不苦，想想红军两万五；累不累，想想英雄董存瑞。"这是我们十分熟悉的一句顺口溜，要说艰苦没有什么能跟红军长征相比了。第五次反"围剿"失利后，红军被迫撤出了中央苏区，向西部地区转移，开始踏上了漫长的长征之路。红军一路上要面临国民党军队的围追堵截，同时还要跨越许多高山、大河，要经过许多荒无人烟的地区，生活物资极为短缺，还要经过许多少数民族地区，面临与当地群众的隔阂与冲突，可谓一道又一道的险阻在等着他们，其中最艰难的莫过于爬雪山和过草地了。他们要以大无畏的英雄气概，排除万难，突破各种障碍，最后才能到达目的地。在敌人面前，他们必须能够不怕牺牲、英勇作战；在饥饿和疲劳面前，他们必须能够忍饥挨饿、连续作战。同时，他们在途中还要对当地群众进行宣传，向他们传播革命的道理，把革命的火种播向当地。

　　大雪山又叫夹金山，在四川省的西部，那里没有人烟，甚至连一条小道都没有，一年四季都覆盖着厚厚的白雪。红军从江西出发，已经走了八个月，衣服穿破了，草鞋穿烂了，这连鸟儿都飞不过去的雪山怎么翻过去呢？战士们把能穿的都找来穿上了，上山前每人喝下一碗辣椒汤以抵御严寒。山上的气候极为恶劣，大风漫卷着雪花，把战士们吹得摇摇晃晃的。乌云带来了冰雹，打在炊事员挑的洋铁桶上，叮叮当当地响着。冰雹刚过，大雨又来了。越接近山顶，就变得越寒冷，空气也越稀薄，呼吸变得越困难起来，许多战士冻得嘴唇发白，牙齿格格地响着。但大家相互扶持着。宣传队员站在半山腰上，端着锣打着鼓，挥舞着红旗，鼓励大家向前进。课文还配有一张画，皑皑的雪山十分陡峭险峻，红军队伍沿着之字形艰难地向上攀登着，看上去简直比登天还难，但战士们仍然奋力地走着。在一个突出来的位置上，一匹战马在嘶鸣着，旁边一个战士用力地挥舞着一面红旗，显得十分威武雄壮。我看了这幅图很受鼓舞，那画面长久地定格在我的心中。我当时还听说红军爬雪山时，有的因为体力不支坐了下去，就再也无法起来了，不难想见过雪山有多么艰难。但他们没有被困难所吓倒，而是以一种顽强的毅力向上攀登着，同时还充满了一种革命乐观主义的精神。这告诉我们，不论面对多大的困难都不能被吓倒，都要有一种大无畏的气概和乐观主义的精神，去战胜困难，把困难踩在脚下。

红军走完长征，胜利地到达陕北。虽然途中大部分人都牺牲了，但留下来的都是经过千锤百炼的战士，为革命留下了宝贵的火种，他们以后都成为革命事业的精英和中流砥柱。更重要的是，长征为我们留下了一种宝贵的精神，激励着我们在革命的道路上披荆斩棘，开拓向前。

1949 年初，毛主席语重心长地向全党提出，夺取全国胜利，这只是万里长征走完了第一步，以后的路程更长，工作更伟大、更艰苦。我们整个的革命事业都是一个伟大的长征，夺取全国胜利后，还会面临更艰巨的任务，还会遇到更巨大的困难，因而都需要发扬这种宝贵的长征精神。

不但党和国家要这样，我们个人也要这样。后来不断有人去重走当年红军的长征路，甚至还有海外人士不远万里前来寻找红军长征的足迹。他们都是为红军长征这一壮丽的史诗所感动，要深入了解红军和中国革命，也从中汲取一份力量。2006 中央电视台组织了一场"我的长征"的大型活动，挑选二十八名志愿者，从福建长汀出发，徒步走到长征的终点甘肃会宁。除了两位上了年纪的队员因为身体原因中途退出之外，其余队员都顺利到达了终点。他们当中有中年人，有青年人，还有很年轻的大学生。各行各业的都有，有企业白领，有自由职业者，有高校教师，也有研究人员。他们都是社会上普普通通的人，选择了重走长征路，追寻革命先辈的足迹，亲身体验这一悲壮的历程，同时也是缅怀革命先烈。他们在途中还发现了许多红军遗迹，为挖掘和丰富当地的红色文化做了一些有益的事情。他们可谓新时期的一群理想主义者，其中不乏生活条件十分优裕的，长征这种艰苦的环境已经离他们十分遥远了，但他们依然上路了。我当时也很爱看这个节目，每周定期播出时都会坐在电视机前收看，关注着他们的行踪，关注着他们的见闻，也关注着他们的精神状态，似乎我自己也加入了其中。

我们也要把自己的人生道路当作一个长征。在我们的人生道路上，只要追求一种理想和事业，都必然会遇到各种各样的困难，理想越是远大，所遇到的困难也就越多越大。困难来临时我们不能躲避，也不能畏惧，而要正视它，并争取克服它。我们的事业经过一个阶段后又会进入一个新的阶段，又会面临新的困难和新的挑战。一个目标实现了，还要树立更高的目标，还会遇到更大的困难和挑战。可谓"正入万山圈子里，一山放过一山拦"，我们在任何时候都不能松懈下来，必须再接再厉。只要我们坚定地走向下去，就一定可以抵达成功的彼岸。

2020 年 5 月 22 日

周总理与清洁工

　　小学有一篇写周总理与清洁工故事的课文，虽然篇幅很短，情节很简单，我读了之后却牢牢地记在心上了，时间过得再久都不会淡忘。说是天快亮了，周总理工作了整整一夜之后，从人民大会堂里走了出来。他刚要上车，看见不远处有一位清洁工人正在清扫街道，就走了过去，紧紧地握住那位工人的手，亲切地说道："同志，你辛苦了，人民感谢你！"那位工人望着敬爱的周总理，激动得说不出话来。一阵秋风吹过，树上飘下了几片黄叶。深秋的清晨是寒冷的，周总理却送来了春天般的温暖。

　　我记得很清楚，课文还配有一张插图。画面上是我们十分熟悉的周总理那副和蔼、平易近人的形象，那位清洁工挎着一个垃圾斗，左手拿着一支扫帚立在街边，右手被周总理用双手热情地握住了。已经深秋了，又是在清晨，可以在街头感受到阵阵的寒意。周总理虽然工作了整整一夜，但看见这位工人正在劳动时，就走过来向他表示诚挚的问候，让他从心底涌上一股暖流，我们看了不由得也感受到了一股温暖。这幅画面就这样在我的心上定格了下来。

　　在人民的心目中，周总理是一个夙夜在公，为了党和人民的事业而殚精竭虑、日理万机的好总理。他似乎有着用不完的精力，让我们常人难以置信，但他毕竟也是一个血肉之躯，他如此的勤政为民，是以对人民的大爱为支撑的。正是有了这种大爱，他的心里就像燃着一团火，不知疲倦地工作着，时时把百姓的冷暖放在心上。社会上一直流传着他逝世时没有留下任何的存款，也没有自己的子女，可谓把自己的一切都献给了党和人民的事业，都献给了无产阶级的解放事业。他因此受到了全国人民的爱戴，也得到了世界人民的敬仰。他对人民的爱是真诚的，人民对他的爱也是由衷的，他逝世时人们发自内心地沿着十里长街向他依依送别。

周总理同时还以贴近群众、平易近人著称。他身为总理，又工作了整整一夜，但看到一个清洁工正在扫地时，仍然走过去表示诚挚的问候。在他眼里，自己和这位工人一样，都是人民的勤务员，虽然所处的地位不同，但都在各自的岗位上为人民服务。每一个岗位都是不可缺少的，也都是平等的，不会因为地位的不同而有什么不平等。周总理深深地懂得这其中的道理，所以一看见那位工人就走过去问候一声。清洁工人也是在自己的岗位上尽职尽责，一大早就出来打扫卫生了。当人们都起来后，他已经扫好了，人们看到的是一条整洁的街道，还能说他的工作不重要吗？他得到社会的平等尊重，就会真正产生一种主人翁意识，在工作中就会更加的热情，更加的投入。要是因为他岗位的普通，社会就不能平等地尊重他，他就会在秋风中感到更加的寒冷，就会渐渐失去工作的热情和动力。

2020 年 5 月 25 日

鲁迅先生的 "早"

　　小学课文中有一篇讲鲁迅先生小时候在三昧书屋上学的故事。书屋正中的墙上挂着一幅画，画上一棵古树底下有一只梅花鹿。画前，正中是先生的座位，一张八仙桌，一把高背椅子，桌子上放着笔墨纸砚以及一把令人望而生畏的戒尺。学生的书桌从自己的家里搬来，分列在四周。东北角的那张是鲁迅的，当年他就坐在那里读书、习字，有时把纸蒙在《西游记》一类的小说上描绣像。让人感到好奇的是，他的书桌上刻着一个 "早" 字。原来他父亲害了病，他一面上学读书，一面帮着料理家务，几乎天天奔走于当铺和药铺之间。有一天他上学迟到了，教书认真严格的老先生严厉地对他说，以后要早到！他听后默默地回到座位上，就在那张旧书桌上刻了一个小小的 "早" 字，提醒自己今后要刻苦学习，不要再迟到了。从那以后，他上学就再也没有迟到过，而且无论做什么都严格地要求自己，毫不松懈地奋斗了一生。

　　鲁迅一生所取得的巨大成就，除了因为他过人的聪明才智以及对国家和民族的深厚感情之外，与他的勤奋刻苦和埋头苦干也是分不开的。以他与中国传统思想文化的关系为例，他在这方面的深刻见解以及尖锐批判是让人望尘莫及的，许多问题一经他的阐述就显得那么鞭辟入里和入木三分，但这又是建立在对古代思想文化深入研究的基础上，只有入乎其内了，才能出乎其外，才能更加深刻地看出传统的本质和弊病所在。他整整有八年时间白天在教育部上班，晚上住在绍兴会馆里，孤寂地做着辑古籍、抄古碑的工作。这一时期由于对时局的失望，他显得有些消沉，但并未让时间荒废掉，而是翻阅了大量的古代文献，深入地研究了古代思想文化，从而后来才能发表《狂人日记》而一鸣惊人，成为新文化和新文学的旗帜性人物。据他的日记记载，他在北京十四年间，去过琉璃厂的次数竟有四百八十次之多，采买图书、碑帖三千八百多册。琉璃厂是北京书肆林立的一条著名街道，主要出售各种古籍。我们从中可以看出他的阅读之勤，对古籍以及古代文化之谙熟。他后来写作的出手之快、质量之高，许多人都以为他是一个天才，而他则淡然地回答说，哪里有什么天才，我不过是把别人喝咖啡的时间用来读书罢了。这既是谦虚，也是实情。

这个故事告诉了我们要懂得珍惜光阴、刻苦读书的道理。我小的时候，经常听母亲说"一寸光阴一寸金，寸金难买寸光阴"这句古语。光阴过去之后就不会再回来了，要是什么事情都不做，让时间白白地流逝，就是一种最大的浪费，是对生命的浪费；倘若轻易去打搅别人，浪费别人的时间，就是一种最大的不负责任，所以鲁迅先生才说，浪费别人的时间就是谋财害命。

爱迪生说过，成功是百分之九十九的汗水加上百分之一的灵感。灵感无疑是很重要的，但要是不付出巨大的心血，不论多聪明的天才也无法取得成功。再聪明的天才，比起知识的海洋以及自然界和人类社会的无穷奥秘，都是微不足道的，都必须经过长期刻苦的探索，才能在知识的海岸拾起几个美丽的贝壳。那些真正的天才，他们用在对事业进行钻研的时间远远超过我们常人，越要做出大的事业就越是如此，否则都只能像天才少年方仲永那样，风光一阵之后就泯于众人矣。

我读小学期间，在学习上是根本不用父母催促的，一大早就起床了，拿起语文课本，坐在院子的石堆上晨读。这些课文都是现代白话文，或者一些通俗易懂的古诗，都是经过精挑细选的佳作，在思想内容上是健康向上的，在语言文字上是清新优美的，通过一遍又一遍的诵读，就会在不知不觉中产生了语感，就会慢慢理解其中的含义。在课堂上我都十分专心地听讲。小学五年期间，除了一次因为在课堂上闹肚子痛，一次因为家中有事而请假回家之外，我未落下一节课。那时老师也都很敬业，很少有告假不来上课的，即使出现这种情况，学校也会安排别的老师来代课，而不会出现缺课的现象。因此，我们虽然身在农村，但只要肯用功学习，还是可以学到许多文化知识的。

到了中学，我就更刻苦学习了。寄宿在学校里，晚上熄灯后还要在教室点蜡烛继续读下去，有时站在昏暗的路灯下读。第二天一大早起床的哨声就把我们叫醒了，做完晨操后就开始在校园里找个地方晨读了。语文、英语、历史、政治等这些课文，我总是一遍又一遍地背着。后来人们经常批评以前这种应试教育的内容和方式多么落后，这种观点也自有其道理，但我们又不能简单地认同。教育的内容可以适时地进行丰富和发展，但不能说以前那些就是多么落后的，它们也属于真善美的范畴，是有益于我们的精神成长的，同时在这种为了应试而反复背诵的过程中，我们一方面记住了那些基本的文化知识，另一方面从中也得到了更好的陶冶。我后来回顾起来，发现自己的知识结构基本上都是中小学阶段打下的基础，基本的思想道德观念也是在这一时期形成的。

上大学后，学习的任务变得很轻松了，要根据自己的兴趣和发展方向安排自己的学习，我一时还有些无所适从，从而变得有些无所事事起来。后来经过一段时间的摸索，我找到了自己的兴趣和发展方向，开始用功地读书了。没有上课的时候，我就来到一个空教室，把自己要读的书拿出来读。由于是带着兴趣去读，就会越读越沉浸其中，越读越广泛深入，因为书里的世界很精彩，也很奥妙，会吸引着你一直读下去。通过广泛的阅读，结合自己的思考，我的思想认识就逐渐提高了，视野就逐渐开阔了。

我从学校毕业后，也一直把时间抓得很紧，只要有时间就基本都用于读书写作。这是一个永无止境的过程，需要我投入毕生的心血。我会一直牢记"早"的道理，懂得惜时，不浪费宝贵的光阴，做自己该做的事情，让自己的生命变得充实起来。

2020 年 5 月 25 日

鲁迅先生不怕"鬼"

　　小学有一篇课文讲的是鲁迅先生不怕"鬼"的故事。这是一个让人看了既害怕又有趣的故事。我们长在乡间，山上到处都坟包，都是我们的先人埋在那里，既觉得有些亲近，又觉得有些害怕。小孩总是怕鬼的，再加上又听到别人讲过鬼火的现象，到了晚上更不敢到有坟的地方。鲁迅先生的大名我们都是知道的，这样一个大人物与"鬼"碰撞在一起，会碰撞出什么样的火花，会发生什么样惊心动魄的故事，无疑是极具有悬念的。

　　故事说的是鲁迅先生刚从日本留学回来，在故乡绍兴的一所学校教书。他平时住在学校里，到星期六晚上才回家。有一天因为在学校处理一些事情，回家时天已经黑了。为了赶时间，他就抄小路走。但走小路要经过一片坟地，那里灌木杂草丛生，还有几棵大树，树上栖息着几窝乌鸦，显得阴森森的，平时就少有人迹，晚上就更没有了。他急急地走着，快到那里时，突然发现一个白影从一座坟前慢慢立了起来。他以为自己看花了眼，又仔细看了看。它忽然又缩下去了，时而大时而小。他是学医的，不信有什么鬼魂，但眼前的情景也不免使他有些紧张起来。他壮了壮胆，继续朝前走。当他走近时，那白影忽然又移动起来，转到一座坟后面缩了下去。他更加生疑起来，大步赶过去，朝那个缩作一团的东西踢了过去。只听见"哎哟"一声，那白影叫了起来，站起来逃走了，并从身上掉下一块白布——原来是个盗墓的。

　　当听到那"鬼"哎哟地叫了一声时，我心里感到了一种畅快——这告诉我们，鬼在世界上是不存在的，我们要有一个科学的头脑，不信邪，把我们该做的事情做好，好好地去实现自己的人生，也去享受自己的人生。

从这个故事可以看出，鲁迅先生是不信邪的，这正符合他身上所具有的那种硬骨头精神。但很长时间我并不知道为何只有他才具有很强的这种硬骨头精神，从而显得十分卓异，也不知道他的这种精神是从哪里来的。后来随着对他的了解和认识的深入，才慢慢找到了一些答案。

这种精神需要一种很强的主体意识，要像一匹野马那样在自己的头脑里自由地奔跑，而不要让别人主宰着自己的头脑，要把所有的东西都放在理性的天平上称一称，而不要去迷信什么，即要学会独立思考，只向真理低头。鲁迅先生身上的这种品质无疑是格外突出的，他的一位好友刘半农曾经送他一副对联："托尼学说，魏晋文章。"这很好地概括出了他身上的精神气质，据说也得到了他本人的认可。其中的"尼"即尼采，他是十分推崇尼采的，受到尼采的很大影响。尼采的"超人哲学"是一个极具争议性的话题，有人认为希特勒的纳粹主义也可以从那里找到渊源，这并非没有道理，但也不意味着两者就可以简单地画上等号。尼采的思想就好比是一把利刃，你可以利用它进行杀戮，但这并不是利刃本身的过错。尼采学说当中高扬生命的意志，重估一切价值，这运用得好未尝不是很有价值的。鲁迅先生很好地接过了这一面，无论古今中外的一切思想，他都不会轻易被其俘虏，都要经过自己的消化吸收，从而得出许多极具有启发性和创造性的认识来。

这种精神还需要具有很高的科学素养和科学精神。理性与科学是一对孪生兄弟，是相辅相成的。鲁迅先生之所以能够做到这样，远远地超过常人，还跟他的求学背景有很大的关系。他早年

131

考入江南水师学堂，一年后又转入南京路矿学堂，学开矿，课程有地质、数学、声光化电等这些，到日本留学后又去学医，可以说受过系统的科学教育和训练。因而在他的作品中我们处处可以感受到一种冷静的头脑和科学的素养，甚至他的有些文章就直接讲到了科学问题，《科学史教篇》是他早期的一篇重要论文，他在《父亲的病中》这篇散文中对中医的尖锐批评，也体现出了一种深厚的科学和医学素养。

鲁迅先生是 20 世纪中国产生的一个思想和文化巨人，同时又是一个语言和文体大师，他在思想的深刻、文化的创造方面所达到的境界，以及在语言和文体方面所达到的成就，都是令我辈高山仰止的。我大学时的一个老师是我们云南大学最受欢迎的老师之一，他在思想的深刻、学问的造诣上是别人很难望其项背的，为人也很狂放不羁，但他对鲁迅先生却推崇有加，把自己的笔名起为"公输鲁"，即公开承认输给了鲁迅。我们无论为人还是为学都很难达到鲁迅先生这样的境界，但我们可以也需要学习他的这种精神，这种不信邪的硬骨头精神，像他那样树立起一种主体的意识，具有一个科学的头脑，从而才对得起他作为思想和文化巨人对我们的精神滋养。我们要学会独立思考，要在前人的基础上做出新的创造，而不是成为别人思想的留声机，包括成为鲁迅本人思想的留声机。

2020 年 5 月 25 日

达·芬奇画鸡蛋

　　小学时有一篇课文讲的是达·芬奇学画的故事。达·芬奇是世界闻名的画家，他开始学画的时候，老师让他先学着画鸡蛋，不断地重复画着。他画得不耐烦了，就问老师道，您天天让我画鸡蛋，这不太简单了吗？老师则严肃地说，你以为画鸡蛋很容易，这样想就错了！在一千只鸡蛋当中，没有两只形状是完全相同的。每个鸡蛋从不同的角度看去，其形状和效果都是不一样的。我让你画鸡蛋，就是要训练你的眼力和绘画技巧，使你能够看得准确、画得熟练。达·芬奇听从老师的教诲，开始用心地画鸡蛋，画了一张又一张，每张都画出了不同的鸡蛋。后来，达·芬奇无论画什么，都能又好又快地画出来。

　　无论做什么事情，要把它做好、做得地道都是不容易的。就像画画一样，它看上去很容易，只要能够画得像模像样就行了，其实又是很难的，要不个个都能成为画家了。画家不同于画匠，不是只要能够画得像什么就可以了，还要画出事物的神态和韵致，不但要画得像什么，更要把它画活起来。而要做到这一点，就必须深入细致地观察对象的特征，不断揣摩对象的神态，要进入对象的世界，从而才能把它形神兼备地画出来。但要真正进入对象的世界又谈何容易？这需要潜下心来长期地进行观察和揣摩，才能看出个门道来。同时，不同的对象又都是不一样的。世界上没有两片相同的树叶，它们看起来似乎都一样，但细致一看又是千差万别的，大小不同，形状不同，颜色的深浅也不同。再细致一看，上面的叶脉和纹路更是纷繁复杂的。只有对不同的树叶细心地观察下去，并把它画出来，经过日积月累，才能对树叶有更深入的把握，才能把它的神态和韵致画出来。这是一个训练自己绘画基本功的过程，也是一个训练自己对事物的观察力和领悟力的过程。学会画树叶之后，进而就可以去画其他事物了。

道理这么讲，但能否真正领悟它则未必了。我当时看了这个故事，也觉得讲得很有道理，并牢牢记住了这个故事，但直到后来我自己也从事写作之后，才开始真正理解个中的道理。写作与画画虽是不同的门类，但道理也是相通的。

写作要说容易也再容易不过了。我们上过学的人都写过作文，把一件事情讲得有头有尾就是一篇记叙文了，通过论点、论据和论证阐述一个道理就是一篇议论文了，似乎会拿笔就会作文。但要把文章写得地道，写成一篇文学作品却是很不容易的。泛泛地讲一些空话和套话容易，但要进入到事物的细节和内里却是不容易的；像记流水账一样平铺直叙下去容易，但要讲究文章的谋篇布局、层次分明和详略得当却是不容易的；能够把文章的内容用一种大白话说出来容易，但要做到文字清通、修辞讲究，让人看了感到很有一种筋道却是不容易的。而所有这些都需要经过长期的训练才能达到。以写游记为例，我们可以不费多少工夫就能写出对一个地方的总体观感，然后按时间顺序记下一路的见闻，但这并不是文学作品，人们读了也会觉得干巴无味而不堪卒读。我们必须对素材进行必要的提炼，哪些需要留下，哪些需要舍弃，哪些需要浓墨重彩，哪些只需一笔带过，同时结构如何安排，如何做到错落有致，而不是那么呆板、生涩，这些都是大有讲究的。

　　我们总习惯发一些空泛之论，总喜欢从整体着眼，这是最容易做到的，但往往也是不得要领的，无法吸引和打动人。要把文章写好，要多从一些细节入手，更多着眼于具体的方面，这是读者更加期待的，同时这也最能看出事物的特征。就像泛泛地看一张人脸，就会觉得似乎千人一面，没什么特征可言，要是能够敏锐地捕捉到脸上的特定表情和神态，以及脸上的一些细部特征，就会发现每个人的脸都是很不一样的，各具神采和风格，而只有把它们都形象生动地描写出来才是高明的，也才是人们喜欢看的。然而，恰恰这些方面是最难下笔的，需要细心地进行观察和揣摩，因为细节的东西都是与众不同的，也都是你必须独具慧眼才能捕捉到的，只有用你自己的笔才能描写出来，而无从模仿别人。但也正因为难写，写出来后才有价值，也才能锻炼你的功夫。经过长期这样的训练，你的写作技能就会不断提高，可以把文章写得得心应手。

　　我在学习写作的过程中，经常有意识地去描写事物的细部。例如，我有一篇散文写到家乡的杨梅。这是我小时候很熟悉的一种果树，但很熟悉的东西往往又是视若无睹的，我当年并未去细心观察它们，再加上时间久远了，我对它们已经没有多少感性认识了。为了写这篇文章，我就去搜索资料，并把网络上杨梅的照片找来细致地进行观察，然后再开始动笔。描写杨梅特征的部分是最吃力的，比叙述个人经历的部分难多了，为了能够准确地把它描写出来，我改了又改，都数不清有多少遍了。细部不仅包括景物的细部、事情的细部，也包括情感的细部。我写这篇文章时，还注重写出自己当年在那棵杨梅树下搜寻杨梅、与大自然亲密相处以及长大后又见到那棵杨梅树等各种具体的感受，都是一些细微而又悠长的情愫，需要深入地去体会，用细致的笔触把它们描写出来。只有把事物的细部生动地呈现出来了，文章才会耐人寻味，而不是干巴巴和缺少情趣的。

　　我自己有了一定写作经历之后，再来重读达·芬奇的这个故事，才把它更好地读懂了。

2020 年 5 月 26 日

爱迪生做实验

　　爱迪生是世界闻名的发明家，小学时我读过一篇关于他做实验的课文，多年后仍然记忆犹新。爱迪生小时候家里很穷，只上过三个月的学，十一二岁就开始卖报。他十分热爱科学，常常把钱节省下来买科学书报和化学药品，边学习科学知识边做实验。他做实验的器具都是从垃圾堆里拣来的一些瓶瓶罐罐。他十二岁时，在火车上卖报。有一节车厢是专门给乘客吸烟用的，车长同意他占用一个角落做实验。他卖完了报纸，就开始做实验。有一次，他做实验时引发了一场火灾。车长气愤极了，把他做实验的东西全部扔了出去，还狠狠地打了他一记耳光，把他的一只耳朵打聋了。有一次，硫酸烧毁了他的衣服。还有一次，硝酸差点弄瞎了他的眼睛。他没有被危险吓倒，而是继续做下去。他试制电灯，为了找到一种合适的灯丝，不知做了多少次实验，常常在实验室里连续工作几十个小时，实在太累了就躺在实验台上睡一会儿。经过不懈的努力，他终于找到了一种价钱便宜、使用时间长的灯丝，制成了可供人们照明的电灯。后来，他又有了很多发明，一生中发明的东西有一千多种。

　　这个故事告诉我们，从事发明创造必须具备对科学的强烈兴趣和追求，必须不断地做实验，并为此付出巨大的牺牲和代价。我小时候还听说过一个关于"六六六"农药的故事。这种农药之所以起名为"六六六"，就因为科研人员在研制的过程中，经历了六百六十五次的失败，直到第六百六十六次才取得成功。发明创造是在做一种前人未曾做过的事情，都要经过一个十分艰难曲折的探索过程，都要经历无数次的失败和挫折。这是一个从不懂到懂、从不会到会的过程，面对的是陌生的事物，没有先例可循，什么复杂的情况都可能出现，都需要我们去探索、去总结、去提高。有时即使把主要问题都解决了，还会有一些细节问题尚未发现而导致实验的失败。这就需要不断地去发现问题，把方方面面的漏洞都堵上，才能设计出一个更加完善的方案。许多事情看上去似乎很容易，一旦做起来就变得千头万绪，会遇到许多意料不到的问题，会出现各种各样的困难和障碍。要是遇到挫折后就灰心丧气了，就会前功尽弃，只能坚定地做下去。要从失败中找出问题的所在，发现自己还有哪些漏洞，然后在下次实验中进行改进。虽然下一次还不能保证会成功，但通过吸取上次失败的教训就会有所提高，朝成功又接近了一步。

但做试验又必须在正确的方向上进行。方向正确了，过程虽然很曲折，但只要坚持探索下去，总有一天会取得成功；而要是方向错了，再怎么努力也是徒劳的。在探索过程中一旦发现方向性的问题，就要及时地调整过来，哪怕已经付出很多了，也不要有丝毫的犹豫。人不能拔着自己的头发离开地球，这是万有引力定律决定的，倘若有人要违背这一自然规律去进行蛮干，只能碰个头破血流。自然科学中还有一个能量守恒定律，但总有人试图发明一种不需要耗费能量的"永动机"，以为只要设计出一种精巧无比的机械，像上帝之手那样推动一下就可以一直转动下去。这种设想固然很吸引人，可以省下很多的能源，尤其在能源短缺的时代，要是能研制出这样的机器该有多好，但这注定是一种痴心妄想。社会上有一些所谓的民间科学家，他们从未受过正规的科学训练，不具备基本的科学素养，并不知道自然科学的规律，同时也不接受这样的规律，而只是从自己的一套信念出发，随便提出一些未经实验的"重大理论"，却认为自己的理论才是正确的，只是人们不理解、不承认罢了，或者相信自己的理论总有一天会得到证实，用这种虚妄的信念来支撑自己继续做下去。

爱迪生虽然没上过什么学，但他通过自学掌握了扎实的科学知识，懂得了科学的原理，他所做的那些发明创造都建立在科学的基础上，方向是对头的，因而经过不懈的努力，最后是可以取得成功的。

爱迪生的发明还有一个特征是能够紧密结合社会的需要，可以给人们带来更丰富更便利的生活，因而在转化成产品后会有很大的市场，而市场化的成功又使他得到巨大的回报，可以用于新的发明创造，从而使事业越做越大，成了一代发明大王。发明创造最终要走向社会和市场才有价值，历史上有许多发明创造，固然也凝结着人们的巨大聪明才智，但由于无法与人们的生活联系起来，就不可能走向社会和市场，只能变成一种智力游戏。这也是发明创造的一种方向性问题。

2020 年 5 月 26 日

爱因斯坦的手工

爱因斯坦是继牛顿之后又一位伟大的物理学家，他创立的广义相对论和狭义相对论开创了人类科学的新纪元，使物理学由近代进入了现代。但他上小学时并不出众，平时也不爱说话，有的同学笑他笨，老师也不大喜欢他。有一天上手工课，大家都把自己的作业交给了老师，有泥鸭子，有布娃娃，还有蜡制的水果。老师从一大堆的作业当中，找出一个很不像样的小板凳，生气地问道，你们有谁见过这么糟糕的板凳？同学们都笑起来，爱因斯坦却害羞地低下了头。老师看了他一眼，说世界上还有比这更糟糕的板凳吗？爱因斯坦站了起来，小声地说有。然后他从书桌里拿出两个更不像样的小板凳，说这是他第一次和第二次做的，交上去的是第三次做的，虽然不好，但会比这两个强一些。老师看他这么认真的样子，从此改变了对他的态度。

我小学时并没有上过手工课，只有学这篇课文时才知道所谓的手工课。但我们平时在家里动手做的手工可多了，兴之所至地制作各种玩具，纸飞机、纸船、泥雕、水枪等，可谓五花八门。但我们都没有在老师的指导下做手工，特别是科学方面的手工，只是从书本上听说过一些。

爱因斯坦从小就对科学现象有着浓厚的兴趣，正是在这种兴趣的驱使下，他对科学问题不断地进行探索研究，取得了一系列重大成果。当然，另一方面这也离不开他过人的聪明才智。他的大脑据说是超级复杂的，有人对此进行了研究，试图发现对我们人类有益的知识。这两者都是缺一不可的：有的人对科学问题很有兴趣，无奈自己不够聪明，无法进一步深入下去，只能作为一种业余爱好而已；有的人足够聪明，无奈缺少兴趣和志向，所以也不会往这方面发展，把聪明才智白白浪费了。同时，科学探索还是一项十分艰辛的事业，需要一种不怕挫折、坚韧不拔的精神。即使一个天才，在科学上刚开始起步时，也是困难重重的。这时不要气馁，要再接再厉，只要在原来的基础上有所进步，就要坚定自己的信心，持之以恒地做下去，最后就一定会取得成功。

在科学上的探索如此，做其他事情也同样如此。万事开头难，但不能因此就放弃了，要勇敢地迈出第一步，然后再总结经验教训，继续迈出第二步。就像婴儿学走路一样，刚开始时总是步履蹒跚的，还要不断地摔倒在地，但毕竟已经开始学着自己走了，经过一段时间的锻炼，就可以走得稳，并且跑起来了。我们决不要轻看这第一步，而要十分珍视它。鲁迅先生曾经说过："即使天才，在生下来的时候的第一声啼哭，也和平常的儿童一样，决不会就是一首好诗。"婴儿的第一声啼哭虽然还十分稚嫩，但它意味着生命的诞生，意味着未来的希望，假以时日，就会变成一副歌声，变成一首好诗。只要我们把一件事情当作一项事业去追求，就会全身心地投入其间，兢兢业业地做下去，将它做得精益求精。

我刚开始写作的时候，写出来的东西总是十分蹩脚，往往把一篇文章写成了一本平铺直叙的流水账，总是说一些大而无当的空话、套话，而进入不了事物的细部和机理，不但不敢示人，自己都羞于打开，总是过一段时间后就把这些文章销毁了。但我仍然坚持写下去，因为我对写作充满了兴趣。为了能够有所长进，我就多看看别人的文章是怎样写的，自己的文章又拙劣在哪里，慢慢揣摩一篇文章要怎样才能写好。通过长时间的练习，我逐渐学会了写作要多讲究谋篇布局，要层次分明、详略得当，要多从细节着手，进入事物的内部，从而文章才会有感染力和说服力，才会耐人寻味。同时写的时间久了，也会熟能生巧，不知不觉就掌握了写作的技能。虽然比起那些文章高手，我还有着不小的差距，但毕竟通过努力有所进步，每过一个时期我都会发现，自己比以前又提高了一个层次。这让我对写作产生了信心。

这个道理还表现在同一篇作品的写作上。很少有作品是一气呵成的，都要经过一遍又一遍的修改。我写作总是有了初步的构思和框架后，就快速地把初稿拟出来，就像头脑风暴法一样想到什么就写，不管好不好，先打一个文章粗胚在那里。在这个基础上，第二遍再进行详细的重写。这一遍是最费工夫的，要逐字逐句地深加工过去，一段一段地成形。同时，有的地方需要进行补充，有的地方需要进行删节，有的地方需要进一步查阅资料，文章的结构也需要进行调整。这一遍是最重要的，文章的总体状况就是通过这一遍形成的。接下来是对文章进行进一步的打磨了，主要从文字上进行润色，使字眼用得更加贴切，使遣词造句更加讲究，读起来有一种节奏和韵律感，追求一种语言的美。而这个过程又是没有止境的，修改了很多遍之后也还有修改的余地。文章是改出来的，它是一个思想提炼的过程，也是一个语言锻炼的过程。如果真心喜欢这一行，就会十分在意自己手中的笔，精心地把文章写好，否则且不说别人那一关过不了，就是自己这一关都过不了。我有时半夜想到自己的文章还有哪个地方没有写好，就想爬起来把它改好，生怕过后又忘记了。

2020 年 5 月 26 日

秋天里

　　天，那么高，那么蓝。蓝蓝的天上飘着几朵白云。天底下是一眼望不到边的田野。稻子熟了，黄澄澄的像铺了一地金子。

　　稻田旁边有个池塘。池塘的边上有棵梧桐树。一片一片的黄叶从树上落下来。有的落到水里，小鱼游过去，藏在底下，把它当作伞。有的落在岸边，蚂蚁爬上去，来回跑着，把它当作运动场。

　　稻田那边飞来两只燕子，看见树叶往下落，一边飞一边叫，好像在说："电报来了，催我们赶快到南方去呢!"

　　这是我小学时读过的一篇课文，它并不是故事，而是描写秋天景色的散文，但我却读得有滋有味的，也如同在读一篇故事，以致时间过去很久了还记得其中的情景。

　　秋天是一个收获的季节，经过了春耕和夏耘，这时作物开始成熟了，稻子一天天变得金黄起来，颗粒饱满的稻穗低垂着头，等待着人们去收割。我们望着这金黄的田野，心里就会感一种欣慰——辛勤的汗水将要换来丰收的果实。以前我们那边都是种双季稻，盛夏时节要进行"双抢"，人们都忙得透不过气来。我们小孩除了要帮忙在田里干一些活，更多的要在家里做好"后勤工

143

作"，负责烧水烧饭，还要负责晒稻谷、收稻谷。夏天的天气总是说变就变，突然就下起雷阵雨来。我们一看天色暗下来，就赶紧去收稻谷，紧张得跟打仗似的。而到了秋收的季节，不需要进行双抢了，人们可以从容地做来，而且也不会下雨，不必担心晒场上的稻谷被淋了。稻谷晒干并扇掉秕谷后就藏进入廒里，今冬明春全家的口粮就有了着落。刚收成的新米吃起来特别香，一锅干饭焖熟了，厨房里会香气四溢，让人食欲大增。

稻子割完后，田里就变得清爽起来。人们往往要把水放掉，等到来年春耕时再把水放进来，为了是消灭稻根的螟虫。田被晒干了，就变得龟裂起来，密布的裂缝构成了一个个规整的图案。我们在上面跑着、玩着，野外响起我们欢快的笑声。有时撬起一块干泥，用小刀切成平、切薄，然后再雕成一把"驳壳枪"。我们不需要什么艺术细胞，纯粹出于好玩，也无师自通地把它雕成了，而且还雕得有模有样的。长大后再去雕，就雕不起来了——已经失去这种单纯的玩兴了。我们还可以去挖黄鳝和泥鳅。从有水并且有气泡的地方挖下去，就会有黄鳝和泥鳅。黄鳝是黄褐色的，也有的是黑色的，腹部的颜色淡一些，像蛇一样地扭动着。我们要眼疾手快，不然就会让它溜走了。它身子很滑溜，有时抓在手上了又滑了下去。泥鳅身子短小，有点像鱼的样子，不像黄鳝钻得那么快，也不那么滑溜，较好捉住。把它们带回家后，泥鳅因为个头小，直接洗干净就可以了，而黄鳝需要用剪刀把肚子破开，把内脏取出来，然后与泥鳅一道放进锅里油煎，香喷喷的味道会让人垂涎欲滴。

秋天里，许多水果也开始成熟了。我们那边最常见的就是橘子，还有柿子。进入9月份后，橘子就开始上市了。最初是青色的，果皮很亮很光滑，果肉的颜色比较浅，有些酸，但可以吃了。过一段时间后橘子慢慢变黄变红，果皮也变得粗糙，果肉的颜色也变深，味道也变甜了。这是最廉价的一种水果，也是我们最经常吃的。柿子形状略有点扁，火红色的，外皮十分光滑，在阳光的照射下显得晶莹剔透的。柿子昂贵一些，但吃在嘴里十分香甜，而且肉质十分柔滑。它的核是扁扁的，外面包着一层肉，这层肉吃起来特别的筋道。走在街上，似乎到处都飘着这些水果的香味。

秋天里，山上的各种野果也成熟了，我小时候更经常吃的是这些野果。只要吃起来会酸会甜，吃了不会中毒，我们都可以采来吃。印象最深的有两种，但名称都叫不上来了。一种长得有点像山楂，长在一种带刺的低伏的灌木上，外面的一层肉吃起来很酸甜可口，但里面包着很多籽，毛茸茸的，附在手上会发痒，看了都有些瘆人。因此，我们需要先把它们带回家，用石头砸碎，把籽掏干净，放在水里清洗后才能吃。还有一种形状有点像花瓶，较小个，深紫色的，从一种很矮小的灌木上长出来，摘了直接就可以吃，连籽也可以一起吃下去。它的肉很柔软，味道很香甜，我们大把地吃着，把嘴巴都吃成紫色了。

秋天里，气候是十分宜人的，它不像春天那么多雨潮湿，不像夏天那么酷暑难熬，也不像冬天那么天寒地冻，而是不冷不热的，让人感觉十分舒适。同时又是天高云淡、艳阳高照的，会让人感到心旷神怡。这时，野外的色彩变得斑斓起来，黄的黄，红的红，青的青，不同的色调搭配在一起，很有一种层次感，让人看了十分赏心悦目。这是一个出游的好时节，且不必担心会下雨，几乎每天都适合出游。来到野外，等待我们的是斑斓的树林，是清澈的水流，是飒爽的秋风。我小时候总爱在这个季节来到山上玩耍，有时跟同伴一道，有时独自一人。有蚂蚁在地上爬行，有飞虫在草丛跳蹿，有飞鸟从空中飞过，有白云在蓝天飘浮，有老牛在低头吃草，有老树在对着斜阳……所有这些，都让我沉浸其间，流连忘返。

有一次，我跟几个比我大的孩子来到云居山拾树叶。在树林里，其他人用筢子把桉树叶筢到一堆，然后装进筐带回去做柴火，而我作为一个小小孩只是在那里拾着玩。地上的桉树叶发出一种特有的气味，脚踩在上面有些溜滑。我手里拿着一根细细的铁棍，看到一片树叶就扎下去，扎着扎着，铁棍上的树叶就厚起来了，感觉这蛮有趣的。其他的细节都忘记了，只有这种在树林里拾着树叶玩的情趣还清晰地记得。人并不都是要为功利而活着，有时只要生活中能产生出一种情趣便足矣。在这秋高气爽的时节，我在树林里把树叶一片一片地扎着，把开心的足迹和爽朗的笑声留在了云居山上……

2020 年 5 月 27 日

冬天里

刚过立冬，就纷纷扬扬飘起雪来。

昨天下午，凛冽的北风刮起来了，呼呼地刮了一个下午。傍晚，大片大片的雪花，从昏暗的天空中撒落下来。霎时间，山川、田野、村庄，全都笼罩在白蒙蒙的大雪之中。

大雪下了整整一夜。

今天清早，雪停了，天也晴了。一轮红日升起来，把雪后的大地照得分外耀眼。茫茫田野一片雪白，巍巍群山遍身银装，好一派雄伟壮丽的北国风光，好一幅瑞雪丰年的喜人图画。

"今冬麦盖三层被，来年枕着馒头睡。"面对一望无际的大雪，有经验的老农高兴得眉开眼笑，连声说："好雪，好雪！"

孩子在雪地里堆雪人，掷雪球，奔跑着，追逐着，清脆的歌声传遍了山村。

这是我小学时读过的一篇课文。我们南方的孩子没有见过雪，很盼望能见到雪，因而读到这篇课文时就显得特别喜欢，似乎自己也身临其境了。同时，这也确实是一篇佳作，把冬天下雪以及雪后的情景生动地描绘了出来，孩子们在雪地里开心玩耍的情景也跃然纸上，以致很多年过去了我还清晰地记得这篇课文，记得自己当时的阅读感受。

以前的气候比现在寒冷，寒冬腊月我们那边也是很寒冷的。到了夜间，北风呼呼地刮着，我们早早就躲进屋里，把门窗关得严严实实的，墙上有一道缝隙，也要用什么把它堵住，否则寒风就会贯进来。我们几个人挤在一张床上，抱团取暖，倒也睡得热烘烘的。早上起来，有时能看到白霜。只见漫山遍野都是白茫茫的，一派银装素裹的景象，不是雪，胜似雪，只是它一触到手就化掉了，无法堆雪人、打雪仗。这是我们冬天经常见到的情景，要在清晨才看得到，太阳升起后霜就化得无影无踪了。母亲每天很早就起来做家务了，有时还要到山上的菜地里忙活，因而每次下霜她都能一饱眼福，想必已经见惯不怪了吧。我们起得也不晚，那时霜还没化掉，往山上一看，好漂亮哟！

冬天最冷的时候夜间气温会降到了冰点以下，稻田的水面就会结出薄薄的一层冰，我们第二天早上就会取回来玩。那冰浮在水面上像一面玻璃似的，我们折起一片来，用一根稻管往中间吹汽，慢慢就吹出了一个孔，然后再拿一根稻草穿过去，提回去玩了。冬天到处都是冰冷的，但有一个地方却是温热的，那就是水井。地底下的水是恒温的，夏天的时候是冰凉的，冬天的时候却变得有些温热，在特别寒冷的时候，可以看见井口有微微的热气冒出来。

我小时候在冬天衣服总是穿了一层又一层，身上变得十分臃肿。但那些衣服都是老旧的，保暖性差，也没有后来的风雪衣、羽绒服等，虽然穿得很厚，还是冻得厉害。要是不跑跑跳跳的，站在那里一会儿手脚就会冻得发麻起来，鼻涕也一直流着。有一次，父亲他们在抬石头给我们家的新房打地基。他们干了一阵活，就把衣服都脱了，热得满头大汗的，而我站在边上看他们干活，却被冻得一直哭。父亲火了，走过来要用抬石头的绳索抽我，但看我那副可怜兮兮的样子，又不忍心下手了——我确实冻得够呛。因而我小时候是很怕过冬的，那时的冬天冷，又没什么衣服可穿，不像现在这样，穿上那些冬装再冷都不怕了。

我们这边地处南方，雪是很少看到的，但比起广东广西那些地方，纬度还不算很低，因而十年八载也会遇到一次"天公作美"，簌簌地下起雪来。但由于地表的温度不够低，雪刚落地就化掉了，但我们好歹也能看到一点雪的"影子"。我很小的时候，有一次傍晚时分，天空中突然飘起细细的鹅毛雪。那雪花轻飘飘的，宛如棉絮一般，在铅灰色的空中漫天飞舞着。这时似乎什么都停住了，世界变得万籁俱寂起来，只有雪在那里不停地下着、下着……在我们那里，见到一次下雪就是一场奇遇，而这次雪中的情景又是如此之美，我之前未曾见过，之后也未再见过。

那段时间父亲从福州的一处工地揽到一批活，把石头按规格打好，然后上面再派车来运走。他是一个民间石匠，收入如何取决于能否找到活干，很不稳定。那次他接到活了，就甩开膀子干开了，每天都到马路边去打石头。下雪那天他又在那里干活。雪不停地下着，他却毫无感觉。家住旁边的一个邻里风趣地对他说，都在下雪了你还在干？对他来说，这点鹅毛雪当然不会影响自己的劳动热情，有活可干才是最希望看到的，没活可干就只能在那里干着急。雪在继续下着，他也在继续干着……

父亲其实是不喜欢这种生活的，他之所以这样拼命地打工挣钱，是要供我们兄弟几个读书，使我们以后可以脱离这种生活，吃上一碗公家饭。我们几个兄弟也都很刻苦读书，后来都如愿以偿地进入单位工作。但我的才具以及性情并不适合在单位，因而过得很不如意，许多人都认为我这辈子不可能有出息了，只能在单位里讨一份生活。但我不想屈服于这种命运——我父亲当年辛辛苦苦地供我上学，难道就为了我在单位里这样窝窝囊囊地混下去？我经过反复的思虑，终于辞职了，来到了社会上闯荡。

刚到社会上时，我过得异常艰难，工作很辛苦，也不稳定。我不像别人那样有多强的本领和多宽的门路，他们是人往高处走，而我则人往低处走。因而我能否适应这种生活，能否在社会上生存下去，心里是很没底的。这是我一生中最艰难的时期。但事已至此，别无退路了，我只能硬着头皮往前闯，争取把工作做好。我就这样慢慢度过了人生的冬天，学会了在社会上"野蛮"地生存。每当找到一份合适的工作时，我就会热情高涨，就像我父亲那天在雪中打石头一样，早已忘记了寒冷。我虽然过得很艰辛，但在精神状态上却比以前充实很多——我在自食其力着，为生活而努力奋斗着。但愿这段时期的磨砺会像冬天里的一场雪一样，瑞雪兆丰年呵！

2020 年 5 月 27 日

可爱的翠鸟

　　翠鸟喜欢停在水边的苇秆上，一双红色的小爪子紧紧地抓住苇秆。它的颜色非常鲜艳。头上的羽毛像橄榄色的头巾，绣满了翠绿色的花纹。背上的羽毛像浅绿色的外衣。腹部的羽毛像赤褐色的衬衫。它小巧玲珑，一双透亮灵活的眼睛下面，长着一张又尖又长的嘴。

　　翠鸟鸣声清脆，爱贴着水面疾飞，一眨眼，又轻轻地停在苇秆上了。它一动不动地注视着泛着微波的水面，等待游到水面上来的小鱼。

　　小鱼悄悄地把头露出水面，吹了个小泡泡。它这样机灵，还是难以逃脱翠鸟锐利的眼睛。翠鸟蹬开苇秆，像箭一样飞过去，叼起小鱼，贴着水面往远处飞起了。只有苇秆还在摇晃，水波还在荡漾。

　　我们真想捉一只翠鸟来饲养。老渔翁跟我们说："孩子们，你们知道翠鸟的家在哪里？沿着小溪上去，在那陡峭的石壁上。洞口很小，里面很深。逮它很不容易呀！"我们只好打消了这个想法。在翠鸟飞来的时候，我们远远地看着它那美丽的羽毛，希望它在苇秆上多停一会儿。

　　这是小学时学过的一篇课文，它写得十分灵动和优美，与所描绘的景物十分契合，我记住了那只小小的美丽而又可爱的翠鸟，以至多少年过去了，回想起来还觉得栩栩如生、历历在目。虽然我在现实中并不认识翠鸟这种鸟儿，也许曾经见过却并不知道这就是翠鸟，我对许多动植物的名称总是说不上来的，但能够读到如此优美的篇章，能够从课文中感受这种可爱的鸟儿，也很满足了。我喜欢在野外看鸟儿在空中自由自在飞翔的样子，看它们掠过田野，停在水边，喜欢听它们清脆的啼声。如今重读一遍，再次被它所描绘的意境打动了，就不舍得进行缩写，而且因为它写得太出色了，自己进行缩写反而会使其失色，干脆原文照抄了过来，当一回"文抄公"。

"天高任鸟飞，海阔凭鱼跃"，大自然是鸟儿的广阔天地，它们的天性就是要在大自然中自由地生长，自由地飞翔。我们看它们可爱的样子，就会想到占有它们，把它们捕捉到手，关进笼子里带回家。但这就使它们的天性受到拘束，只能在狭小的笼中扑腾，焦躁地啼叫着。时间久了，它们也知道自己出不去了，就会习惯于这种环境。但这还是我们在大自然中见到的那种充满生气的鸟儿吗？我们要是真正喜爱它们，就要把它们放归大自然；我们要欣赏到它们的美，就要走进大自然。在这里，我们看到的是一个广大而美丽的世界，万物充满了生机。一条缓缓流淌的小溪，有一只小鸟飞过来了，停在水边的水草上，往水中啄了啄，然后又飞了起来，渐渐飞远了，或者又在什么地方落了下来。它们有它们的世界，就像我们有我们的世界一样，我们不要轻易去干扰它们，要给它们提供一个适宜的生存环境，我们也才能真正欣赏到它们的美。

但我们人类社会发展的步伐太快了，不断地对自然界进行过度的开发。为了满足人类的需要，为了发展经济，这种理由谁也无法反对，但这种不加节制的开发，必然会造成物种的生存空间被不断地挤压。从发展经济的角度说，土地的闲置是一种浪费，但从给物种提供必要的生存空间说，这又是必要的。经济固然不能不发展，但我们的发展又必须是节制和集约式的，要给物种留下足够、适宜的生存空间，要适当节制我们人类的欲望以及活动。这是物种的生存所需要的，也是我们人类自身所需要的。我们既要发展经济，又要学会与自然界和谐相处，后者的重要性并不亚于前者。

我们人类要过上更好的生活，就要消费各种物品，但这已经远远超出了生物性的需要。譬如，我们穿衣不但要御寒，还要美观，因而只要经济条件允许，就要不断地穿上各种时装。而所有这些都会造成过量的资源消耗，同时还要向自然界排放各种废弃物，从而给生态环境造成破坏。现在每人每天所制造的垃圾是以公斤计算的，而这其中很多都是不可降解的化学物质，像旧衣、旧鞋、旧包，还有各种的包装物等，都是往垃圾堆一扔，最后很多都到了野外环境。

我们人类往自然界排放废弃物，不但破坏和污染了环境，同时也是大煞风景的。当人们看到一只白鹭翩跹地飞舞着，最后在一条小溪停了下来，但旁边的水草却挂着一只红色的塑料袋时，可以想见这会多么破坏我们的观感。而如今这样的情景却随处可见。我有一次乘船从马祖旅游回来。大海是很辽阔壮观的，海底下有无数的海洋生物在生存着，但我却看见一个乘客边欣赏着海上的美景，边抽着烟，抽完后又随手把烟头丢进了大海，而不会想到要把它丢进垃圾桶。还有一次我在长乐文武砂的海滩上游玩，那里养着一种叫"青蛾"的贝类动物。一个看场的中年人把烟拿出来抽，只剩下最后一根了，取出后就随手把烟盒丢在了海滩上。对于人们来说，这可谓再正常不过了，每天往海里丢弃的垃圾都是海量的。但人们没有想到的是，这些东西很多都是不可降解的，丢进去后就一直留在大海里了，或者留在海滩上，会严重危及一些海洋生物的生存。从生存的意义上说，它们也有在地球上生存的权利，这个地球对于人类来说是唯一可以生存的家园，对于它们来说亦是如此。虽然保护环境是以地球为中心还是以人类为中心还存在很大的争议，但我们人类如此不加节制地进行消费，往自然界排放各种废弃物显然是不可取的，即便为了我们自己的观感也是如此。

但我对能否解决这个问题却始终乐观不起来。如果说我们人类社会在政治、经济、法律以及伦理等方面的问题最后都可以找到解决之道，但在环境的问题上却基本上是无解的。发展经济的动力是无止境的，因为人类的欲望是无穷的，驱使着社会要不断地扩大生产，而这必然要以对资源的更大消耗、对环境的更大破坏为前提。人们或许会说知识经济的时代是绿色经济的时代，但这种想法显然过于乐观了。所谓的知识经济总要以实体经济为依托，譬如总要有电脑、手机，总要有公司和住宅，总要耗费水电吧，而生产这些产品都是要消耗资源的，也都是要排放废弃物的，全球每年产生的电子垃圾都是数量惊人的，它们不但不可降解，还含有大量的重金属等各种有害物质。再者，经济更加发展，人们收入更高以后，还要追求更高品质的生活，行要豪车，住要豪宅，衣要时装，而且生活水平提高了，卫生也讲究了，节奏也加快了，最好什么都要一次性的，甚至连一次性的衣服都出现了，而这些都会制造更多的垃圾。未过上高品质生活的人盼着过上这样的生活，已过上高品质生活的人还要过上更高品质的生活，这又叫自然界如何承受？这种状况不是一种隐忧，而早已成为一种现实。由于温室气体的大量排放，全球已经产生了明显的温室效应，使南北极以及高山地带的冰川正在快速地融化，当年红军长征爬过的雪山早已没有雪了，经过的草地也早已没有沼泽了。

人类高于动物的地方就在于具有无穷的欲望，又具有无穷的智慧。人类社会产生以后，就开始不断地走向文明进步，不断地使自己过上更好的生活，而在这一过程中就必然要不断地发展经济，不断地消耗资源、破坏环境。可以说，环境问题的根源就在于人类的文明，从开始产生人类的那一天起，就开始了人类要控制大自然，使其更好地为自身服务的历程，同时也开始了破坏环境的历程，只是工业社会以前，这种破坏的速度显得十分缓慢，而到了工业社会则进入了一种加速度。

我不是反文明论者，无意去螳臂挡车——事实上我自己也过着一种现代的生活方式，每天也在消耗着大量的资源，制造大量的垃圾——我想说的只是，倘若我们人类无法从根本上改变既有的文明观以及生产和生活方式，环境问题都是无解的，我们只能乘着一列无法刹住的列车，一直开往地球已经不适合人类生存的那一天。

人们或许说，我们到时可以往太空移民呀。好家伙！且不说我们能否在宇宙中再找到这样一个星球，当年阿波罗飞船才在月球上登陆几个小时，就在上面留下了大量垃圾，要是我们倾巢出动，那又会是一番什么情景？

于是，人们郑重地发出了拯救地球的呼吁。其实地球是不需要拯救的，即使不适合人们生存，所有的物种都灭绝了，它也还是作为一个星球在那里。需要拯救的其实是我们人类自己，我们再不切实行动起来，就真的没有未来了。

2020 年 5 月 28 日

大象与起重机

　　"大象能卷起一根木材。大象的力气真大。起重机能吊起好多根钢材。起重机的力气更大。"这是我在小学低年级时学过的一篇课文，内容十分简单，意思浅显易懂，同时还配有一张插图，画面上有一堆码放得整整齐齐的木材，旁边站着一只大象，用它那又粗又长的鼻子，把一根巨大的木头卷了起来。这木头叫一个大力士去扛都会很吃力，它却轻而易举就卷起来了。不远处有一架起重机，正在把好多根的钢材吊了起来，有好几吨重，力量更是大得惊人。这让我知道了大象鼻子的神奇，更让我领略了机械力量的巨大。

　　我父亲是个石匠，我小时候经常看见他在打石头。他先在一块石头上量好尺寸，用墨斗弹出一道黑线，然后照着线把边敲出来，再把整个面打平。要破开一块石头时，先沿着一条线打出几个洞来，然后楔入专门的楔子，用大锤依次抢下去，石头就慢慢破开了。晚上收工后还要烧起炉火，把当天用钝的錾打尖，以备第二天使用。以前房子、石阶、护墙等就是由石匠这样修成的，纯粹依靠手工劳动。而到了后来，逐渐开始机械化操作了。现在，石材厂里工人把石头锯开，然后再进行刨、削、磨，一块巨大的石头很快就加工完成，一切都通过机器来进行。在现代的机器设备和生产工艺面前，石头简直成了木头，想怎么切就怎么切，想怎么削就怎么削。我父亲当年也算一个能工巧匠，但要是活到现在恐怕要失业了，要是他不会操作这些机器设备的话。

这只是人类生产技术发展进步的一个例子罢了。各种现代化的技术设备使人类的生产水平得到了惊人提高，改造自然界的能力得到了空前加强，同时也使自然界的面貌发生了巨大改变。人们似乎已经可以随心所欲地改变自然界，为自己不断扩大的欲望服务，不断提高自己的生活水平。

"蜀道难，难于上青天"，这是当年李白发出的深深慨叹。古代人们要走出大山，只能不停地翻山越岭，道阻且长，从偏远的地方来到京城通常要走上几个月。而现在有了现代化的技术设备，逢山开洞，遇水架桥。用巨大的盾构机钻岩体简直就跟钻木头似的，掘进迅速，又不会发生塌方事故；架桥也跟搭积木似的，多宽的河面，多深的峡谷都可以一桥飞架南北，使天堑变成了通途。在建筑工程上世界纪录被不断地刷新着，一个最长、最高的纪录，往往过不了多久又被打破了。现在从成都到北京的高铁已经实现了朝发夕至，早已作古的李白要是能够穿越时空隧道见到这个情形，一定会感到像是见到了天外来客。

在日新月异的技术设备面前，似乎已经没有什么做不成的事情了。我家乡有一座很高的山峰，把外面的世界挡住了，我们每天一抬头就看到它，而翻过去后县城就在眼前了。有一次过年我回到家乡，与一位从事建筑工程的老板闲聊。我们漫无边际地聊着，他突然抬头看了看这座山峰，就不假思索地说道，要是有挖掘机，就可以把这座山挖平，直接通到县城了。这老兄的一席话，不由得让人想起了愚公移山，都是要把一整座山移走。当年愚公使用的是原始的工具，用人力挖山，子子孙孙不停地挖下去。他有移山这个大志，同时也做好了吃大苦、长期奋斗的准备。而这老兄的口气却是极其豪迈而自信的，这座高大的山峰丝毫不放在眼里。在他看来，只要有人愿意去做，都是不难做到的。从技术上说，我也相信这不成问题，现代的技术力量似乎已经可以突破自然界的一切限制，让高山夷为平地，让河流改变方向，以前只是一种想象的东西，如今都已经变成现实了。有人还提出过要在喜马拉雅山炸开一个缺口，让印度洋上湿润的气流灌进来，从而增加青高原和黄土高原的降水量，使荒原变成良田，沙漠变成绿洲。从技术上说，这也不是一个妄想。

但这同时要考虑在经济上是否可行，即能否筹集到这么多的资金，投进去后能否收得回来，要是社会上没人愿意投入，必须由政府兜着的话，又能否产生足够的社会效益，能否背得起这个财政包袱。就算这些问题都解决了，也还有一个生态环境的问题，即要考虑这样做会造成怎样的生态环境后果，是否会给生态环境造成不可挽回的破坏。山削掉以后就再也造不回来了，对生态环境的改变是不可逆的，就像许多物种因为人类过度活动而灭绝后，就再也回不来了。我们如果陶醉于自己对自然界的征服能力，而把地球挖得千疮百孔，随心所欲地让地球改变面貌，也许有一天这个地球就不适合我们人类生存了。我们很需要放慢脚步，好好地想一想下一步该怎么走，才不会走入歧途。

同时，这样做还要考虑是否会破坏自然以及人文的景观。那些著名的自然和人文景观都是无比珍贵的，人们在发展经济的过程当中，必须慎之又慎，不能只考虑经济发展的需要，更要考虑对这些景观的保护，要是把它们毁于一旦，就会造成不可挽回的损失。

2020 年 5 月 28 日

人物

我的第一个老师

　　我七岁那年的一天黄昏，在地里干完活后随着家人一道回去了。快到家时，二姐跑到路上来冲着我喊道："爹给你买回一个书包，你明天要去上学了！"我听了心里一阵欢喜，也感到一种庄重——是的，我开始长大了，要去学习文化知识了。书包是草绿色的帆布包，是当时常见的那种，样式很普通，却十分结实耐用，我小学五年一直都用着它，而且都没有破掉，只是洗过一两回后，颜色就由草绿变成了草黄。

　　我们小学位于村头的山坡上，只有一栋单排两层的楼房，而且食堂、办公室以及教师宿舍都在内，因而教室就很不够用，需要到处借用教室，班级有办在大队部的，有办在大队碾米房的，有办在宗族祠堂的。我们那年上学的人数创下了纪录，共有三个班，我们位于村尾这一片的就编入（3）班，办在这里的胡氏宗祠里。三年级有两个班，也办在这里。这祠堂已经十分破旧，1949年后破除封建迷信，就不再进行祭祀祖先的活动了，许多政治活动都在这里进行，后来又做过碾米房，到我上学时已经变得十分破旧了。经过简单的修葺和清扫，虽然还是破旧，倒也整洁清爽了不少，也权充临时办学之所了。一道大门之外还有两道边门，大门进去右首的一间小房是老师的办公室，前面是一个天井，天井两边是廊庑，左边那个比较残破，右边那个相对完好，就把三年级的一个班设在那里。大殿部分并排三个大厅，中间的主厅不设教室，用于课间学生活动之用，左边边厅是三年级的另一个班，右边边厅就是我们一年（3）班。

我们班级的黑板靠侧墙放着，前面是老师的讲台桌，那时老师都是坐在一个专门的教学凳上给我们上课，而不兴站着上课。我们学生也不分组，一排排摆着课桌课椅，都是长桌长椅，虽然简陋破旧，倒也结实耐用。既没有小组长，也没有班干部，交作业发作业都由老师亲力亲为，也不组织什么活动，只有一个老师在指挥着我们，一切倒也井然有序。每个人的座位开学时由老师从低到高排妥后，就再也没有动过，一坐就是一年。在这里办学一切从简，没有操场，没有广播，不升国旗，不做早操。哨子声一响，老师就走过来，我们飞也似的跑回自己的座位。老师说一声起立，我们就哗啦啦地站起来，老师说一声同学们好，我们就整齐响亮地喊一声老师好，老师接着说一声请坐，我们就又哗啦啦地坐下来，然后她自己也坐了下来，开始给我们上课了。

那时实行全科教学，这里的三个班都只有一个老师。我们的老师想必刚从师范学校毕业不久，她只在我们这所小学教一年，刚好教我们这个班。她显得十分娴雅、端庄，教学也十分得法，除了教我们语文、算术，还教我们美术、音乐，无论什么都拿得起放得下，教音乐歌也唱得很好听，教会了我们不少歌曲，教美术在黑板上也把画画得像模像样的，让我们多少接触到了一点艺术。语文主要教我们掌握拼音，掌握写字的笔画笔顺，教我们认识一些基本的汉字，算术主要教我们学会数数，学会进行简单的数字加减。我们最基础的文化知识就是在她的耳提面命下一点一点学会的，为以后的进一步学习打下了牢固的基础，她可谓我们的启蒙老师。

她很文静，平时话语不多，声音也不大，但需要威严的时候却可以不怒自威，让我们敬畏三分。我们这些乡下少年大都有些顽劣，她不苟言笑，谁在课堂上调皮捣蛋都有办法进行整治，通常叫我们上去站在讲台边，伸出手心让她抽一教鞭。教鞭是一根细长的圆木，拿在手上的那头粗些，然后平顺过去，到尾部就变得比较细小了，这样就又好拿又好指着黑板上的字儿。我们小孩的巴掌都很细嫩，啪的一声抽下去也是火辣辣的疼，有的抽完后赶忙把手缩回去放在嘴巴上呵一下，有的当场就被抽哭了。我有一次也被叫上去，也被抽得哭出来，从此再不敢在她在面前吊儿郎当了。有一次一个同学在课堂上话讲个不停，她突然操起粉笔掷了过去，不偏不斜正好击中其下唇，还在上面留下一道白白的粉笔灰，真是神乎其技！我们纷纷转过头来，都乐得偷笑起来。

　　老师的这种体罚方式在那个年代还算轻微的，大体也还说得过去。因为她平时的严肃以及令人望而生畏的教鞭，我们都被镇住了，跟着她学拼音，学汉字。"人口手，大小多少，日月水火，山石田土……"我们认真地跟着她学这些汉字，掌握了它们的音和义，学会了怎么书写，怎么书写得工整。语文课本上图文并茂，譬如学到"田"的时候就配一个田字形的水田图案，学到"山"的时候就配一个山字形的山脉图案，学到"棉花"的时候就配一个蓬松得像白云的棉花图案。我们那边虽然不种植棉花，棉被却是要盖的，棉絮对于我们一点都不陌生，看到这样的图案就觉得十分亲切，于是就牢牢记住了这是棉花，棉花两个字是这么写的。她教我们算术，从一二三开始教，既教阿拉伯数字，也教汉语数字，然后进一步教加法、减法。这其中还有一个插曲，教到"三"后，她提醒我们"四"是"四"，而不是在"三"下面再加一道横杠，千万别弄错了。结果一个同学交作业时还是把"四"写成了四道横杠，她在课堂上还专门举了这个例子，叫我们要引以为戒。这件事情让我牢牢地记住了，知道了无论做什么、学什么，都要讲究认真二字，不要想当然地去进行推测，有的事情可以依此类推，有的则无法依此类推，一切都要视具体情况而定，即必须具体问题具体分析。

在老师教我们的课文中，有"爱祖国，爱人民，我爱北京天安门"，让我们懂得要热爱祖国，热爱人民，还有"王二小"的故事，让我们懂得与敌人反动派做斗争要机智勇敢，要为伟大的解放事业英勇献身，等等。在我们幼小的心灵中，并不真懂得这些道理，她也不对我们过多讲解，但在跟随她反复朗读的过程中，它们其实也在悄悄潜入我们的心田，并且生根发芽了。她教我们唱"少先队队歌"，虽然我们也不真懂得歌词的含义，但喜欢唱歌原本就是小孩的天性，那活泼向上的曲调也很适合我们，同时她又唱得有腔有调的，声音十分动听，再辅以简洁的手势，因而我们也都乐得跟着她唱，很快就学会了。稚嫩的童声汇合在一起后变得十分响亮，从我们这个老旧的祠堂传播到了空中，不停地回荡着。我们一遍遍地唱着，经过潜移默化，它其实已经融入我们的血液里了。

放学后，老师回到村头的校部去了。有时我们同一生产队的几个结伴而行，在马路上坡的地方看见她正往下走，就约好齐声喊道："老师再见！"这既是出于儿童的一种天真无邪，也是对这位老师的一种敬重——她教学很有章法，也懂得宽严相济，能够让我们认真地跟着她学，学到了必备的基础文化知识。她回过头来，微笑着朝我们招了招手，这时候我们发现她变得十分温柔。我们都不知道这位老师的名字，那时也不兴老师在开学之际对学生做一番自我介绍，我们甚至都不知道她姓什么，更不知道她是何方人氏，只知道她也讲我们当地的方言，想必也是我们连江人罢。她教完我们一年级就调走了，我只在二年级时的一次期末考看见她来我们学校监考。我二年级时已经到校本部上学了，教室在一楼。那天课间，我在走廊上看见她站在与教学楼相连的单层食堂的屋顶上。她认出了我，朝我看了看，我却不敢跟她打一声招呼。从此以后，我就再也没有见到她。

2020 年 1 月

怀念一个同学

我很怀念一个高中三年都在一个班的同学。他是一个很有见识、很懂得事理的人，也是一个很乐于助人、很有人情味的人，我从他身上学到了一些可贵的品质。

高二时，要进行文理分科，我们（6）班是文科班，读理科的要分到别的班，别的班读文科的要分进来，于是就要重新按高低排座位。我和他都留在了本班，又刚好成了同桌。但他有一个习惯就是每节课之前都要挪一下条凳（那时我们坐的是两人并排坐的条凳），似乎这样才能正襟危坐。本来只要自己那头挪一挪就可以了，我们一般也都是这样，但他每次都要我起身配合他一下。我刚开始时也能配合他，但时间久了就觉得厌烦了。刚好他与旁边那组并排着的一个同学玩得很要好，我就与那个同学对换了个座位，让他们两个坐在一起，我也不必每次都要起身了。他是一个比较随和的人，也乐于与我同桌，我们坐在一起除了这件事情让我感到有些为难，别的都还好，因而他知道我要换座位后还不同意。但我去意已定，我们就这么分开了。我差不多跟他同桌了一个学期，这期间通过跟他近距离的接触，深入认识了他这个人。

他是一个比较有见识的人，也是一个会懂得独立思考的人。想必他平时读过、听过、见过的东西不少，同时又懂得自己去进行鉴别和思考，因而总显得比别人有见识。我们有时在一起讨论问题，我从他那里学到了不少东西；有时也争论起来，我事后总发现还是他比较有道理。有一次我们讲到了拳王泰森。那时这个拳王正如日中天，我们很多人都在关注他。他说泰森多么的了得，我说可惜他完全被自己的经纪人给控制了。我当时从一些报刊上看到，泰森有一个经纪人，一切都得由他说了算，就像吸血鬼一样不断榨取泰森的血汗。那时我的认识还很落后，不知道经纪人这种职业的作用，总认为何必多此一举，还要让他们分走很大的一块收入，特别还要受他们的控制。他听后也不置可否，只是冷静地说道，经纪人组织一场比赛，收入中拿走自己的部分后，剩下的都是泰森本人的。后来我对这方面有了更多了解，才发现自己是错的。经纪人这种职业是必不可少的，没有他们从中牵线搭桥，专业地处理各种事务，很多商业性的活动都无法有效地开展起来。正是有了他们，人们才有了更多的商业机会，可以把更多的精力放在自己的专业上，虽然这要让经纪人赚到不少钱，但这又是十分必要的，也是十分值当的。而他很早就懂得了这个道理，可见是很有见识的，远在我之上。

那时，我们的课本都是全国统编，由人民教育出版社出版的。我们有一次闲聊，我说上面有人民出版社，下面有福建人民出版社，上面有人民教育出版社，下面也有福建人民教育出版社。我当时强不知以为知，从前者推导出后者，同时我印象当中有见过福建教育出版社，却误以为福建人民教育出版社了，于是就闹出了这个笑话。他不动声色地听我讲着，然后不容置疑地说，你可以去查一下看看有没有福建人民教育出版社。我被他拆穿了西洋镜，脸上很挂不住，但无奈事实不在我这一边。后来去查了一下，不得不承认他是对的。这也让我知道了，对自己没把握的东西不要想当然，不要进行简单的类比和推论，一定要符合事实，要有根有据。

我们语文老师是（5）班班主任，有一次要带他们班去云居山秋游。云居山那时只有一条简易的军用公路从我们那个村子通上去，其他几条小路都是石板路，要开车或者骑车上去，就只能从我们那里走。课间语文老师坐在我们前面休息。我问他们班去哪里秋游。他说骑脚踏车去云居山。我说那要从我们那里走。他说你家在那里？我说是。可能我的语气有些不够低调，我同桌听了有点看不顺眼，就说干吗一定要从你们那里走，从别的地方就不能走了？其实我说的也是实情，只是未能把握好自己的语气。这也提醒我无论做事还是说话，都要尽量保持谦逊和低调，不要太过张扬，即使道理在自己一边也应如此。

现在该说到他的助人为乐了。他曾经热心地帮过我几次，而这时我们已经不是同桌，这就更能说明问题了。有一次，学校政教处把我们这个年段召集到操场开会，指导我们填写一份重要的表格。我不知因为何事没有去听，就把一栏老师特别交代不要填的也给填了。我到政教处想重新要一份表格，被那个老师拒绝了，说要是每个人都重新要一份，哪来这么多的表格。我说那填错了怎么办，他说能擦的尽量擦。我于是就回去了，试试看能否擦掉。但那钢笔字又怎么擦掉？正当我一筹莫展之际，坐在隔壁组的他叫我把表格给他。他拿出一块橡皮，在上面擦了起来，过了一会儿那几个字就真擦掉了，只留下一点淡淡的痕迹。我交上去后就过了这道关，他帮我解了燃眉之急。

还有一天晚上，我要去我二哥那里，路途比较远，想借他的自行车用用。他爽快地答应了，约好了什么时候在什么地方他把车子骑出来交给我。晚饭后，我在那里等候。过了一会儿，我远远看见他按时把车子骑了过来。我这既是在等候车子，也是在等候一种同学之间的信任，一种无私的帮助。这种帮助虽然不大，但重要的是一种友情，而不在于帮助的大小。当然我们事情能自己解决的都要尽量自己解决，而不能轻易寻求别人的帮助，我偶尔一次求助于他，他爽快地答应并如约做到了，我十分珍惜这种友情。

我后来读大学时有一次生病住院了，他知道后给我写来了一封信进行慰问，并以实际的例子告诉我不必害怕，只要注意些什么就可以了。这些都让我十分受用，也十分感动，我知道他是一个热心人，会把老同学放在心上。

后来开同学会，他打电话过来叫我一定要去，说好久不见了，大家都很关心我，很期待我能参加这次活动。这次活动他也是组织者，他对班级的事情一向是很热心的。我在通话中能听出他很希望我能去。我当时心里也很矛盾，毕竟毕业这么多年了，需要见个面叙叙旧，但由于自己在事业上很不如意，用世俗的眼光来看更是一事无成，因而有一种很重的自卑心理。再者，我当年在为人处世方面也做得不好，做过一些对不住同学的事情，虽然也不是什么大事，但毕竟伤害过别人的感情，心里十分过意不去，再见面会感到十分尴尬。同时，当年班上也有品质很差的人，我真不想再碰到了。出于这些方面的考虑，我最后就没有去。但集体活动我可以不去，这个老同学有机会却是要拜访的。我期待着有一天踏上我的感恩之旅。

2020 年 6 月 7 日

一个文学的坚守者

　　我早年曾经热爱过文学写作，后来又放弃了这个梦想。但两年多前，由于外在的一些机缘，我又回到文学上来了。我经过了一番努力，发表了一些作品，得以加入了连江县作协，并结识了副主席苏静先生。我们第一次见面时，他还在福州的一家民间机构供职。我如约前往他的办公室，事先以为他们这些人会有些高不可攀，见面后才发现他十分平易近人，说话也温文尔雅的，让我感到这是一个可以接近的人。我后来申请加入福州市作协，要找他当推荐人，他也爽快地答应了。我去年底从国外回来，他看见我待业在家，缺少经济收入，想介绍一些文字方面的活儿给我做，对我很是关心和支持。从中也可以看出他是一个热心的人，对我这样一个相识不久的人，也愿意提供力所能及的帮助。因此，当他要我为他的作品集写一篇评论时，我想了想就答应了——为朋友做些力所能及的事情，乃是义不容辞的。这篇评论要写得好我不能保证，但能保证它是真实的，是照我心里所想的写出来。

　　第一次见面时，他送了我一本厚厚的《礁火轻袅》，这是一部散文集，近三十万字，收入他从 1985 年到 2013 年近三十年时间创作的大部分作品，篇什众多，题材广泛，其中大部分都在各种报刊发表过，产量可谓不低了。我有时打开看上几篇，第一个印象是他的文字功底比较好，语言平实但又经过了锤炼，读起来比较顺畅却又必须多加咀嚼才能品出其中的意趣来，就像品那种会回甘的茶一样，若不是在文字上有一定的天分并悉心讲求，显然是很难做到这一点的。同时，他的语言也较少那些八股文的腔调以及主流意识形态的话语，显得比较纯粹，让人感觉到这是地地道道的文学写作，这也是我在阅读过程中的一个重要收获。我们只要真正热爱文学，就要我以我手写我心，真诚抒发自己的性灵，同时要使用具有个人风格的语言，少写那些假大空的东西，少一些鹦鹉学舌，它们看上去都很光鲜华丽，但细读起来却味同嚼蜡。要真正进入文学的世界，这是一道必经的门径，苏静先生在我看来已经从这里进入了，因而是值得我们学习的。

我的第二个印象是他对文史资料的娴熟驾驭。在这部作品集中，文史方面的文章占了很大一部分，而要写好文史文章，离不开对文史资料的充分占有以及融会贯通。据说他当年读高中时偏科严重，语文特别好，而数学特别差，因而也未能考取大学。他的语文很好，想必在古文方面也是有特长的，这从他对地方古代文史资料的掌握程度就可以看出来，没有相当的古文功底，要吃透这些资料也是很难的。他正是在充分消化相关的文史资料后，用一种流畅的文学语言写出一篇又一篇的文史文章，不断地在各种报刊上发表出来，在我们当地也产生了一定影响，这也是值得我们学习的。我自己的古文基础很差，只能硬着头皮看一些古代文献，有时即使硬着头皮也不知所云，所以轻易不敢去碰那些古代的课题。但我们要更多地了解历史文化，特别要去写一些文史文章，又不能不在这方面多下一些苦功。

我的第三个印象是他的诗词功底比较扎实。他写过一些现代诗歌，在这部作品集里也有所摘录。以我对他诗作的有限阅读，也可以看出他的诗是有诗味的，在韵律和节奏上也是讲究的。同时，他虽然没有写古体诗，但对古典诗词也比较熟悉并且懂得欣赏，这从他在一些文章中对一些古典诗词恰当的运用就可以看出来。诗是一种重要的文学体裁，在我们古代甚至就是最重要的文学体裁，所以才说我们是一个诗歌的国度。诗歌的语言是最为精炼，最讲究节奏感和韵律感的，也是最需要进行锤炼的。"吟安一个字，捻断数茎须"，这是古人写诗的体会，道出了个中甘苦。文学写作往往要先通过写诗才能很好地锻炼出语言功夫，欣赏文学也要先懂得欣赏诗歌才懂得欣赏其他门类。同时，诗还可以言志，精炼的文字中可以蕴涵丰富的情感和深刻的思想。一个不懂诗的人大概很难成为文学的写作者，甚至也很难成为文学的欣赏者吧。而说来惭愧的是，我在这方面是相当欠缺的，因而从未去碰这个体裁。但我毕竟从小也读过不少的古诗词，也略懂得欣赏一些诗歌，后来要从事文学写作，为了补充自己这方面的短板，又让自己去多读一些诗歌，特别是以前很少读的现代诗歌。我在读诗的过程中，也慢慢地懂得语言必须如何锤炼，如何讲究韵律和节奏。这种语言感觉有了，就可以运用到其他体裁的写作上。

苏静先生高考落第后没有再去复读，而是回到他的家乡连江定海，当了六年的海员，从事海上运输生产，然后当上了村干部，再后来又辞职下海。可是无论他身在何方，从事何种工作，都始终把文学作为自己的人生追求，始终坚持着文学写作。1986年春，他走出高考落第的阴影后，与家乡几个共同做着文学梦的青年创办了一个文学社。虽然由于种种原因，社刊只印了两期就停办了，但这是他在文学上的一个可贵尝试，也是一个重要的开端。他后来开始在报刊上发表作品，笔耕不辍，多年坚持下来，也有可观的作品问世了。那时投稿不像现在这样有电子邮箱，而是纸信一封一封地发出去，速度慢，有成本。面对投稿的石沉大海，他能够坚持下来，可见他对文学有多么执着，也反映出他的写作水平是不低的。他因为文学而有了精神寄托，文学也因为他这样的人而更有人气。他的那些文史作品，可以让读者更好地走进地方文史，从中了解到历史文化，使历史文化得到更好的传承。他的那些散文作品，可以让读者欣赏到文学的美，在平静的阅读中陶冶了自己的性情。

　　最后还值得一说的是他的谋生方式。他辞去村干部的职位后，在社会上从事过很多职业，但无论自己创业还是在机构任职，都与文字有关，这既说明他的文字功夫得到了别人的认可，也说明了一个道理，即文字也是可以用来谋生的。中国文人有一个不好的传统，就是离开了体制就很难生存下去，因而总被人骂为酸腐：一方面对社会上的各种负面现象牢骚满腹，另一方面自己在社会上又缺乏独立生存的本领，而只要生存无法独立，人格就也独立不起来，文字就也独立不起来。我后来也辞职了，这其中也不乏追求独立的成分。但我辞职后却从未想过要用文字来谋生，写作在我看来是一个赔钱的买卖，非但不能养家糊口，要出书还要出一笔不小的钱。我发表作品十分不易，只能象征性地得到一些稿酬，买油盐酱醋都不够。同时，我又没有其他方面的本领，只能靠出卖体力打工挣钱，在解决了谋生问题之后，再把文学写作作为一种爱好或者追求。但他却能够依靠文字生存下来，这也是让我佩服之至的。通过文字，他不但可以养家糊口，而且过得还不错，在连江琯头还买下了一套很大的房子，供一对子女读完了大学。他的生计问题解决了，就可以多去写一些属于自己的文字，去努力追求他的文学事业。他这样的作家为我们中国文人走出了一条新路。

　　我在文中之所以一再用到"比较""一定"等这些比较节制

的字眼，是认为苏静先生在这些方面还未能做到尽善尽美，还需要更上一层楼。文学写作是一个永无止境的过程，就以语言方面来说，我们即使耗费一生的心血，也无法穷尽语言世界的奥妙，也不能说我们已经真正掌握了文字。他在这些方面还有待于提高，而我更是如此，让我们作为文学的同道共勉吧！

2020 年 6 月 8 日

一个下海的老师

这是我高一时的一个政治课老师，他只教我们半个学期就因故离职了，但就在这短短的时间里，他给我留下了深刻的印象。他的口才十分出众，很善于与人进行沟通，平时总是面带笑容、幽默风趣的，书教得很好，人缘也很好。

那年要召开十四大，提出要建立社会主义市场经济了，相应地我们高一上的政治经济学教材也要以此为框架做出重大调整。想必出于这个原因，开学后我们的政治课本迟迟未能发下来。没有课本怎么上课？他在课堂上风趣地说我只会照本宣科，没有课本就只能找一些报纸来给你们念念。他带来的好像都是《参考消息》，每次给我们念一条重大的国际新闻。他边念边讲解，时而还展开一些评论，普通话说得十分地道，也很有个人的见解，让我们增长了不少见识。平时我们新闻看完就过去了，并看不出什么门道来，而在他的分析下，国际风云的动荡就清晰地呈现在眼前，让我们看到了新闻背后的东西，把一条新闻给读活了。

后来课本发下来了，他开始给我们讲起了价值、使用价值、交换价值和货币等，这些都是十分抽象的概念，但他却讲得十分生动有趣，让我们能够更好地理解，我们都感到遇上了一个好老师。他课上得好不仅因为有口才上的优势，更因为他在这个学科上有很深的造诣。老师光有口才并不能保证把课上好，更重要的是要博学深思，知识面要广，同时还要会独立思考，要有自己的见解，即要有真才实学，才能让学生受到更好的教益，不但课要上得生动有趣，让人爱听，还要有"干货"才行。有一种老师徒有口才，在课堂上可以夸夸其谈、口若悬河，却让人不得要领，学不到什么真正的知识，也得不到有益的启发。而我这个老师就属于既有口才又有肚才的类型，因而很受我们的欢迎。

他不仅课上得精彩，而且也没有忘记我们这是应试教育，习题需要讲解的还得讲解。他给我们讲解习题时，有的习题是合乎情理的，他可以讲得头头是道，脱稿把它们解答了出来。有一次他解答完后，我们对照了一下练习册后面的答案，发现与他说的几乎一字不差。他不无得意地说，我是没有看后面答案的。而有的习题又显然是不合情理的，连老师也感到难以理解，因而他也答不上来，只好把后面的答案拿出来看。可见政治课确实是很难教的，有时不理解的也得逼着自己去理解，哪怕老师也是这样。

他除了课上得好，有时还会在课堂讲一些生活上的事情，譬如要我们注意锻炼身体之类，让我们觉得很亲切，无形中拉近了距离。他喜欢跟学生在一起交流，他同时还教高一个年级的班，经常有几个学生跟随着他。我们班开联欢晚会时，他也带着几个学长来了。那天晚上他谈笑风生、妙语连珠的，晚会的气氛都被他调动起来了，他自己也即兴表演了一个小节目，随便拿起一根扫把的棍子，学着卓别林的样子在走路。

当时老师的工资比较低，许多人都在忙着给学生补课挣钱，有的干脆下海做起了生意。有一天他忽然不来上课了——他也辞职下海了。我们都感到十分意外，也十分惋惜，他书教得这么好，我们都很喜欢上他的课，以后却没机会再听到他给我们上课了。原来他要亲自去下海体验一番，到石家庄开了一家面包店。

他未办完离职手续就匆忙走了。几年后不知是下海不太顺利还是什么，他又回来了，去了另一所学校。后来又去了县教育局，踏入了政界，再后来又加入了民主党派，当上民进连江县主委、连江县工商联主席、连江县政协副主席等重要职务，成为一个社会活动家。我对此并不感到意外，以他那种教学才能，再回到学校教书仍然是一把好手，以他那种口才以及人际沟通能力，进入政界也能干出一些名堂来。听说他当年竞聘县教育局副局长时，有人以他当年未办妥离职手续就下海为由对他提出异议，无奈他凭着过硬的素质，无论笔试还是面试都能拔得头筹，最后还是让他竞聘成功了。他的那次下海固然也是一种瑕疵，但毕竟不是什么违法的事情，而且在社会上历练了几年，这对他也是一种很好的锻炼，反而可以成为他的一种资历。

2020 年 6 月 15 日

夏同学

　　我初中三年都和这个夏同学在一个班读书。她是一个十分文静的女孩，从不与人磕磕绊绊的，总是默默地做着自己的事情；她同时也是一个十分要强的女孩，自己认准了什么就全力以赴地做下去，决不轻易认输。

　　我们初二时，语文老师也是我们的班主任有一段时间生病了，临时换一个语文老师给我们代课。有一次教到了贺敬之悼念周总理的长诗《周总理，你在哪里》，老师要我们背诵。第二天上课时，全班只有她一个人能够从头到尾一字不漏地背下来。看着平时连话都没说几句的她如此流利地把这首长长的诗歌背下来，我们都目瞪口呆了，佩服不已。可见她学习多么用功，也可见她对这首诗多么喜爱，前一天晚上想必背到了深夜。同时，也可见一个人只要下决心做一件事情，身上的潜能会有多大。

　　她在学习上铆足了劲，下课后还坐在座位上专心地自学，不声不响的。她弟弟也跟我们在同一个年段，她父母重男轻女，想让她辍学，她死活要继续念下去。在运动会上，她也十分拼搏，以致不慎把手摔骨折了。但才几天后，她就打着石膏、吊着手臂来上课了。她没有寄宿，平时都骑着自行车来上学，手骨折后就只能坐在别人的车后面。我有一天还看见她妈妈站在教室外面，不知要来跟她说什么，她就是不为所动地坐在教室里不出来。

　　后来毕业了，我们各奔东西，再也没有见面了。我也不知道她后来怎样了，有没有继续求学下去，但我相信她在人生的道路上还会这么硬气下去，不论做什么都会以一种顽强的毅力做下去，执着地追求自己的人生目标。其实更让人感动的是她这种顽强的毅力和进取的精神，而不是具体做出了什么。我们都是普通人，也许做不出多大的事业，但我们必须活出一口气来。再大的事业最后都要烟消云散的，只有这种不认输的精神才可以长留在人们的心间。家财万贯又能怎样？著作等身又能怎样？位极人臣又能怎样？所有这些未必都具有打动人心的力量，甚至都带有世俗功利的色彩，只有这种不认输的精神才是最打动人心的。我们大可不必纠结于能否出人头地，而要敢于活出自己，活出自己的一口气来。只要我们追随着自己的内心，努力地做好自己的事情，就可以过得很充实，也才能真正得到别人的尊敬。

我每当处于人生低谷时，就会想起当年的这位夏同学，就会从她身上汲取到一股力量，告诉自己不要太在乎一时的成败得失，更不要太在乎别人的评价以及世俗的名利，这些东西最后都要烟消云散的，我们只要在自己的心中树立起一个理想，朝着这个目标不断地努力下去就是了。这催促着我们只能如此，不能心有旁骛，只能坚持下去，不能中途放弃，只问耕耘不问收获。只有这样，我们才能得到真正的快乐，真正的充实。

夏同学，你现在过得还好吗？

2020 年 6 月 15 日

石老师

　　我的一个大学老师名叫石鹏飞，是当年到云南插队后来又留在云南的上海知青。1966 年时他已经高中毕业了，是所谓的"老三届"，比起那些"新三届"以及年纪更小、连中学都没怎么上过的知青，他可谓一个真正的"知青"。他那所中学的前身是圣约翰大学附中，是一所名校，云集了许多名师，他出自这样的学校，受到过很好的中学教育。1968 年在上山下乡的洪流中，他来到了云南，在西双版纳的一个农场一待就是九年。在这种艰苦、漫长，政治运动不断的岁月里，他不让自己的时光荒废掉，白天从事艰辛的劳动，晚上则坚持点蜡烛读书到深夜。据他自己说，他当时读得最多的就是《马克思恩格斯选集》。寂寞的生活使他潜下心来，对它们进行反复的阅读，逐渐把它们吃透了，然后再结合现实的思考，使自己在思想上得到了很大升华，进入一个崭新的境界。所以，他后来才经常说过一句话："消解苦难，就是学问。"

　　1977 年恢复高考后，他考上了云南大学中文系，成为新时期的第一届大学生。在思想解放的春风中，在学术气息浓厚的校园里，他过着简单的"三点一线"的生活，以图书馆为家，博览群书，使自己的学问大有长进，最后一年还到四川大学进修，跟随一位很有造诣的老学者做学问。他毕业后不知何故未留在云大中文系，而到了成人教育学院，主讲过《中国文学史》《中国古代文化概论》《老子研究》《中国古代经典导读》等课程。

我是 1995 年入学的，那时他在校园里十分走红，我很快就听到了他的大名，据说他课上得棒极了，讲座更是引起校内外的轰动，每次总是人满为患。他的思想十分活跃，经常有一些惊世骇俗的言论，而且口才十分了得，总是妙语连珠的，很受学生的欢迎，与其他两个老师一起被誉为我们学校的"三大铁嘴"。而且还听说他不修边幅，有点狂放不羁，很有一副名士风度。但我这人向来对于热闹的东西反而有一种抗拒的心理，不想去凑热闹。再说他给全校开的一门选修课叫《老子研究》，而我的文言文又不好，因而就一直没有去上他的课。大三大四的时候，我开始对人文学科感兴趣了，开始思考一些思想性的问题，而他就属于有自己独特思想的老师，而且我也快毕业了，错过就没有机会了，因而就想去听听他的课。我起先抱着试试看的态度，觉得效果不好下次就不再去了。

我们坐在下面等着他进来，阶梯大教室里坐得满满当当的。过了一会儿，他走进来了。我之前未见过他，虽然听说过他不修边幅，但当他初次出现在面前时，我仍然感到了一种震惊——他五十岁左右的年纪，一副圆圆的大脸庞，脸色有些棕红，头发留到齐耳。他不声不响地走进来，我们当中产生了一些骚动，到底是个不同一般的老师。他正襟危坐后，就开始滔滔不绝地讲开了，声音非常洪亮，不用扩音器坐在后排都可以听得很清楚。他在课堂上旁征博引，经常联系一个问题讲到了其他许多相关问题，大开大合，而且很有自己的见解，思想总是十分超前，大大打开了我们的视野，给了我们许多思想上的启迪。他恨不得能把更多的东西倒给我们，在课堂上就像一部战略轰炸机一样，在对我们进行着密集的知识轰炸，使我们脑洞大开。同时，他的语言又十分幽默和风趣,我们听了经常会捧腹大笑,因此,他的课虽然知识含量很高,思想很活跃,但我们丝毫不觉得枯燥乏味,也不觉得晦涩难懂,而是很容易理解和吸收。上他的课就是享受一场思想的盛宴,可以得到许多收获。我本想听一次看看,没想到一听就"不能自拔"了,以后每节课都去听,甚至经常重复地听(由于选修的人太多,他的课分成了两个班,一个在白天上,一个在晚上上,不是同一天)。虽然我并没有正式选修这门课,但比别人更加专注地听讲,从他那里得到了更多的收获。我也因为他,对许多问题也产生了兴趣,也学会去学习和思考这些问题。我这就这样在学问上跟着他入门了。

在大学里有的老师的课我不想去听,就是去了也是自己坐在下面看书,或者在走神,有听也是跟留声机一样在机械性地做做笔记,而不会真正听进去。这些老师往往在学问上没有多大造诣,思想上也循规蹈矩的,而且也不具备足够的表达能力,因而在课堂上都是讲一些陈词滥调,同时语言也很枯燥无味,我们丝毫提不起劲头。也有一种老师,他们的表达能力很好,但在学问上也没有多大造诣,思想上也缺少独立思考,因而在课堂只能东拉西扯地讲一些不着边际的东西,让人听时觉得还蛮过瘾的,听后却感到什么也没有学到,更受不到思想上的启发。要成为一个受学生欢迎的老师也是不容易的,既要有口才又要有肚才,用我们这个石老师的话说,就是既要有嘴巴又要有头脑。

他这门选修课叫《老子研究》,与众不同的是,他不像一般人那样研究一个对象就会对其"执迷不悟"起来,他在课堂上全面、客观地对老子以及道家的思想进行分析,在肯定其价值的同时,更对其负面的地方进行深刻的批判。他还联系着讲其他诸子百家的思想,并进而把整个中国古代文化都讲到了,同时还以西方文化为参照，讲到了中国文化的现代转型问题，因而一门小小的选修实际上已经把古今中外的文化都讲到了。不同于那些食古不化，对中国古代文化盲目进行颂扬的人，他以一种现代的眼光和世界的视野对中国古代文化进行分析和批判，用他自己的话说，就是要以老子为把柄，对中国古代文化进行一场淋漓尽致的大收拾。通过这样的分析和批判，古代文化中一些有益的东西需要继承下来，同时落后的东西更要大胆抛弃，从而才能建立起现代的新文化来，才能真正进入现代的社会，我们也才能真正成为现代的公民。

然而，他又不是凭空立论的，而是建立在对中国古代文化深入研究的基础上。就像鲁迅先生对传统文化了然于胸，自己读了大量古书，深切地知道其弊病何在，从而才能对之进行深刻的批判，他古文的功底也极好，在文字学上有很高的造诣，对古代典籍深有研究，只有这样对中国古代文化才有足够的发言权，进行批判时才能批判到点子上，才具有说服力。我们听了他的课，并不觉得有何偏激之处，而觉得其立论都建立在充分的理据基础上。

他在学问上能够达到这样的高度，除了天分之外，更与他的勤奋分不开。他每天在家所做的事情就是读书，手不释卷，思有所得就展纸写来。正是经过长期这样的积累，他才能取得这样的成就。他同时还十分善于独立思考，在思想上敢为天下先，用他自己的话说就是要做到"他人未言先言，他人已言深言"，听他的课，读他的文章，处处可以感受到思想的穿透力。"学而不思则罔"，倘若缺乏自己的独立思考，被别人牵着鼻子走，书读得再多也不会有自己的创见，只能拾人牙慧，做一个书袋而已。

他喜欢跟学生在一起交流思想，喜欢对学生进行指导，十分乐意看到学生在思想上也变得活跃起来，也学会独立思考。我跟他有过几次直接的交流，每次他总是滔滔不绝地讲着，思路非常的开阔，处处迸发出思想的火花，让人感到如沐春风、受益匪浅，同时脑筋又必须充分开动起来，否则就跟不上他的思路。他经常走到哪里都有学生跟随着，好学深思的学生总是愿意走近这样的老师。

他不是一个书斋型的学者，而是在学问中融入对现实的强烈关怀，十分关注社会的发展动态，在课堂上经常结合各种社会现象。他当了十几年的《云南大学报》（成教版）的主编，或者转载各种思想文化的动态信息，更多的则是刊登各种原创文章，这些文章大都言之有物，具有相当的思想文化内涵，硬是把一份普通的校刊办得有声有色的，拥有众多的读者，在校内外产生了很大影响。他经常在校内外开设各种讲座，所讲的都是很有思想文化内涵的话题，每一次场面都十分爆满，引起了很大反响。他喜欢这种火爆的场面，听众越多他越是激情四射，会进入一种亢奋、忘我的状态，会有超水平的发挥。他还和另外两个教授在小区长期编一个黑板报，内容贴近生活，为人们喜闻乐见，同时又有相当的文化品味，硬是把一个普通的黑板报办成了一个著名的"教授黑板报"，在社会上产生了很大影响，成为当地的一个文化景观，报纸和电视台都来采访过，中央的某个领导也来参观过。他还积极参与小区的管理，当选为业委会副主任，为社区建设贡献自己的力量和智慧。

我毕业后只回去见他一面。由于他平时不上网，我基本上跟他没有联系了，但我买下了他的所有著作，认真地进行阅读。当我阅读他的著作时，仿佛又听到他在课堂上的洪亮声音，又看到他的激情四射，继续从他那里受到丰富的思想启迪。

2020 年 6 月 16 日

忆赵仲牧教授

赵仲牧教授是我们云南大学一个极具传奇色彩的教授。他父亲是参加过辛亥革命的一位革命元老，给孙中山先生当过秘书，后来退出了政坛，在上海定居、赋闲。赵仲牧 1930 年就出生在上海，1937 年抗日战争全面爆发后，他们举家搬回云南，定居在大理。那一时期著名的西南联合大学设在昆明，许多学者和文人都流寓云南，他在家中见过许多与他父亲交游的文化界名人。他 13 岁后到昆明上中学，老师都是在西南联大读书、教书的青年学者。1949 年他考上云南大学中文系，受过刘文典、江应梁、刘尧民等学术大家的亲炙。1953 年大学毕业后分配到遥远的辽宁大学，直到 1980 年调回云南大学。1957 年他被打成右派，长期遭受政治上的磨难，丧失了从事学术研究的基本条件。1979 年他右派问题得到改正后，才恢复了学术研究的条件，发表了一些很有创见的论著，在学术界产生了很大影响。

他读的是中文专业，也一直在中文系教书，却毕生以哲学为业，哲学是他用力最勤的领域，他也主要以一个哲学家为人称道。他早年因为看过一本梯利的《西方哲学史》而深深喜爱上了哲学，终生都在思考哲学的问题。为了研究哲学，他终生未娶。他涉猎的领域很广，除了哲学之外，在美学、文艺学、符号学、思维学、伦理学等领域都有很深的造诣，都能自成一家之言。他终生致力于读书治学，即使在打成右派的年代也未停止读书和思考。"夜深烛火红，人定思潮远"，这是他当时赠给友人的一首诗作中的一句，就是他当时生活的真实写照。在动荡的年代，从事学术研究的条件已经丧失了，但读书和思考的自由却是谁也无法剥夺的。每当夜深人静的时候，他就打开书本，在自己的精神世界里遨游着。他并未让这一段生命荒废掉，后来当时代出现转机之后，他有备而来，开始著书立说，在学术上做出了很大成就。他是一个嗜书如命的人，我听他的学生讲，他每个月都要花八百块钱用于买书，当时这可是一笔很大的数目，一般人的工资都没这么高，他作为教授工资会高一些，但基本上也大部分用来买书了。他逝世前最牵挂的一件事情就是那些书如何处理。最后云南大学图书馆专门为他开辟了一间"赵仲牧书屋"，收藏他生前的近两万册藏书，供那些真正好学深思的学人到这里读书和交流学问。

他的烟瘾很大，上课和开讲座时总是烟不离嘴，据他自己讲，没有烟，他的思维就中断了。他讲课时不带任何讲义，也不带任何资料，却可以滔滔不绝地讲起来，讲得有板有眼的，条理异常的清晰，思路异常的连贯，学生为他记录下来，经过整理就是一篇文采斐然又很有见地的文章了。这一方面得益于他对相关问题的深入研究，有关内容已经烂熟于心了，可以做到信手拈来、脱口而出。另一方面也得益于他过人的记性，这么多的内容光是把它们记住就颇不容易了。以我本人来说，即使对某一领域的书看得再多，掌握得再熟，也无法把内容记得这么清楚，也无法像他这样完全脱稿地讲起来。真是让人叹为观止，不得不承认他是一个高人。

但他有一个缺点就是懒于动笔。他平时都把精力放在读书和思考上，讲起来可以侃侃而谈，既有深度又有广度，让学生受益匪浅，自己却很少去撰写文章。这当然还因为他对自己的文章有着过高的要求，未思考成熟不会轻易动笔，而他又总觉得自己的思考尚未成熟。因此，他真正自己主动撰写并公开发表的著作并不多，有很多都是为他人著作撰写的序言，更多的是在讲课、讲座以及与学生的对谈中，学生把内容记录下来，经过整理而形成的。这些著作加起来也有可观的四大卷，构成了《赵仲牧文集》，在他逝世几年后出版了。以他的学识水平，按理说不应该只公开发表那点论文，他要是勤于动笔，就会给我们留下更多的著作。学者对自己的著作要求很高是应该的，但也不能过度，因为没有一篇文章是不带缺憾的，倘若都要等到自己的思考完全成熟了，也许就不要撰写文章了。文章不完善的有机会还可以再修订，或者就把它立此存照，而在新的文章中再进一步完善自己的思考。

我原先并不认识他。因为爱好文学，我参加了中文系主办的银杏文学社。大三的时候，文学社组织了一场讲座，讲西方哲学史，请他来讲。他很有学者的风度，穿着一身西装，头发梳得一丝不乱，脸上的表情有些沉毅，目光显得很深邃。他很有个性，一落座，等主持人介绍完毕就开始发起牢骚了，又是学生去接他时礼数不够周到，又是某次会议排座时都是按照官阶排列，他十分不屑，一会儿就走了云云。我们都耐心地听他讲——我们知道有这种怪脾气的人往往都非等闲之辈，可以听到许多有价值的东西。

他牢骚归牢骚，一旦心平气顺了，就开始进入一种忘我的状态，尽情地发挥着，把我们带入一个丰富多彩又深奥晦涩的哲学世界。他把西方哲学发展各个阶段的背景以及概况，各种哲学流派以及有代表性哲学家的主要观点逐一进行了阐述，在一些难懂的地方，他也能看出来我们还不大理解，就反复地进行阐述，并说我反复地讲，不知道你们听明白了没有。他讲完时，已经大大超过了预定时间。他说，虽然刚开始时浪费了一些时间，但接下来我已经远远地把时间补回来了，然后宣布就讲到这里，我们随之热烈地鼓掌起来。时间虽然拉得很长，但由于我们都沉浸其中，也并不觉得。主持人把准备好的一袋蛋糕送上去作为"酬劳"，他风趣地说道："哎哟，还有蛋糕可以吃！"

　　一年后，他又给我们文学社开了一场讲座。就跟上次一样，开场白也是发一通的牢骚，说组织讲座的学生约好了七点到他家接，但到时已经七点零一分了。我们听了都哄堂大笑起来，但并不觉得他古怪，只觉得他有些可爱。然后又说场地安排得不妥，这其中也有他的责任，他起先怕学生来得不多，不敢要大教室。他讲完就进入正题了，讲的是牟宗三的新儒家哲学。与往常一样，他不带片纸，只有一杯茶、一盒烟，一路行云流水般地讲下来，把牟宗三这个著作等身的哲学家的哲学思想给我们清晰地梳理了一遍。他说同意不同意他的观点是另外一回事，但他作为一个重要的哲学家，我们必须完整准确地理解他的观点。他能够把来龙去脉讲得这么清晰，可见他对这个哲学家是深有研究的，对其著作很下了一番功夫。

　　我有一段时间临时住在研究生楼，与几个研究生同住一室，其中有一个中文系的，他有一次对一个同系的女研究生说，你找导师要去找赵老师，他确实是做学问的。这是他的由衷之言，也是对一个学者的最好评价。许多真正想做学问的研究生都找他当导师，虽然他的要求很严格，但在他的指导下学习和做研究，可以更好地提高自己，做出真正的学问。他也乐于指导这样的学生。我经常在午饭时间看见他拿着饭盒去食堂打饭，或者打好饭回来，身边总跟随着几个研究生，边走边交流着。他们都是学问中人，学生愿意跟着老师，老师也愿意带着学生，彼此相处默契、融洽无间。我看着他们在路上走过，真有一种春风化雨的感觉，心里好生羡慕！师生关系达到了这种境界，我在这所学校里还没有看到第二个。对于这种有着古怪脾气的学者，一般人要见他一面都是很困难的，但这些研究生却可以随时出入他的家门，向他问学请益。他培养了很多研究生，许多后来都成为在学术界挑大梁的学者。他不但是一个学者，也是一个师者，桃李不言，下自成蹊。他的许多著作都是他的学生整理出来的，他的文集也是在他们的积极奔走下出版的，学生真心地为自己的老师做点事情，使他的思想可以更好地传承下去。

我经常在校园里见到他，但从未跟他交流过，只听过他的这两场讲座。坦白地讲，以我当时的学识水平还听不大懂，但已经领略了哲学世界的博大精深，同时也知道了这个教授的不同凡响。很多年后，我得知他的文集已经出版，就买了一套。这时我已经有了一定的基础，大体上能够看懂他的著作，全部看完后对他的学术思想有了更多的了解，更加感受到他的博大精深。他的许多学术思想实际上已经走在学术界的前列，只是由于地处偏僻的云南，他在全国的知名度并不大，影响力与实际水平是不成比例的。有的学者水平比他差矣，但因为地处京沪这样的文化中心，个人的活动能力又很强，从而可以成为学术界的名流。但优秀的学者以及著作总会遇到知音的。我向一个同事推荐了他的文集。这同事是一个眼光很高的人，读过大量的中西学术经典，但读过其著作后也深为折服了，觉得他真正是一个高水平的学者。同时听了我对他生平的介绍后，对其人格，为追求学术而付出毕生心血的精神钦佩不已。他在这个世界上又多了一个知音。

在赵仲牧教授这样的学者面前，我只能高山仰止，自己在学问上不及他的万一，丝毫不敢自我膨胀起来。同时，我也要更加刻苦地问学，争取也做出一点东西来，以不负聆听过他的两次讲座。

2020 年 6 月 16 日

岁

月

心在远方

    我的家乡是闽江口外的一个山村，四周都是山，可谓开门见山，举目是山。村子窝在丛山之中，人们的眼界似乎也被圈住了，从而容易变成"井底之蛙"，觉得世界是如此的小。但山同时也会激发人们的想象和好奇，促使人们要走出山外，到更加广大的世界去走一走、看一看。当人们站在山坡上时举目四望，又会感到视野是如此的开阔，世界是如此的大。人生长在山中，未必就会夜郎自大起来，兴许会产生一种高远的抱负，一种对远方的向往。

    这里是一个分水地带，水一边流向敖江流域，一边是流向闽江口海域，我们生产队的田园山林大都在流向闽江口的这一边，因此我们每天来到山上，都可以看到这一带的海域。海面上白蒙蒙的一片，有一个岛屿叫粗芦岛，岛上靠外洋一侧有山，里面地势低平。那时这一带不通公路，人们出行以及运输都靠轮船，水面上各种船只穿梭着，异常的繁忙，不时会从海面传来浑厚悠长的汽笛声，会把人们的思绪拉得很远很远，不由得联想起了远方，对远方产生起了一种向往。我时常站在山头上眺望着，听着这一声声的汽笛，心已经被带到了远方。在陆地的这一边，则是一个山的世界，远近的山一丛一丛的，而且一丛更比一丛高，无尽地向外排布开去。覆釜山和长龙一带的高山分别位于县城的两侧，山上矗立着一座座的奇峰，在云朵之下呈现一种犬牙交错之状，煞是壮观。我经常望着这些山峰出神——山外面是什么呢？那边的景象显得朦朦胧胧的，这反而更加激发了我的好奇和向往，很想去外面的世界探个究竟。

山里的孩子特别想往外走，走向远方是我一直梦寐以求的。母亲每次上山干活，我都要像跟屁虫一样地跟随着。她担子一趟又一趟地挑着，我就一趟又一趟地跟着，既是沉湎于这种行走的乐趣，也是为了去山上看看远方，满足自己对远方的向往。闽江口这一带处于山海之间，景象分外的壮观、优美，宽阔的洋面、蜿蜒的海岸、挺拔的山峰以及幽深的山谷，都让我流连忘返。我尤其喜欢看海面上的那些轮船，它们的线条流畅有力，姿势威武雄壮，挑起的船头，甲板后头的舱室以及矗立的桅杆，远远望去带着一种妙不可言的阳刚之美，真是百看不厌。

母亲有去外地，我更是讨着要跟去了。有一次大队从各生产队派一位妇女去一个叫"前坑"的地方拉化肥。我一直缠着她，她只好应允了。在车上，人们嫌带上这样一个小孩碍手碍脚的，就你一句我一句地数落起来。知子莫若母，母亲十分清楚我的"德行"，就赔着笑脸呵呵着，也当作一种歉意吧。我在众目睽睽之下也很不自在，如坐针毡似的，但只要她们不把我赶下车，我一切也都忍了。我在车上规规矩矩的，毫不乱说乱动，她们数落一阵之后也就不说什么了。拖拉机突突地开动了，我的心情变得十分兴奋起来——这可是头一回坐上车出远门。车慢慢开出了村外，人们在包产到户的田里辛勤地劳作着，公路两旁隔不远就有一棵挺拔的桉树，像一个个的列兵似的。过了田野就开始爬坡，拖拉机突突地吼着，冒着滚滚的黑烟，开了一阵还要换挡，这时它就像接不上气来要停下似的。坡终于爬完，开始下坡了。这时已经离开了我们村的地界，县城及周边的村落清晰地展现在了眼前。敖江在这里拐了几道弯，冲积出了一个平原地带。那时村落都很小，县城也不大，周边都是大片大片的农田，江上只有一座旧大桥以及一座新大桥。车沿着山路盘旋而下，在下行过程中峰回路转，不断变换着眼前的风景。我目不暇接地看着，心旌荡漾了起来。

到达目的地后，母亲她们找到了仓管员，由他领进了仓库。仓库很大，光线有些暗淡，一袋袋的化肥整齐地码放着，垒得高高的，在中间留下通道用于走动。通道纵横交错的有好几条，走在里面像迷宫似的。我觉得格外好玩，就在里面徜徉了起来，以致忘记了时间。大人们搬完化肥都出去了，门被锁上了。当我摸到门那边时，却发现已经出不去了，顿时感到惊恐万状，吓得哇哇大哭起来。母亲在外面听到了哭声，发现我被锁在里面了，就叫仓管员又过来开门。我看见门打开了，眼前霎时明亮了起来。为了让我压压惊，母亲还到供销社买了一个馅饼给我吃。馅饼的侧面是椭圆形，上下两面是平的，馅料是我们当地流行的"八果馅"（由花生、白糖等多种配料组成），我拿在手中慢慢地吃着，把刚才所受的惊吓都吃跑了。今天收获可大了，不但坐上了拖拉机，去了这么远的地方，见到了迷宫似的仓库，还吃到了一个金贵的馅饼。

但这样出门的机会毕竟很少，为了满足自己对远方的向往，我有时就沿着通往县城的那条公路行走着。路边有里程碑，村头是"七公里"，到上坡那个地方是"六公里"，它们同时也成了地名。我看到这些里程碑时，心里就会感到一种庄重——这是公路，可以通往外面的世界。村尾还有一条简易的军用公路通往云居山，我有时也会沿着这条路往山上走。翻上一个山头后又翻上一个山头，上面的山势就平缓了，但这里离家已经很远，我不敢再往前走了。前方对我充满了诱惑，同时也让我产生了一丝恐惧，于是就知难而退了。下次我又上来了，在上次止步的地方又往前走了一段，向着远方又前进了一点，然后又退了回来……

一年年长大了，活动能力也就渐渐增强，活动范围也渐渐扩大，我开始敢独自一人走到邻村道澳，也敢独自一人登上云居山了，从而看到了更多的风景，见识更多的世面，不断地开阔自己的眼界。

上初中后，我离家到县城对岸的一所中学读书，开始住在学校了。在一个秋天的周末，我约上两个同学一起去爬覆釜山。它是附近的一座高山，山巅之上奇峰怪石林立，很是巍峨壮观，我小时候就经常从远处眺望着它们，觉得很神奇，如今已经近在咫尺了，就很想爬上去看个究竟。我们一行沿着石板路拾级而上，山上有很多采石工地，叮叮当当地响个不停。在一个打石场那里，我去上茅房。我要起来时却发现身上没带纸。正当我不知如何是好之际，蹲在旁边的一个石匠默不作声地把纸递了过来，解了我的燃眉之急。随着高度的上升，我们的视野就愈加开阔了，山脚的水库、起伏的小山、远处的县城及其周边的村落就尽收眼底了。快到山顶时，我们的体力有点不支了，一个同伴坐在一座寺庙前不走了，我跟另外一个依然坚持走到山顶。到山顶后还可以顺着山路往下走，通到那边的青芝山，这就是连江著名的"覆釜爬青芝"，但我们不敢再往下走了，于是便返身下山。已经实现了一个目标，把下一个留给未来吧。

我上初中时还做出了一个大胆的举动，即只身一人骑着自行车去浦口。大哥在浦口镇政府上班，我从未去过那里，很想去一次。于是在一个周末，我就从一个家在县城的同学那借到一辆自行车，决定骑到浦口去。那时我刚学会骑车不久，车技很不老练，依然小心翼翼地上路了。我沿着敖江边的一条小路骑行着，一路上有江水和我相伴，它在缓缓地流淌着，我边走边欣赏着路上的风景，心情格外的畅快。这些地带我以前从山上往下看都看惯了，如今头次来到这里却完全是新鲜的，就是回看我们村庄所在的那些山也是别有一番风景。一路上新鲜的景物和人物纷至沓来，目不暇接。到慕浦村地段时，路就离开了江边，蹩进了村里。进入村子后路变得七拐八弯的，我一路打听，慢慢地骑着。从一个狭小的路口拐进一条路后，变得很拥挤了。一个青年抱着他的儿子在前边走着，我不断地响着铃，他置之不理，依然不紧不慢地走着。过了一会儿，他转过头来，一脸凶横地说，你要是碰我一下就完了！面对这样一个主儿，我干脆下车推着走了。

　　我就这样来到了大哥那里。他们对我的到来十分惊讶，也十分欢喜，毕竟是头一回来的。他们招待了我一顿丰盛的午餐，还带我逛了周边许多地方，我要走时又塞给我十元钱，这在当时也是不少的。回来时我就不走原路了，而沿着从连江到黄岐的那条公路骑回来，从而可以经过更多的地方。在这条宽阔的公路上，我欢快地飞驰着，兜了一个大圈又回到了县城。这是我头一次独自远行到了远方。

　　中学毕业后我去外省上大学了，从而到了更加遥远的地方。大学毕业后又去过许多省份游历，足迹遍布全国，并且还远至海外，甚至都长时间在国外生活了。我一路走来，已经到过许多地方了。出门远行是人们内心的一种需求，去领略不同的风光，去见识不同的世面，去品尝不同的美食，也去体验不同的文化，这既是对猎奇心理的一种满足，也是人生成长的一种需要。读万卷书的同时还要行万里路，书本上的东西是异彩纷呈的，无疑是需要更多阅读的，但百闻不如一见，只有出门远行才能真切地感受到外面世界的精彩，这是读书所无法取代的。

　　然而，我们又无法走遍世界的每个角落，更多的我们只能通过阅读去领略了。我们在书籍的海洋里遨游，不断地获取新鲜的知识，不断地得到思想的滋养，也不断地对未知世界进行探索，这也是一种走向远方，我们更多的也只能通过这种方式走向远方。而这同样也是不可能抵达所有的地方，可谓"吾生也有涯，而知也无涯"。我们的心中只能永远留着一个远方。

2020 年 1 月 11 日

《在希望的田野上》

　　《在希望的田野上》是由陈晓光作词、施光南作曲、彭丽媛演唱的一首歌曲，它创作于 20 世纪 80 年代，很快就唱响了大江南北，并经久不衰，成为一首经典名曲。我是一个五音不全的人，几乎没有音乐细胞，但美妙的歌曲也是喜欢听的，而这首歌就是少数能够深深打动我，可以让我百听不厌的歌曲。我每次听到它那种激越、轻快的旋律，就会感到催人奋进，不由得热血沸腾起来。从歌声中我们可以看到当年农村一派兴旺繁荣的景象，在人们的辛勤劳动下，一切都在变样，一切都充满了希望。人们为了创造美好的生活，都在热火朝天地劳动着，同时也在幸福地生活着，享受着生活的欢乐与美好。

　　这首歌曲创作于改革开放刚刚开始的年代，我们走过很长的一段弯路之后，开始把工作重点转移到经济建设上来，对过去那一套体制进行改革，并打开了国门，与世界加强了联系，各方面都开始步入正轨，一切都开始变得欣欣向荣起来，让人们的生活开始得到改善，同时更对未来充满了希望。人们的创业权利开始得到承认，可以去追求自己的财富，实现自己的梦想了，未来有着广阔的空间。虽然未来的道路还不很明晰，但一切都可以进行探索，而只要允许探索，就有着成功的希望。国家层面在励精图治着，个人层面在努力奋斗着，上下团结一心，不断地改变国家的面貌，提高我们的生活。这首歌曲有力地表现了这样一个时代。后来即使这个时代过去了，人们也还会把它传唱下去，因为它抒发出了人们对未来的一种希望，通过辛勤的劳动来创造美好的生活，这是会超越时空的。同时，人们在传唱这首歌曲时，也逐渐脱离了具体的时代内容，更多地注入了个人的色彩，继续把它演绎下去。都说读者（包括听众和观众）也在参与作品的创造，在欣赏作品的同时也在诠释着作品，融入了自己的思想和情感，这无疑是很有道理的。同样的，我们在唱这首歌曲时，也在不断把自己的思想和情感融入进去，从而使它常唱常新。

我是很喜欢听这首歌的，不管在事业上奋发进取的时候，还是在事业上遇到挫折，情绪变得十分低落的时候，都喜欢听到它的声音。在事业上进入顺境时听到它，可以使自己更加意气风发，以一种更加昂扬的状态投入事业中，从而创造出更好的业绩来。但我更多的是在事业上遇到逆境，人生不如意事十有八九，而我是百有九十八九吧。有时我甚至还会濒临绝境，情绪变得异常低落起来，感到了彷徨无路，像陷入了漫漫黑夜。这时我就会打开音乐，听听这首歌。听着听着，心情就会慢慢从低落的状态中走出来。天无绝人之路，只要坚定信心，更加努力地追求下去，仍然会有希望的！我总是这样勉励自己。在这种逆境中，要懂得丢掉思想包袱，不要好高骛远，更不要好大喜功，只要是自己想追求的，去努力追求就是了，"得寸进寸，得尺进尺"。同时，也要认真反思一番自己失败的原因何在，是方向不对头，是所下的功夫不足，还是韧性不够，遇到一点困难就灰心起来？倘若方向不对头，就要及时进行调整，不要去做那些做不到的事情，也不要去做那些不适合自己的事情。倘若功夫下得不足，就不能怨天尤人，而是要多下一番苦功——做好任何一件事情都不是轻而易举的。倘若韧性不够，更要注意提高自己的耐性。做任何一件事情都要经历一个过程，一个摸索的过程，要有足够的耐心，要持之以恒，只要方向和方法对头，要相信只要假以时日，就能心想事成。

有时就算什么都实现不了，我们也要坚持做下去。人要有希望才能更好地活着，我们总要有事情可做才会感到生命的充实。只要我们用心地去做一件事情，即使做不到也不必太在意，有时能否做得到也要看外在的机缘。所谓"谋事在人，成事在天"，这句话如果不从迷信的角度去理解，也自有一番道理，因为有些事情的确不取决于主观的努力。以前我从事社会科学研究，发表了许多论文，亦算一个高产户了。那时社会上有一个著名的网站，我经常把发表过的论文再投给它。经过一段时间的磨合，他们对我的文章熟悉了起来，每次都会挂上去，有时还作为头条。国务院发展研究中心主办的中国智库网也经常从这家网站转载文章，我先后有六篇被转载了，都是一些对中国社会转型问题的分析以及对策的研究。我为此也备感欣慰，自己平时做研究就带着很强的问题意识，在研究中感到我们的社会转型会遇到哪些重要的问题，认真地分析问题的根源在哪里，要解决这些问题需要采取哪些对策，就此提出自己的看法和思路来，目的是想有所贡献于社会。而这些文章被中国智库网转载，至少使国家的决策者有机会看到它们，虽然卑之无甚高论，未必有多大的价值，但倘若可以给他们提供一些参考，也是我十分乐见的。更加可喜的是，按照这个势头，我还会有更多的文章被转载，这也使我从事研究的信心更加增强了，即使得不到任何的名利，只要能够这样也心满意足了。但人算不如天算，后来这个网站因故停办了。我失去了这个渠道，并且再也找不到其他渠道了，这条道路就走不通了。

人有时是不能以成败论英雄的，也不能以是否有用作为衡量的标准，不能处处都讲实用主义和功利主义，凡是不能成功并且还是世俗意义上的成功的，就都是无用的。我们做自己想做的事情，追求自己的理想，最后即使都实现不了，只要能够过得充实和快乐就可以了。非要说无用的话，不论什么最后都是要消失的。"尔曹声与名俱，不江河万古流"，再大的功业和声名，在时间的长河中都会变得无影无踪，而只有那江河还在不息地奔流着。因此，我们也大可不必把成败看得太重，追随自己的内心就好了，只要认为这件事情很值得追求，努力以求就是了，不必有太多的私心杂念，不必过于患得患失，不必过于在意别人的看法，不必过于在意世俗的眼光。人生是很短暂的，要为自己而活着，不要为别人而活着，只要于别人无损，对社会有益，甚至只要对社会无害，都是可以去做的。

　　只要我们把心态放宽了，就可以更坦然地在人生的道路上走下去，就可以在希望的田野上放声歌唱。

　　　　　　　　　　　　　　　　　　　　2020 年 6 月 10 日

高音喇叭

高音喇叭我们现在都听不到了，我小时候曾经听到过，至今记忆犹新。当时社会上掀起了一场声势浩大的"严打运动"，对严重的违法犯罪现象进行了严厉打击，从重从快，许多人都被捕了，判了很重的刑。对这些犯人特别是被判死刑的重犯，还要五花大绑，押在军用卡车上进行游街示众。车队缓慢地开着，车顶上安着一个高音喇叭，一路上宣传着政府打击违法犯罪分子、维护社会治安、保护人民利益的坚定决心，对那些违法犯罪分子起到了很大的震慑作用，也对普通民众起到了很大的教育和警示作用。

那是在20世纪80年代初，经济已经开始搞活起来，人们的活路多了，生活水平得到了很大提高。然而，经过多年的压抑之后，人们的物质欲望也以一种不正常的方式释放出来，纷纷都冲着钱去了，拜金主义的思想十分盛行。与此同时，过去人们所信奉的许多价值观念在实践中已经缺少说服力了，而新的价值观念又未及时建立起来，人们普遍都变得缺少信念，在价值观上变得十分混乱，产生了许多价值困惑。正是在这种背景下，《中国青年报》因为刊登了署名"潘晓"的《人生的路呵，怎么越走越窄》这样一封来信，在全国范围内引发了一场持续半年多的热烈讨论。但这场讨论最后也未得出明确结论就结束了，可谓不了了之，可见这个问题多么复杂，不是靠一场讨论所能解决的，而是涉及方方面面的问题，在短时期内是无解的。因而在这一时期，社会上出现了大量的违法犯罪现象，其中又以年轻人最为突出。他们缺少处世经验，在物质上有着强烈的欲求，同时又年轻气盛，当社会风气不好的情况，最容易成为违法犯罪的主体。当时，严打的对象也主要是这个群体。

我们村外面的道澳和晓澳都是很大的地方，人口都在一万以上。而晓澳更是当时的晓澳公社所在地，在经济比较发达的同时，治安问题也比较突出，据说出了很多罪犯。在那次严打中，晓澳也逮捕了不少人。我有一次听说在晓澳的一个地方，对几个死刑犯执行枪决，现场人山人海的，很多人都跑去看了。

从我家里出来到村尾会经过一户人家，那女的就是从晓澳嫁过来的。那一时期，她娘家一个亲戚来到她家。那人不到二十岁的模样，刚剃过光头不久，看上去挺清秀的。我经过时他正坐在厨房里低头择着空心菜，有些沉默寡言，人们从门前经过，他都没抬起头往外看一眼。我听大人说这个人犯了杀人罪，要被抓去枪毙，现在暂时躲在这里。我听了心里有些害怕起来，但又觉得他不像一个穷凶极恶的人，因此还好奇地多看了他两眼。这其实是事情在传播过程被扭曲了，实际情形当然不是这样。他当时有过违法犯罪是事实，而且也被抓起来关过，这从他被剃了光头就可以看出来。但要是杀人犯，怎么还会把他放出来？他即便逃出来了，又怎敢在光天化日之下，坐在他亲戚家里从容地择菜？我们从外界得到的信息常常是失真的，我们必须学会进行独立思考。

有一次，我不记得有军用卡车是从连江开往晓澳，还是从晓澳开回连江，上面押有严打的犯人，一路响着高声喇叭。喇叭里念着普通话，我那时还未开蒙，平时也没有电视可看，因而一句都听不懂，但现场的那种氛围却充分感受到了。从喇叭里发出来的声音是高分贝的，语速十分缓慢，语气却又异常坚定，似乎以一种排山倒海的气势向犯罪分子镇压过去，让他们插翅难逃，得到法律的严惩。同时，它也能给我们一种巨大的震撼，声音在村庄的上空嗡嗡地回响着，我们似乎都被这种氛围所笼罩着，听着听着，浑身都变得塌软下来，甚至大气都不敢出了。我们虽然感到十分害怕，但又想出去看看热闹。在路上，我们只能慢慢地走着，不敢跑起来，似乎这样会出什么事情，自己也会被抓走。我来到村尾的马路边时，车队已经开过去了，但还未开远，还能清晰地听到高音喇叭在轰响着，那种高分贝的声音还在空气中震荡着。

我站了一会儿就回去了，经过那口我们平时挑水和洗衣、洗菜的水井时，一个邻居的老妇女神色显得有些慌张，又有些凝重，对她的孙子孙女们说，看这些人因为犯罪被押走了！千万不能去违法犯罪，否则就是这种下场。我听了，就更加胆战心惊起来，感到自己只能规规矩矩的，而不能乱说乱动，更不能去做那些违法犯罪的事情。我那时还很幼小，但近乎凭着本能也懂得这些道理。

高音喇叭在过去的一个时代曾经作为政治运动的常见工具，一旦那种高分贝的声音响起，就会给人产生一种天罗地网的感觉，让被认为有问题的人感到自己无处可逃，只能老老实实地低头认罪，坦白一切，而对普通人也会起到很大的震慑作用，让人们诚惶诚恐，战战兢兢。也正因为如此，它在各种的政治运动中才一再派上用场，成为那个时代人们时时都要面对的一个事物。到我出生时，这样的时代已经过去了，高音喇叭已经不再响起，只是在20世纪80年代初的严打运动中它又派上用场了，让我亲身感受到它的无比威力。我在现场充分地感受到它对人们神经的一种震慑，这种感受是终生难忘的。后来，我再也没有听到这种声音了，这说明我们的社会已经走上了一个常态的轨道，开始用一种常规的手段进行治理了，人们也不必再生活在一种恐惧的氛围中了。

当时我们以那种方式进行严打，对于扭转社会治安的恶化也起到了一定作用。但我发现在这之前人们是怎样，这个运动过去之后，当社会又恢复了常态，人们还是怎样，即大多数人都是守法的，有少数人在违法犯罪。这时虽然不再进行严打了，但常态的执法仍然在进行着。我们的社会也正是靠这种常态的执法维持着，一直都是这么走过来的。一个时期的震荡过后，生活总要回归于常态。

2020 年 6 月 14 日

"战争" 记忆

我出生于 1977 年，大体生长在一个和平的年代，不像父母那样经历过战争的年代，曾经留下战争的记忆。但在我小的时候，南方边境上发生过一场较大规模的战争，从我们东南沿海调动过部队，也给我留下了一种特殊的"战争"记忆。当时，整个社会的气氛都十分紧张，我们这边虽然离战场还很遥远，也充分感受到了这种氛围，可见这场战事的影响还是很大的。

我们村的礼堂曾经放映过一部关于"二战"的纪录片，一个哥哥带我去看的。礼堂位于村头，有时会放映电影。那时电视、报纸都很少，更没有后来的网络，县里的文化部门经常会下乡巡回放映电影，这对于我们打开眼界，认识外面的世界是很有好处的。一听说有电影，人们就会异常兴奋起来，呼啦一声都往礼堂涌去，把里面挤成黑压压的一片。且不说电影的剧情如何，就是荧幕上那些神奇的光影，那些精彩的镜头，特别是一些武打和打仗的镜头，都把我们深深地吸引了。

但那次看"二战"的纪录片我却丝毫感觉不到精彩，而是感到万分恐惧。这是纪实电影，没有精心设计的剧情，那种编出来的场面再惨烈人们至多会感到一种惊险，因为知道这些都是"假"的，而这种纪录片却是真实的。当荧幕上黑压压的战机出动时，密密麻麻的像蝗群一般。过一会儿，战机开始投弹了，一个个硕大的炸弹坠落下去，飞机下方布满了密密麻麻的炸弹，然后下面就升起了一团团的浓烟，城市陷入了一片火海，可想而知多少房屋都变成了废墟，多少人都变成了炮灰。人们都不像平时看战争片那样在惊叫，而是悄无声息的，现场充满了一种凝重的气氛。小小的我也能看懂这些镜头，也能感受到现场的那种氛围，心抽得紧紧的，感到这战争似乎就发生在我们身边，惊恐万状起来，似乎世界末日就要来临了。我后来没再看到这样的片子，也不会再看这样的片子了——在我看来，战争是最残忍的行为，每一次战争都让多少的财富化为乌有，多少鲜活的生命消逝了。

那时我还听说战场上会使用一种激光武器，人被照射后就会从世界蒸发掉，连尸体都不会留下来，这更增添了我对战争的恐惧。这类武器是有的，但不是激光，而是原子弹。当年美国在日本的广岛和长崎投下原子弹，在核爆的中心区无数人就在几千度的高温中蒸发掉了，什么也没留下来。但那时在人们口中它却变成了激光。信息在传播过程中会发生变形，这是一个常见的现象。但它又不是完全捕风捉影，现代战争中还是有这类武器的。正是在一种恐慌的情绪下，才会产生这样的信息变形。

那时我们沿海一带还有很多驻军，云居山上也有一个军营，经常有士兵从山上下来到我们村里。有时也能看到部队大规模的行军，长长的队伍一眼望不到头，好久才会走完。有一次，我看到大量的部队从海边的道澳、晓澳方向往外调动，据说就是开往边境的战场。士兵们全副武装，后面背着铺盖卷，胸前配着子弹带，腰间挂着手榴弹，肩上挎着冲锋枪。队伍每隔一段，还开着一辆大炮或者机关枪。那些士兵都很年轻，戴着绿色的军帽，穿着绿色的军装，看上去都很英俊。要不是处于战时，他们都是意气风发和谈笑风生的，但那天他们脸上都很凝重，一声不响的，默默地走着。我看了心里也感到很不是滋味——他们正在走向战场，都是一个个鲜活的生命，都是一张张年轻的面孔，但以后也许就回不来了。我们站着马路边默默地看着，不敢像平时那样说说笑笑，感觉空气也变得十分凝重起来。部队都走远了，我们也回去了。大哥和二哥把我们几个小的都叫到新房，把前后大门都关上了，铺一张草席在地上，然后围坐在一起谈这场战事。门关起来后屋内的光线变得阴暗下来，但似乎又只有这样才能把战争挡在门外，心里才会踏实一些。他们小声地谈着，我还小，听不懂他们在谈些什么，但可以充分感受到战争带来的冲击。

后来，这场战争渐渐过去了，只剩下一些零星的边境冲突，我们不再见到大规模的部队调动，社会上的氛围也不再紧张，我们终于可以生活在一种和平安定的环境中了。

但我们那一带还有驻军，不时还有部队经过。有一年一支部队来我们这里进行军事演习，驻扎在村尾的养路班。这个养路班负责养护从 104 国道的八宝路口到晓澳的县道，靠山建有一排平房，外面有一道围墙，平时大门都敞开着。里面有一口清澈的水井，住在附近的村民经常去挑水。演习部队到了这里，拉拉杂杂的，有一间屋子被当作了医务室，放着医药柜以及担架和急救箱等。我们去那里看热闹，他们也不会撵我们走。我们除了看热闹，还为了能捡到一些子弹壳玩玩。养路班班长的女儿跟我年纪相仿，有一次我看见她向一个年轻的战士要子弹壳，那个战士从兜里哗的一声，掏出一大把子弹壳给她，让我们眼睛都看直了。

实行大裁军后，我们这一带的许多驻军都撤掉了，也很少有部队从这里经过，更没有在这里进行演习了。世界上总会有一些喜欢和歌颂战争的人，但我却是一个坚定的和平主义者，希望战争永不发生，希望世界永久和平，希望能够铸剑为犁。要是认为这样世界会变得更加平庸，我却希望这个世界平庸一些才好。我小时候看过战争的纪录片，看见了开往战场的部队，也目睹过实弹演习的现场，这些"战争"记忆让我深深感受到战争带来的巨大牺牲和破坏，以及给人们内心带来的巨大恐惧，知道生活在和平的年代又是多么的幸福。

2020 年 6 月 14 日

陪跑者

2015年10月，第一届全国青运会恰好在福州举行。有一天我带上儿子，去新落成的十分气派壮观的奥体中心主场馆观看比赛。我们进去时正进行女子竞走的比赛。竞走就跟马拉松一样，选手强弱之间会拉得很远，走在前面的早已从外面进入体育场，开始向终点冲刺了，后面的还迟迟未现。人们在看台上耐心地等待着，好久后那位选手才姗姗来迟。她从外面进来了，这时人们都热烈地鼓起掌来，掌声比第一个进来时还要热烈得多，而她也显得泰然自若，迈着稳健的步伐，边走边向观众招手致意。

这一幕留给我的印象是最深刻的，别的也许随着时间的流逝都会淡忘，唯独它会永远地定格在我的心间。每场比赛，冠军都只有一个，其他选手注定只能成为陪跑者，他们默默无闻的，闪光灯不会聚在他们的身上，鲜花也不会向他们送来。冠军固然十分荣耀，但就像红花也需要绿叶陪衬一样，这个冠军也离不开其他选手的烘托。赛场上的陪跑者不是没有意义的，而是必不可少的，没有他们的积极参与，比赛就不成比赛，冠军就不成冠军。要是只有冠军才是有意义的，跑在最后面的反正夺冠无望，就中途退出了，跑在前面的一个相应就成了最后一个，也选择退出了，按照这个逻辑发展下去，最后就只剩下第一个自己在跑了。那这比赛还是比赛，冠军还是冠军吗？冠军的产生离不开其他选手的参与，因而他获胜后首先要做的就是主动地跟其他选手握手，和他们拥抱，真心地感激他们的参与。

因而，这场比赛当人们向最后一个进来的选手欢呼和鼓掌时，我有一种莫名的感动，似有一股暖流充满了全身。她虽然走在了最后，但也积极地参与比赛了，坚持走完了全程。她也是比赛的功臣——正是有了她，这场比赛才变得完整。她值得人们为她献上热烈的掌声。所有的选手，只要参与比赛了，都需要感激和鼓励，成绩的高低并不重要。当然，他们也要对得起比赛，对得起观众，在赛场上必须全力以赴，而不能轻言放弃，只要不是身体原因都要坚持比完赛程，更不能因为夺冠无望就放弃比赛。否则，他们就是对其他选手的不尊重，对观众的不尊重，也是对体育精神的亵渎，丧失起了起码的运动员道德，同时也丧失了自身的价值，因为不是只有摘取奖牌才是有价值的，尽心尽力地把比赛比完也是有价值的，体现了一种拼搏的精神，一种坚持到底的意志。

其实，不仅在赛场上，在各个领域都存在着陪跑者现象，在我们写作这个领域也自不例外。喜欢写作的人不计其数，它没什么门槛，只要上过学会写作文，从理论上说都可以参与进来。但能够发表作品，能够成为作家的就少了，而作家当中能够成为社会知名度很高、在社会上影响很大的著名作家就更少了，著名作家当中能够一直著名下去，很多年后作品还有很多人读，从而真正进入文学史，作品可以传之久远的就更是凤毛麟角，万里挑一了。唐宋元明清时期，小说方面流传至今的大概只有"四大名著""三言二拍"和《金瓶梅》《儒林外史》《聊斋志异》等这些了，而其他曾经出现过的不计其数的传奇、话本和小说等都消失在了时间长河里。但那些不著名的最后被时间淘汰的作家以及作品，是否就没有存在的价值了？当然不是！正是他们构成了文学的土壤和环境，只有在这样的土壤和环境中，那些优异的作家以及作品才能生长出来，才能从中汲取各种养料，才能受到激荡和启发，也才能通过比较显示出自己的优异来。不可想象，要是都没有同行在写作，都没有文学界的存在了，还能产生曹雪芹这样一个伟大作家，他还能从事写作这个行当。

写作的人都希望自己的作品有很多读者，都希望自己能够成为著名作家，也都希望自己的作品能够经得起时间的检验，传之久远。有这种雄心壮志和远大追求固然是好的，会成为我们前进的莫大动力。但从现实的角度看，这种希望又是十分渺茫的，大部分人注定只能成为文学写作的陪跑者，只能充当一个无名小卒，其作品只能速朽，当时就少有读者，后来更是湮没无闻了。我本人有写作上的兴趣，也一直在努力地写着，现在也算勉强进入了作家这个圈子，但我却从不奢望自己能够成名成家，成为所谓的著名作家，更不敢奢望自己能够进入文学史，作品可以传之久远。能够在公开的文学刊物上发表一些作品，我就心满意足了，当初还是在友人的大力推荐下才得以发表的，有很大的运气成分。

但我还要坚持写下去，因为我喜欢写作，通过写作可以抒发自己的情感，可以记下自己对时代的观察与思考，可以把作品送给友人分享，分享我发表作品的喜悦，分享我的情感与思想。我第一本书出版后，家中二哥帮我卖掉了几百本，让我收回了一些成本，这让我欣喜不已。我书卖出去后，虽然相信自己的作品有一定的可读性，里面有自己的真情实感和独立思考，但心里仍然有一些忐忑不安，生怕人们很少会打开看，或者看了会评价很低。后来当听说很多人都会去看，而且评价还过得去时，我更是感到了欣慰。作品有人看，这是对作者最大的肯定。作品就是要给人看的，有很多人看比得什么奖都重要，金杯银杯，不如读者的口碑。我有信心继续写下去。

连江县作协的《青芝文学》十分支持我，去年接连给我发表了四篇散文。我后来决定不再向它投稿了，要把机会更多地留给那些文学新人。我也是过来人，十分清楚写作的不易，发表作品的不易，当初为了能够发表一篇可谓望眼欲穿。但他们如有向我约稿，需要我的作品，我也还会支持，不然就显得过河拆桥了。因此，当主编叫我要下一期的稿件时，我就又给了一篇。不过不知何故，这篇作品后来未能发表出来，也就作罢。在我看来，我们作为普通的文学爱好者，大家在一起乐和乐和而已，不要把自己的写作看得多重，有发表的机会要让更多的人分享，我们的作品都是要速朽的。

我每发表一篇作品都来之不易，都要对编辑心存感激。今后能发表作品固然可喜，但无论如何我都将继续写下去，作品多了就用自己打工挣来的钱出一本书，给喜欢我作品的读者看，成为文学领域的一份养料，文学道路的一颗石子，当一个文学写作的陪跑者。

2020 年 6 月 17 日

曾经校园读书时

　　云南大学是一所老牌的大学，建在一个山头上。从位于翠湖边的正门走进去，抬头是一座小山，树木蓊蓊郁郁的。通往山上的台阶共九十五级，两边有欧式的护栏，中间有两个平台，把台阶分成了三段，第一段呈梯形，第一个平台较大，有一个欧式的喷水池，第二个平台较小，只是一个简单的平台，到上面后台阶又分向两边。一道台阶就设计得十分精巧别致，让人不感到单调乏味。到上面后正对着台阶的是巍峨壮观的会泽院，是学校的标志性建筑，我上学时作为行政办公楼，以前曾经做过教室。会泽院是一座法式建筑，当年许多建筑材料都是经过滇越铁路从法国运进来的，设计和技术人员也是从法国来的或者留学法国的。它的主体建筑是上下两层，屋顶的中间部分又建有几间平屋，正面伸出一个很开阔的平台，四根巨大的柱子擎起上面的顶，这顶和屋顶连为一体。两边有亭台轩榭，处于绿树掩映之中，环境显得十分优雅。

　　走到会泽院的后面，中间有一座古色古香的琉璃顶建筑，就是至公堂，是以前的贡院，前面有一场地，就是著名的闻一多发表最后一次演讲的地方。至公堂前场地的两边有不少早期留下来的土木结构房子，外面是以前当地流行的土黄色，既具有本土的风格，又融入了国外的元素，实现了中西交融。从左边走过来有一座高高的钟楼，每当上下课时，悠扬的钟声就会敲响，响遍了整个校园，十分的悦耳动听，成为当地的一道著名风景。钟楼后面是一个花圃，里面种着许多鲜花。花圃后面是两条平行的下坡路，被称为"情人坡"，既因为它们是平行的，也因为有很多情侣在这一带谈情说爱。

情人坡下来后与一条笔直的校园干道交汇，就是著名的银杏道了。这条道路两旁种着银杏树，从头到尾一棵棵排列过去，已经很有些年头了，枝干十分遒直，叶子呈折扇的形状，翠绿色的十分好看。阳光从枝叶间筛下来，走在道上显得斑斑驳驳的。到了深秋时节，银杏叶变得金黄金黄的，一条道过去都是这种密匝匝的黄叶，十分的壮观，吸引无数游人到这里徜徉，咔嚓咔嚓地拍照留念。

翠湖公园就在我们校园的前面，那里也是我们常去的地方，相当于我们校园的延伸，我们班有一段时间就在那里上体育课，老师叫我们绕着翠湖练习长跑。站在会泽院的屋顶上，可以看见整个翠湖就像一个巨大的盆子置于四周的山以及房子之中，上面有柳堤，有亭台楼阁，有蒙蒙的水色。站在翠湖的南端往北看，可以看到昆明城后面的山头，那里已经是高海拔地带了，山上的植被很稀少，在蔚蓝的天空下显得有些寂寥。那时进翠湖公园需要买门票，我只进去过两次，它的四周除了我们校门口那里有一些房子，其余都属于公园的外围地带，平时也是行人如织的。我经常到这里闲逛，有时停下来看着来来往往的行人，思索着人世的奥秘。

冬天来的时候，会有许多红嘴鸥从遥远的西伯利亚飞到昆明过冬，翠湖就是一个红嘴鸥聚集的地方。红嘴鸥长着一身洁白的羽毛，红色的嘴，体型较大，展开翅膀飞翔很有一种气势。密集的鸥群在湖面上翻飞着，嘎嘎的叫声此起彼伏，场面十分壮观，也十分热闹。人们纷纷前来观看，并给红嘴鸥喂食。面包投到空中未等落下，一只红嘴鸥就嗖地飞过来叼住了。人们都不会去伤害它们，它们也一点都不怕人，人鸥相处得十分和谐、融洽。红嘴鸥给人们带来了欢乐，人们也友善地对待它们。1985 年它们第一次来昆明，以后每年都来，这里也成了它们的家，红嘴鸥成为当地的一道著名风景，并形成了一种文化现象。我第二次进翠湖公园恰逢红嘴鸥前来过冬，公园里热闹非凡，到处都是游人，湖面上海鸥铺天盖地地飞翔着。我平时生活很俭朴，除了买书一般都舍不得花钱，但那天我看着别人都在给红嘴鸥喂食，也破费买了一袋专用的面包，喂给了这些可爱的海鸥。

下雨时，我喜欢撑着一把伞来到翠湖。这时行人稀少了，翠湖安静了下来，笼罩在蒙蒙的烟雨中，别有一番情调，让人可以静下心来，消除尘世的烦恼。有一个雨天我又去了，在校园东门口从一对来自绍兴的夫妇那里买了一笼小笼包，从学校旁边的一条小路走到翠湖。在我们学校和翠湖之间的地带，有一家露天经营的茶馆，那里十分幽静。由于雨天没有顾客，我就走过去，坐在支起的大伞下，面对着烟雨蒙蒙的翠湖。我先把小笼包拿出来，那小笼包做得相当精致、美味，吃完了还觉得回味无穷。然后我把书拿出来，读起高晓声的《鱼钓》。这篇小说的故事发生在江南一带的梅雨季节，雨淅淅沥沥地下着，与我当时所处的环境十分契合，我似乎身临其境地感受到小说中的那种氛围。

故事的主人公是一个有名的偷鱼贼，他既是钓鱼好手，又能神出鬼没地把别人的鱼偷到手，历来"战果累累"，对自己信心

满满的。但那天晚上他却运气不佳，未能钓到鱼，而让对岸一个
人钓到了一只很大的鱼。那人暂时把鱼拴在岸边，等明天再来
取。这偷鱼贼哪会善罢甘休，就精心地设计了一个局，让对方以
为自己回家了。等对方也回家了，他就悄悄地游到对岸把鱼偷到
手。这鱼太大了，他就把它拴在自己脚上再游回去。在往回游的
过程中，他与鱼展开了一场激烈的搏斗，但终究斗不过它，溺水
死了。他自以为天下无敌，却败在了一只鱼上，反而让鱼给
"钓"走了。小说情节十分生动有趣，也富有哲理色彩。读这样
的小说需要一种平静的心情，慢慢读下去才能品出味道来，否则
就会感到不知所云，读不下去了。那些现实性很强的作品容易引
起一时的轰动，但也容易过时，因为时代变了，人们关注的东西
也变了，而像《鱼钓》这样的作品虽然很难产生一时的轰动效
应，却有着隽永的艺术魅力，不同时代的人都会拿起来读。高晓
声除了写过《"漏斗户主"》和《李顺大造屋》等这些现实性和
时代性很强的小说，也写过《钱包》和《鱼钓》等这些没有具体
时代内容的哲理小说，是一个很有风格也很有成就的作家。

　　我在这种幽静的环境中从容不迫地读着《鱼钓》，渐渐进入
了作家营造的那种情境，沉浸其间。读完后掩上书本，又久久地
回味着。我之前已经读过高晓声的《李顺大造屋》和《陈奂生上
城》，他的小说深刻反映了我们农村的时代变迁，也表现了我们
农民身上的国民性，诙谐中又含着辛酸，给我留下了深刻印象。
读了他的这篇《鱼钓》，我就更喜欢他的作品了，此后凡是看到
他的作品都要买下来，慢慢地读，反复地读。我不仅喜欢他的作
品所表现出来的思想内容，更喜欢他那种独特的语言艺术。他对
自己作品语言上的要求是很高的，反复地进行锤炼，不仅讲究用

词的贴切，而且讲究语言的节奏和韵律，在白话文中又夹杂着他家乡的土语，夹杂着他从古代小说学到的文言，从而使他小说的语言很经得起咀嚼，让人百读不厌。可以说，高晓声是我读得最多的一个作家之一，而他的《鱼钓》又是我在大学时的一个雨天，在昆明的翠湖边吃着绍兴人做的小笼包读的。

2020 年 6 月 18 日

校园中的清流

我是 1995 年上大学的，从 1995 年到 1999 年，我的大学刚好在 20 世纪 90 年代，比起之前的 20 世纪 80 年代以及 2000 年之后，那时期的大学也有其独特之处。

20 世纪 80 年代是一个思想大解放的时代，说是一个思想狂飙突进的时期也不为过。那时人们刚从一种长期僵化的状态中走出来，思想十分活跃，大学生对国家和社会充满了期待，充满了热情，如饥似渴地吸取新鲜的知识和思想，十分关心国家和天下大事，积极地参与社会事务。那时，知识分子下海经商的风气尚未形成，他们更关心的还是国家大事，还是知识和思想。到了 20 世纪 90 年代，社会局势的巨大变化使得大学的风气发生了极大变化，人们不再那么关心国家大事了。同时，国家掀起了新一轮的改革开放大潮，为人们提供了很大的创业空间，人们开始变得务实，大学里老师忙于从事第二职业，搞经济创收，兼职的现象十分普遍，无法兼职的也在兼课。学生则忙于考各种等级证书，忙于在外面兼职，证书多一些今后就业就有更多的筹码，兼职收入多就说明本事大；同时，在学校里忙于参加学生会以及各种社团，从而多得到一些锻炼，多积累一些资本，为以后的发展打下更好的基础。

另一方面，那时大学尚未开始大规模的扩招，大学生录取的分数相对较高，比起后来的大学校园，学习的气氛还算浓厚，学生对于学习知识和吸收思想还是很有兴趣的。人们虽然都奔着钱去了，但都往社会上奔去，在校园里风气还算健康。

但那时的大学同样也存在着严重的弊端。从学生方面说，进来以后基本上就等着毕业了，只要不犯重大的错误，上课时应付一下，考前突击一下，把课堂笔记找来，把老师划的重点背熟，应付考试就绰绰有余了。课堂笔记一考完就扔了，所学的全都还给了老师。而老师也是干好干坏一个样，既有学术造诣又有表达能力，教学又得法，能够激发我们学习兴趣的老师并不多，有的既无学识又无口才，只会在课堂上念念讲义，让我们在下面沙沙地记着，偶尔展开解释一下。还有一种老师很有口才，也很有社会活动能力，但学无专长，亦无心于学问，而热衷于在社会上参与各种活动。他们在课堂上可以讲得头头是道，但又都是东拉西扯，讲了大量与本学科毫不沾边的东西。我们听了也觉得天花乱坠的，但过后却什么也未留下。但这些不称职的老师却可以高枕无忧。在这种环境下，可想而知学生还有多少学习的压力去刻苦学习，老师还有多少研究和教学的压力去认真做学问。

我正是在这种背景下进入大学的。在我们录取通知书的那张照片上，一幢崭新气派的大楼前，上面是蓝天白云，下面是青翠欲滴的草地，这使我们对学校十分神往起来，再加上在我们想象中大学应当是知识和思想的殿堂，我们都是抱着很高的期待进入大学的。然而新鲜的劲头一过，我们就开始失望起来。那张照片的拍照地点我们也去找过，却四处都找不到，也许理想的东西中在现实中都是无法找到的。但生活还得继续，我们只能根据各自的情况学会适应大学的生活。许多人都找到自己的事情做，打工的打工，当学生会干部的当学生会干部，再不济就整天打牌，或者找对象谈恋爱，从而可以打发时间，可以有情感的寄托。而所有这些我都不擅长，因而刚开始时是十分愁闷的，不知道该做些什么。好在图书馆有许多藏书，我就借很多来读，慢慢培养起了自学的习惯，打开了视野，精神上也开始变得充实起来。同时，有的课任老师还是有水平的，他们的课我也会认真地去上，特别是一些选修课的老师，他们的课很受欢迎，我虽然没选修，但也去旁听了，也学到了不少东西。同时，学校还会经常组织一些学术讲座，这些开讲座的学者往往都是某方面很有造诣的专家，我也经常跑去听，从这些讲座听到许多新鲜的观点和前沿的思想，得到了很大收获。

在大学里，学生当中也有十分优秀的，他们立志做学问，很早就准备考研了。那时研究生招得少，能考上的都是很有水平的，也都是真心想做学问的，而不像后来那样更多只是为了更好地就业。我经常看见我们系有几个学生每天都早出晚归，去教室或者图书馆用功地读书。这些学生后来很多就考上了，有的还继续考取博士，成为某一领域的专家。有一个法语专业的福州老乡，我有一天早晨看见他坐在一个僻静的亭子里，专心地读着外语。他后来也考上了研究生，毕业后留校工作，翻译出了不少著作，成了一个学有专长的法语专家。

老师当中也有认真做学问的。我住在北院时，几乎每天傍晚时分都会看见几个老师从那个生态研究所走出来。他们的着装都很朴素，其中领头的那个更是像一个我们随处可以遇到的上了年纪的平民，但正是他每天带领自己的团队在研究所里专心致志地做研究，别人都下班了才从里面出来。一天两天这样并不能说明什么，长期坚持下去就很能说明问题了。他们在路上还边走边交流着学术上的事情，相互之间非常默契，可以看出他们都充满了一种研究的志趣。我目睹这样的情景，心里不由得产生了一种感动。他们都是真正做学问的人，不像那些把学术当作敲门砖的"学者"，他们是真正以学术为业的，是为了探索科学的真理而进行研究的，学术正是因为他们的存在而不断发展下去。

　　大学平庸，但只要有这些学生和老师的存在就有希望。不是谁都适合做学问的，真正做学问的人没有太多的精力去考虑别的事情。只要没剥夺我做学问的条件，我都要坚持做下去；只要没夺走我手中的笔，我都要坚持写下去；只要没不让我读书，我都要坚持读下去。不用谁进行催促，不用谁进行监督，也不用拿什么指标来考核，我都会心甘情愿地去做，做了就会感到快乐和充实，不做就会感到痛苦和空虚。这就是校园中的清流，大学里学术思想的传承和发扬光大，正是依靠他们而实现的。我们在校园中要多看到这种清流的存在，而不是一味地抱怨环境的恶劣，完全理想的环境是不存在的，都完全理想了还要我们干吗？环境也许是很难改变的，但我们可以改变自己，努力地做事，执着地追求自己的理想。

　　　　　　　　　　　　　　　　　2020 年 6 月 18 日

《春天的故事》

1992年的春天，我正开始初三下学期的学习。要面临中考了，这也是我们人生当中的一个重要关口，因而学习都很用功。但在紧张的学习之余，也有轻松下来的时刻。班级订有一份《福州晚报》，我们课余时间经常拿起来看。那时读物远没有现在多，因而我们都很珍惜这份报纸。有一天，我看到了一篇转载的长篇通讯，题目叫《东方风来满眼春》，报道我们改革开放的总设计师邓小平在他的晚年，踏上了一次极为重要的视察南方之途，到深圳的许多地方进行参观，一路上发表了一系列重要讲话。我平时很关注这方面的新闻，这篇通讯更是从头到尾认真地读了，这不仅是因为它报道的内容事关我们的国运，与我们每个人都息息相关，还因为它的标题别开生面，行文也很清新、活泼，不像一般新闻报道那么古板、俗套，让人提不起兴致来。

当时，改革开放正处于一个重大的关口，或者说正处于一个胶着期。改革开放必须取得进一步突破，才能更好地解放生产力，使经济社会更快地发展起来。同时，新与旧的矛盾又开始变得十分突出，不同的利益、不同的观念，都出现了严重分化，社会上出现了一股反对改革开放继续深入下去，甚至还要改变改革开放方向的力量和思潮。正是在这种背景下，邓小平对南方进行了视察，说出了许多深思熟虑的话，回答了人们对改革开放的许多困惑和疑虑，进一步明确了改革开放路线，极大地解放了人们的思想，对社会产生了巨大的影响。此后，改革开放的步伐大大加快起来，经济社会发展重新进入了一个快车道。

在这个掀起改革开放大潮的时期，人们进入了一个精神昂扬的状态。不仅经济，各方面都有很多机会和很大发展空间，于是一首歌曲就应运而生了，即董文华倾情演唱的《春天的故事》。董文华的歌声是十分甜美的，歌曲的旋律是十分昂扬的，反映了改革开放给社会带来的巨大变化，人们对国家充满了希望，神州大地又掀起了一个发展的热潮，同时也反映了人们对邓小平这个改变当代中国命运的伟人的由衷敬仰。

20世纪80年代，我还是一个懵懂的小孩，还不会看报纸，并不知道什么国家大事，只是从日常生活中明显地感受到，经济政策放宽后城乡面貌发生了很大变化，生活水平得到了很大提高。人们的荷包越来越鼓起来了，衣服穿得越来越花哨，餐桌变得越来越丰盛，大大小小的商店越来越多，商品越来越琳琅满目了。虽然物价也在不断上涨，但这从某种意义上正说明我们的生活水平在逐年提高。1984年我国农业取得了大丰收，一举解决了长期困扰我们的温饱问题。这年的国庆节，在天安门广场举行了大阅兵。当天晚上福州的五一广场也举行隆重的庆祝活动，周边的道路都被封锁了。那时我跟父亲住在福州市教育局的工地上，那里就在广场边上，当广场上空升起礼花时，我们可以近距离地观赏到。一发发的礼花弹射上去，在夜空中爆炸开来，绽放出各种形状的绚烂的烟花，场面显得十分壮观和撼人心魄，让我们这些在城里打工的乡下人大开眼界。这是我第一次看到如此壮观的烟花，以后再看到时也不会给我带来如此大的震撼了。

到了20世纪90年代，我会看报纸了，除了可以从日常生活中感受到改革开放给我们带来的巨大变化，还可以从新闻媒体这

故事演绎

一渠道了解到这种变化，从而视野变得更加开阔、更加宏观。在这一时期，经济在快速地发展，人们的精神状态总体上是意气风发的，感到无论个人还是国家都充满了希望。而一首《春天的故事》，唱出的正是人们的这种心声。当然，到了20世纪90年代后期，我们在现实生活中又能感受到农村经济发展的停滞、农民负担的加重、城市化不足导致的人们就业机会的匮乏以及国有企业不景气而导致工人的大量下岗等这些问题，这就需要我们继续发扬开拓创新、锐意进取的改革开放精神，不断地解决发展道路上的问题。

后来经济社会进一步发展所需要的制度框架就是在这一时期奠定的，而这与邓小平的巨大贡献是分不开的。这一时期把他的理论确立为党和国家的指导思想，这一理论不仅在他生前发挥着巨大影响，在他逝世后仍然如此，我们继续沿着他所设计的改革开放路线走下去，建立和完善社会主义市场经济。这是一条经济社会发展的康庄大道，可以使人们的生活不断得到提高，可以去实现自己的创业梦想。倘若没有他所发挥的巨大作用，改革开放事业就很难得到推进。我们必须记住他这个老人的重大贡献，喝水不忘掘井人。改革开放是一个集体的事业，是属于全体人民的创造，但他作为一个举足轻重的领导人，在这一过程中无疑发挥了重大作用。他的影响力、智慧以及意志，对于改革开放事业都是至关重要的。这首《春天的故事》唱出了人们对这位老人的由衷感激之情，很快就唱响了大江南北，人们自发地唱着这首歌，真心地唱这首歌。我虽然不会唱，但也喜欢听这首歌，除了因为它旋律十分动听，更因为它歌词写得真实、感人。然而就是这样一个功勋卓著的伟人，他生前却显得十分的平易、朴实，这就更加让人敬仰了。

226

当我重温这首老歌时，就会重新回到过去那个意气风发、锐意进取的年代，那是关于国家的，也是关于个人的。让我们一起努力着，追求我们的梦想吧！

2020 年 6 月 21 日

《我的中国心》

"河山自在我梦萦，祖国已多年未亲近，可是不管怎样也改变不了，我的中国心……"这是 20 世纪 80 年代一首脍炙人口的爱国主义歌曲，一经问世就唱响了大江南北、海内海外，人们也记住了那个来自香港的普通话并不怎么地道却把这首歌唱得声情并茂的歌手张明敏。这是一首影响深远的歌曲，唱出了无数中国人的心声，唱出了人们对祖国的一种无比深厚的情感。这种情感不会是一时的，而是永远的，不论在国家积贫积弱的时期，在奋发图强进行建设的时期，还是在已经强盛起来的时期，人们对祖国的热爱都是不会改变的，因而这首歌也会一直传唱下去，成为一首经典名曲。快四十年过去了，我还经常会在各种场合听到这首歌曲，每次响起那种熟悉的声音和旋律时，都会不由自主地心潮澎湃起来，不由得把个人的前途命运与祖国的前途命运联系起来，深深地感到我们与祖国和人民有着无法割断的情感纽带——我们受到了祖国和人民的哺育，也理所应当努力地学习和工作着，为它们尽到自己的"匹夫之责"。

这首歌刚出来时我还幼小，只会瞎哼哼一些我们当地的"土谣"，但我经常从听别人家的收录机里听到这首歌，久而久之，也慢慢产生了朦胧的国家意识和爱国主义精神，知道了长江、长城和黄山、黄河。这种爱国主义歌曲十分贴近生活，话语显得十分亲切却又饱含着深情，因而更容易进入人们的心田，能够更好地被人们所接受。人们对国家就像对母亲一样，有着一种与生俱来的深切情感——我们生于斯，长于斯，没有我们的国就没有我们的家。家即使再残破，也毕竟是我们的家，有了家才有其他的一切，也才有一种情感的寄托。对于国，我们也理应如此理解。因此，我们要热爱这个家，热爱这个国，要建设好我们的家，要建设好我们的国。《我的中国心》就深切地反映了人们的这种情感，唱出了人们的心声，同时又反过来更好地培养起人们的爱国主义精神。

常言道，越出国越爱国。这句话也有相当的道理。长期生活在国内，也许已经习焉不察了，而一旦到了国外，反而能够更强烈地感受到爱国主义的情结。2009 年我第一次出境时，一踏上那种完全陌生的地方，就感到自己像一叶孤舟漂泊在海面上，心里感到十分的发虚。后来回去了，一进入关境就像双脚又重新踩在坚实的地面，心里感到踏实多了。

我去年在美国生活了很长一段时间，接触到了当地的许多华人华侨，也深深地体会到了这一点。他们都属于普通的社会阶层，但都十分热爱自己的祖国，都十分喜爱祖国的文化和语言。他们不但自己深受祖国传统文化的熏陶，十分习惯使用中文，同时也十分重视对自己的下一代进行中文教育，送他们去中文培训学校学习，让他们不要忘记自己的根在何方。同时，他们还十分关心祖国的发展进步，希望我们国家能够更快更好地发展起来。在他们的身上，体现出了一种浓浓的爱国情怀。

我们都是普通人，无法像大人物那样为国家做出多大的贡献，但只要我们都能心系国家的前途命运，在自己的位置上悉心维护国家的利益和尊严，就都是爱国的。爱国不在于能力的大小，而是一种情感，一种态度，一种行为。我们平时都十分习惯使用中文，十分喜爱祖国的文化，十分关注"中国的新闻"，凡是在中华大地上发生的事情都更能牵动我们的神经，这更能说明我们对国家的情感是根深蒂固和无法割舍的，它早已深深地溶入我们的血液里。

2020 年 6 月 22 日

"找吃"

　　"找吃"是我家乡的一个土语，可以用于家禽上面，小鸡小鸭起先在母亲的羽翼下，由母亲哺育着，等慢慢长大了，就要学会自己去找食物吃了，即要学会"找吃"。但它更多的还是用在人身上，小孩一年年地长大，也要渐渐学会生存的本领，自己要懂得出去挣钱。人活在世上从根本上说必须依靠自己的奋斗，依靠自己的双手，才能养家糊口，才能成家立业，即要会自己去"找吃"，否则就没有吃的。这个说法很形象生动，民以食为天，吃在生存中第一要紧的，尤其在过去那个物资匮乏的时代，人们的首要目标就是有一口饭吃，而这就要靠自己去找，其他任何人都是靠不住的。

　　人们追求自己的利益，这是一种本能和天性，几乎用不着教都会的，何况孩提时又经过耳濡目染，很早就知道了"找吃"的道理。我从小就喜欢从外面去找一些东西回来。我们村尾有一个仓库，县里的粮食会运到那里储存起来，有时是玉米，有时是黄豆。那里是一个上坡的地方，离我家不远。每次运粮食的车开来，我都会跑过去，看着搬运工把粮食从车上一袋袋地扛进仓库。他们个个都很壮实，皮肤晒得黝黑，身上通常披着一块白布，然后把一大麻袋的粮食扛到肩头，迈着沉重的脚步走进仓库。仓库里长长的，显得有些阴森，不让闲杂人员进去，我们也不敢进去，只站在外面张望。这些装粮食的麻袋大都有破口或者裂缝，因而会洒一些到路上，我们就蹲下去捡。那时是沙石路，玉米、黄豆撒下去后就跟沙土以及石子混在了一起，我们就要一个个地捡过去，然后放进袋子里，就跟披沙拣金似的。虽然进展缓慢，但我们的心里都十分开心，我们袋子里的粮食一点点地多起来……

我有一次又到这里捡黄豆。等工人把货物搬完，地上漏的黄豆也被捡完了，我就回去了。在路上我遇到了二伯父。他看见我手拿着装着黄豆的袋子，就说，你去捡豆子了？然后从里面拿出一粒豆子，放在嘴里咀嚼了起来。虽然一次捡下来也没有多少，拿回家并不能派上多大用场，但好歹是我的劳动成果，回去可以交给母亲了。主要并不在于具体得到了多少，而在于一种劳动的乐趣——我开始学着去外面找吃了，对生活产生了一种希望。

还有一次，附近一户人家要做一场法事。他们家比较富有，法事做得很大，连续做了两三天，最后一天晚上要供"斋"。这是一种给鬼神的供品，就是用做馒头的那种面团做的，只有饼干那么大，上下两层，下面的大一些。把两个面团搓圆，垒在一起，然后压扁，再用一根筷子蘸了红丹水，在上面点出一个红色的凹点。蒸熟后它们就膨胀起来，变得圆鼓鼓的，模样挺可爱的。由于放了糖，吃起来有点甜。这种东西如今已经没人吃了，但那时可是很抢手的。做法事的时候，把它们供在屋前一张桌子上，到一定时候法师就会拿起一些抛到路上，围观的人就会争相上前捡，看谁眼疾手快。虽然脏了些，但拿回去洗洗也照吃不误，而且还很珍贵。那次天一落黑，我就跟母亲说今晚要去捡"斋"。母亲给了我一个袋子，我就去了，心里充满了一种盼头，盼着今晚能捡到"斋"，多捡到一些！

但那天晚上不知是主人家觉得这东西太珍贵了，不舍得让法师抛到路上，还是时辰未到，反正我左等右等，夜都已经深了，仍然不见"斋"抛出来，只好带着那个空袋子回家了。我推门进去，母亲躺在床上还没睡，问我说有没有"斋"捡回来了。我失望地摇摇头。她说没关系，去睡吧。那天晚上要是有"斋"抛出来，要是让我捡到了，从而能吃到又香又甜、模样又可爱的"斋"，那该有多好！可偏偏天不遂人愿。然而，这就是生活，有成功也有挫折，有喜悦也有失落，我们都要学会适应和承受。我以后还要继续去学会找吃，这是我们人生的必修课，也是一种对生活的希望。

我后来成家了，生了个儿子，成了当爹的人。随着儿子慢慢长大，小学就要毕业了，以后要上高中、上大学，都要花很多的钱，而这时候我却从单位辞职了，来到了社会上，只能靠自己去学会生存了。为了能够生存下去，特别是要给儿子攒够今后上学的费用，尽到一个当爹的责任，我必须有一份收入。于是我背井离乡来到遥远的地方打工，以多挣一些钱回来。我刚从单位出来，没什么技能，只能做一些粗工和苦工，辛苦还在其次，干得不好还有失业之虞，因而压力非常大。为了能多挣一些钱回去，我只能咬紧牙关坚持下去，生活上也是能省则省，吃最简单的，其他方面的开销更谈不上了。做了一段时间之后，我带着辛辛苦苦挣来的钱踏上了归途。当我进入候机厅时，不由得长长地舒了一口气——终于可以等着坐上飞机回家了，终于暂时结束了这段艰辛的生活，可以把钱带回去给妻儿了。登机之前，我来到洗手间里洗漱一番。我对着镜子刷牙，突然看到好久没有理过的头发又白了许多，顿时悲从中来——这次出来找吃，也是够不容易的！带回去的钱也不多，但它们突然变得神圣起来了。虽然只能做这种最普通的工作，但这钱是尽自己的努力挣到的，我感到它们变得更加沉甸甸的。

对于我们平凡的人而言，这就是我们的生活，虽然十分辛苦，但为了生活，为了心中的那份理想，只能咬着牙坚持下去。我们做不了多大的事情，只能做这些普通的事情，但要把它们做好也是不易的。也正因为这种不易，才会给人一种希冀，做成了才会感到一种欣慰。我带着打工挣来的钱，一路上怀揣着，到家里交到妻子手中以后，感觉像是完成了一个重大的使命。

2020 年 6 月 22 日

《水手》

　　我上高一时，有一首歌曲在社会上格外流行，尤其在我们青少年当中，更是几乎人人都会唱，人人都在唱，这就是来自宝岛台湾的一个叫郑智化的歌手演唱的《水手》。现在的年轻人大概很少听过郑智化这个名字了，但那时他可是我们心目中的偶像。他两岁时得了小儿麻痹症，从此落下严重的残疾，需要架着双拐才能走路。但他身残志坚，凭着对音乐事业的热爱以及天分，创作出了许多脍炙人口的作品，20世纪90年代初在两岸的流行乐坛上很是风靡一时，其中又以一首《水手》最为红火。

　　我是1992年上高一的，那时《水手》刚问世不久。我们走在大街小巷，到处都可以听到它的声音，在校园里就更不用说了。我记得每天中午时分，在学校大礼堂的膳厅吃完饭后回到宿舍，在路上都会听到广播里在播放这首歌曲。我们在操场上走着，天空中飘荡着郑智化那种特有的嗓音。他的歌声中带着一股苦涩和感伤，又带着一股倔强和执着。在这首歌里，小时候的"我"喜欢一个人站在海边，向往着远方水手的世界，认为那才是真正的男儿。而自己却是一副弱不禁风的样子，有点自暴自弃。但仿佛水手从远方向他发来了鼓励，要他振作起来。像他那样身体残疾，不能当上水手，但可以向往着远方水手的生活，可以做适合自己的事情，执着地追求自己的志趣和梦想，顽强地活出自己，也活出自己内心的阳光。在歌曲里，"我"厌倦了都市的生活，只有来到海边才能自由自在地呼吸。远方的水手仿佛又告诉他心情要开朗起来，这种喧嚣、空虚的都市生活是我们必须面对的，必须学会去适应，调节好自己的心态，从而能够快乐地生活下去。从他的歌声中，我们可以听出他正承受着生活的磨砺，身体的残疾使他的生活变得更加困难，但同时又透出对生活要有信心，要坚强地面对生活的挑战。

我不擅长唱歌，却也喜欢听歌，尤其在当年青春年少时。这首《水手》我就这样一遍又一遍地听着，一遍又一遍地感受着歌声中传递出来的这种情感与意境。那时我们开始了高中的生活，三年后要考大学了。大学对我们充满了诱惑，那是一个充满希望的地方，是一个知识的殿堂，也是人生成长的最重要阶段，考上大学尤其是考上好的大学，在很大程度上就实现了人生的理想，为以后发展奠定了最重要的基础。但要考上大学特别是好的大学，要实现人生的理想也是很不易的，需要经过刻苦的学习，需要克服许多障碍。但我们的心气都很高，都很刻苦地学习着。冬天时每天早上天不亮就要起床了，提着一个桶先到操场上做晨操，然后再去洗漱。这时天开始蒙蒙亮了，我们各自找个地方进行晨读。操场上到处都是人，我们手里捧着书，边走边读着。每个人的声音都不大，但许多人的声音交织成一片后就蔚为壮观了。在这样的氛围中，谁也不嫌谁吵，相反还互相感染着，都在为自己的梦想而努力。晚上十点左右教室就熄灯了，再过半个小时宿舍也熄灯了，但刻苦读书的人还要继续鏖战下去，在教室里点起蜡烛，或者站在路灯下继续开着夜车，不论春夏秋冬都是如此。

我是读书读到最晚的人之一。我的头脑不像别人那么灵光，只能靠比别人花更多的时间，下更大的苦功才能学会什么。为了实现自己的目标，我十分执着，也十分刻苦。这种生活无疑是十分辛苦的，需要付出身体上的代价。每天睡眠的时间都很少，神经绷得紧紧的。同时，家里供的钱不多，也不敢多要，因而伙食都十分简单，营养有些跟不上。到高一下学期期末，我患了严重的失眠，几乎每天晚上都睡不着，第二天早上又要早起，照样高负荷地运转着。但为了实现自己的梦想，也只能这样坚持着。

后来我发现，一个人在事业上能做到什么程度与学习以及高考并没有太大的关系，最终还得看自己的能力、悟性，平时的努力和所得到的锻炼，做得好也不因为当年书读得好，做得不好也不因为当年书读得不好。这么说，当年的努力就失去意义了？非也。当年的这种拼搏状态让我养成了一种习惯，让我在以后的人生道路上，追求自己的理想时都会很执着，为之投入巨大的精力和热情，会一直努力下去，而不会轻易放弃。人生总会遇到各种挫折，甚至很大的挫折，但我们要像水手那样，让自己重新振作起来，尽力克服困难，迎来人生的转机。当我处于人生的低潮时，经常会想起这首老歌，从中汲取一份力量。正是这种坚韧的精神让我努力坚持下去，执着地追求自己的事业。

同时，这种执着追求的人生状态本身就有一种价值，未必要与事业上的成就联系起来。我高中时的那种读书生活，虽然过得很辛苦，但同时也很充实，对未来也充满了一种希望。倘若一事不做，整天过得浑浑噩噩的，固然不会辛苦，但也十分无聊，精神上会感到格外的苦闷。我刚上大学时就过着这样的生活，缺少学习上的压力，对老师的课提不起兴趣，自己又未找到明确的方向，因而整天无所事事的，感到特别的愁闷。两相比较，还是更喜欢高中时的那种生活。所以当我找到明确的方向以后，就重新进入了那种执着的状态。曾经有人问过我，你这样累不累？但我更愿意这样苦一些、累一些。我能否有所作为暂且不说，首先这样我会觉得充实，而不会感到空虚。有时又何必把成败看得那么重要呢，重要的是拥有一个良好的精神状态。

《水手》久不唱矣，不像经典名曲那样一直流传下去。但我曾经在校园里天天听到这首歌，并且永远地记住了，它已经成了我生命记忆的一部分。我也一直向往着远方，追求着理想，但又感到自己的弱小与无助。但我不能放弃，远方的水手也好像在鼓舞着我，要我振作起来，即使最终未能实现目标也不必懊恼。我就像一棵小草那样默默地生长着，有一天我将永远离开这个世界，一切都将随风而去。我来到这个世界，在这个世界生活过，追求过，尝遍了酸甜苦辣，这就够了。

2020 年 6 月 22 日

《万里长城永不倒》

这是我小时候经常听到的电视剧《大侠霍元甲》的主题曲，是用粤语演唱的，但有些歌词接近普通话，听多了也能理解其大意，更重要的是通过那高亢、激昂的曲调，再结合电视剧主人公那种奋力反抗外辱的强烈爱国主义精神，其中的意境是可以听出来的。那时我还很小，电视也不容易看到，因而电视剧未曾看过，但平时经常听到大孩子们谈论起它，而且同名的小人书也看过了，对剧情的大概也有所了解。

在那个时代，我们国家积贫积弱，列强用洋枪洋炮打开了我们的大门。许多洋人进来了，他们的背后有强大的母国在保护着，与我们又有着不同的价值观念和行为习惯，因而必然会产生各种冲突。在那个时代，流传着一种"东亚病夫"的说法，我们国家在各方面太落后了，而落后只能挨打，只能任人宰割，我们国人的体质也很虚弱，在强壮的洋人面前不堪一击，体育事业长期未能发展起来，甚至都不知体育运动为何物。我们每当读起这一段历史，心情总是十分抑郁的。我以前有一个同事，他说自己很不想读中国近代史，因为读到的都是我们一再被列强打败、受人欺辱的历史。这种想法是很有代表性的。我虽然也读中国近代史，而且对这一段历史最感兴趣，因为它离我们很近，与现实的关系十分紧密，我们要通过深入地了解其来龙去脉，特别要找出我们落后挨打的原因，才能更加清楚我们现在应当怎么做，但我读到这一段历史时又确实对我们老吃败仗很是丧气，这的确是一段屈辱的历史，而不像汉唐盛世时代那样可以让我们备感骄傲和自豪。

在那样一个时代，我们出了一个霍元甲，他在骄横的洋人面前，毫不畏惧，凭着一腔热血，凭着过人的武功，把那个不可一世的拳王打个落花流水，使我们看了都十分解气。我们平时受的欺辱太多了，现在出了这么一个英雄，还能不好好地扬眉吐气一回吗？至于历史上是否有过这个人物，尤其他的武艺是否有这么高强，实际上是大可存疑的。近年来有人对武术界进行打假，那些传统武术无论什么拳什么派，在现代的搏击术面前都变成了花拳绣腿，不堪一击。而在过去那个时代，我们一个传统的习武之人要打败一个从西方来的"拳王"，无疑是更不可想象的。"霍元甲"是沧州人氏，沧州是武术之乡，我读大学时班上恰好有一个沧州同学。我们刚进大学时，他有一个老乡也送自己的孩子来上学。有一次我在宿舍里跟那个家长聊起来，我说到你们沧州的武术很有名，以前真出过霍元甲这样一个人物吗？他说有没有霍元甲这个人我也讲不清楚，但我们沧州的武术确实是很有名的。他们当地人都不敢肯定有过这么一个人物，我们就更不必当真了。但我们社会上有一种强烈的反抗外来欺辱的心理，没有这样一个人物，也要创造出这样一个人物，或者把现实中的一个人物进行拔高和夸大，从而演绎出一个传奇故事来。这也是文艺创作中的一个常见现象。

1949 年后，中国人民站起来了，我们建立起了一个独立的国家，赶走了外国的势力，任人欺辱的历史已经一去不复返了，我们开始屹立于世界民族之林。经过大刀阔斧的社会改革，旧社会的许多污泥浊水都被涤荡一清，我们进入了社会主义社会。同时，我们大力进行经济建设，全国人民同心同德，奋发图强，虽然也曾经走过很大的弯路，但已经建立起了独立的工业体系，为后来的发展奠定了重要基础。我们的体育事业也在大力发展着，毛主席发出了"发展体育运动，增强人民体质"的号召，各项体育运动都取得了很大发展，民众的体质也得到了很大提高。1978年后，我们调整了经济政策，人们的积极性被大大调动起来，从而使经济社会得到快速的发展。体育事业也随着改革开放的步伐而加快发展，我们全面融入了国际体育组织，凭借越来越强大的经济实力以及举国的体制，各项体育运动的成绩不断提高，20世纪80年代女排更是创造了"五连冠"的辉煌。同时，我们的全民健身事业也在大力发展着，民众的体质得到了很大增强，我们早已不是什么"东亚病夫"了，这个耻辱的帽子早已被扔进了太平洋。

《大侠霍元甲》20世纪80年代初在全国热播，霍元甲成为人们津津乐道的英雄，反映的正是当时我们民族的这种心理：一方面我们不能忘记过去那段屈辱的历史，只有这样我们才能更加奋发图强，努力建设我们的国家；另一方面我们与发达国家还有很大的差距，还要有发展的紧迫感，通过各界的齐心协力，使我们国家更快更好地发展起来，使"四化"的宏图早日实现，使中华民族早日得到振兴。

如今，我们已经跃升为世界第二大经济体，正由一个大国向一个强国迈进，与此同时，我们也由一个体育大国向一个体育强国迈进。这种巨大的发展成就，每个人只要不存心戴着一副有色眼镜，都是可以看到和感受到的。但我们发展起来之后，也面临着一个如何正确看待我们的发展道路，如何与世界和谐相处的问题。

故事演绎

　　我们是一个爱好和平的民族，不具有向外侵略扩张的传统，向来主张以理服人，而不以力服人，这是我们一个可贵的传统。古代我们周边的民族长期都落后于我们，我们对待他们不是用武力进行征服，而是用我们的先进文化去同化他们。"夷狄而华夏者，则华夏之；华夏而夷狄者，则夷狄之"。我们向来不以种族而以文化来划分民族，只要接受了我们的文化，就可以融入我们这个民族。这种文化传统具有两面性：一方面给我们留下了一个很好的以理服人、爱好和平的传统，这方面我们需要很好地继承下来，为世界的和平发展做出积极的贡献。另一方面也给我们带来了一种包袱，即总有一种"天朝上国"的心态，总认为自己的文化是最先进的，其他民族需要向我们学习。我们在积贫积弱的年代这种心理都还根深蒂固地存在着，如今随着经济的发展和国力的增强，它就变得愈发强烈了。

　　向外输出自己的发展模式和价值观也未尝不可，特别对于我们这样一个有着悠久的历史、深厚的文化底蕴又正蓬勃发展的大国，在这方面更要对世界做出积极的贡献。为此，我们就必须真正具有值得世界学习的地方。现在一些人急于向世界输出的"中国经验"，有些只适合我们的国情，即使对我们是成功的别人也无法学习，而有些其实我们自己也还在探索之中。我们目前虽然取得了很大成就，有一些成功的经验，但同时也还有许多问题尚待解决。虽然我们的经济总量已经很大了，但我们的经济结构包括产业结构、投资结构、所有制结构以及收入分配结构等，还存在很大的问题。而这从根本上说又在于我们经济体制上的障碍尚未从根本上得到克服，在政府与市场的关系上尚未从根本上得到理顺，我们的改革尚未过大关，我们还在发展的路上。

　　此外，我们还存在许多社会问题，在社会治理上还存在很大的短板，否则就不会提出治理能力和治理体系现代化了。因此，我们还没有向外输出发展模式以及价值观的足够资本，我们的当务之急还是要进一步做好自己的事情，使我们各方面的制度都得到更好的完善，真正成为一个现代化的强国。

同时，这种输出不能是强制的，而只能依靠别人真正觉得你的道路是有效的，是借得学习和借鉴的。你自己真正做好了，别人真正佩服你了，自然就会见贤思齐，主动来向你取经，这是一件水到渠成的事情。

2020 年 6 月 23 日

《西游记》

　　电视剧《西游记》是我小时候最爱看的一部电视剧，看过的次数已经数不清了，十遍八遍想必是有的。最早是在别人家看那种只有十几英寸的黑白电视，有时信号还不好，画面有很多"雪花"，但那些精彩的镜头和故事情节也把我深深地吸引住了。早期因为看电视的不易，有时会拉下一两集，但由于它太受欢迎了，还会不断地重播，有时一年还会播出两次，因而漏掉的都有机会补看回来。后面随着电视的普及，家家户户都有电视了，每次播出我都可以做到了一集不落地看完。后来变成了彩色电视，画面效果更好了，但又觉得过于花哨，两相比较，还是觉得早期看的黑白电视更具有美感。

　　电视剧的片头以孙悟空从海上的一块礁石崩出为开头，突然间一只"猴子"高高地飞蹿到空中。接下来就是配着那种扣人心弦的背景音乐，把一个又一个精彩的镜头集锦出来。这些精彩的镜头过后，是一个波涛缓缓涌动的海面，似乎一切又复归于平静。每集总在关键的时刻结束，给人留下一个悬念。然后又开始播放片尾的主题曲《敢问路在何方》，背景是唐僧师徒四人一路上艰苦跋涉的镜头集锦。著名男高音蒋大为的声音十分浑厚，把这首主题曲唱得荡气回肠，把那种不畏艰险前往西天取经的艰辛历程淋漓尽致地演绎出来，引起我们深深的共鸣。"敢问路在何方？路在脚下。"不论追求什么事业，都要大胆地去闯，都要不畏艰辛,坚定地走下去。我小时候缺少娱乐,连看电视都不易,而《西游记》却可以一遍又一遍地看着,每一遍都不会感到重复,都会被重新吸引进去。可以说,《西游记》陪伴着我的成长,让我的童年充满了欢乐。剧中那种对使命的担当、克服困难的毅力、对妖魔鬼怪的斗智斗勇,都在潜移默化中对我产生着影响。

这部电视剧拍得如此精彩,如此受人追捧,除了有原著的基础,还得益于特技的引进。那时是20世纪80年代,我们的电视剧刚刚采用特技手段,但又不像后来的特技那么先进,画面显得那么花哨,而在让人感到别开生面的同时,又感到一种自然,因而具有更佳的观赏效果。后来又出了几个新版的《西游记》,但我都看不进去,只喜欢这个经典的版本。除了有一种先入为主,也与老版本特技比较简单,画面比较自然有关。有的新版虽然主要演员除了一个有变动,其余的都没变,但就是没有老版本好看。就像一首歌翻唱的就是没有原唱的好听一样,这也是审美上一个很常见也很有意思的现象。

同时,这部电视剧的成功还与拍摄时的巨大投入和剧组人员的敬业态度有关。它只有二十五集,却前后拍了五年时间,是一个马拉松式的过程,光唐僧这个演员就前后换了三个,最后才确定为迟重瑞,这在电视剧拍摄史上也是不多见的。庞大的剧组为了拍好它,走南闯北,到全国各地去取景,别的不说,光欣赏到这么多美丽的风光就让我们大开眼界了,从而会一看再看。每个镜头都经过严格的拍摄过程,都付出了很大心血,后期又经过精心的剪辑,每个环节都不马虎,都精益求精。正是有了这种巨大的付出,才给观众呈现出这么多精彩的镜头,才拍出一部如此上乘的精品。

这部电视剧的音乐也很值得一说。每演到重要的情节,常常

会有背景音乐响起，与情境配合得很恰当。我印象很深的一个
是，孙悟空因为三打白骨精遭到唐僧的误解，被逐出了教门。他
感到十分痛心，却又无可奈何。这时背景音乐响起了，我一边看
着孙悟空不舍得离去的镜头，一边听着这音乐，心头不由得也紧
了起来，感到唐僧太迂直了，白骨精太可恶了，恨不得进去伸张
正义。我看得太入戏了——一部作品不仅是作者与作品的交融，
也是观众（读者）与作品的交融。但没有办法，这就是生活。电
视剧里演的是神鬼，其实又都是人，是人的喜怒哀乐，是人性的
善恶美丑。除了主题曲《敢问路在何方》，剧中还有许多脍炙人
口的插曲。尤其那首《女儿情》，真是动听极了，也凄美极了。
它款款深情地唱着，把女儿国国王对唐僧的相思之情生动地表现
出来。而唐僧是一个木讷的人，丝毫不为所动。只是不知他是真
正修炼到缺少七情六欲的地步，还是为了自己的信念而把它们强
行压制下去。女国王本来就是一个凡俗世界的人，她对唐僧产生
了爱情，勇敢地去追求，却注定是不能实现的。有情人不能成为
眷属，我为之感到黯然神伤。小小年纪的我也被调动起了这种情
愫，它根植于人性的深处，因为这首插曲而萌发了。

　　四个主人公中，唐僧长相英俊，但他是一个虔诚的僧人，一
心只想着取回真经，心地善良，又显得有些迂直，甚至有些低
能，一切都要依靠他的徒弟特别是神通广大、大智大勇的孙悟空
和任劳任怨、勤勤恳恳的沙僧。我其实并不喜欢这个人物，觉得
他只是一种象征，这个取经事业需要以他为核心才能展开，但他
缺少我们普通人的性情，也没什么本事，遇到困境除了会念起
"阿弥陀佛！善哉善哉！"，什么都不会做。沙僧这个人物是最辛
苦的，一路上挑着那副沉重的担子，来什么敌人也能抵挡一阵，
却武功平平，起不了多大作用，相当于一个苦力的角色，因而我

对他的印象是一般化的。但他能够明辨是非，并能表达出自己的观点来，这又是我所喜欢的。

　　猪八戒这个人物其实是我最喜欢的，别看他长得最不像人，其实与我们人最为接近，最有我们人的特点。他没什么武功，同时又贪吃、贪色，很懒惰，胆子又小，打起仗来未接上几招就想溜之大吉。但他又不坏到底，在关键时刻也能站到正义一边。他身上的这些特点，我们普通人不都有吗？同时他很滑稽可爱，看上去呆头呆脑的，其实有一肚子的鬼点子，很会做出让人忍俊不禁的事情来。马德华的演技实在了得，把这么一个角色给演活了。追求风趣也是人身上的一种天性，一个古板的人是让人亲近不起来的，文艺作品中的人物也要风趣才能更好地吸引观众（读者）。

　　孙悟空这个人物无疑是最具魅力的，他与各种妖魔鬼怪打斗的镜头太精彩了，同时又能打出一种滑稽感来，让人看了感觉妙趣横生。他与那些妖魔鬼怪不但要斗勇，还要斗智，用自己的智慧去克敌制胜。他的身上还十分富有正义感，要战胜邪恶。而在他面前，各种的邪恶力量最后总是被降服，让人看了十分解气。

　　孙悟空要挑战世界的秩序，追求一种真正的逍遥自在，结果大闹天宫。我希望他的这种挑战能赢，不要被这种秩序统治着。玉皇大帝请如来佛祖前来救驾。如来跟他打个赌，说他如果能跳出其手掌就放他走。他跳上了如来的手掌，腾云驾雾一番来到一个奇怪的地方，看到了五根大柱。他以为自己早已飞出了手掌，沿着柱子绕了绕。我心里真为他着急，希望他能走出去，就差那么一步了。但他偏偏不懂得再迈出这最后的一步，还对着一根柱子撒了一泡尿。如来对他说你到哪里了。未等他明白过来，如来把手掌一翻，就把他压在了五行山下。我在心里也大叫了一声。

刚开始时孙悟空还能慢慢地掏动石块，我真希望他能快些出来。千里眼把这情况报告了如来。如来就把一张符篆贴在了五行山上，重新把孙悟空牢牢地压住了。他痛苦地大叫了一声，我心里也绝望了起来。一个个春夏秋冬过去了，他出来无望，只能被山压着，想起了当年在花果山当"齐天大圣"的快乐而又逍遥的日子，不由得流下了眼泪。我看得也心酸极了。

追求自由是人身上的一种天性，然而世界又是有秩序的，人间又是有秩序的，我们只能在这种秩序中去追求自由。

2020 年 6 月 23 日

寻觅

我在青少年时期，并不知道专业为何物，只知道要努力读书，考上一所学校才有出息，才能出人头地。父母经常对我们说要好好读书，要争取功名。这显然是封建科举时代遗留下来的话语，就是要考上功名。如今没有科举了，但考上一所学校后就能当上国家干部，吃上皇粮，在骨子里还是一回事。但以后要读什么专业，我却从未想过，也不需要去想，只需要刻苦读书就是了，晚上要"披灯作业"，早上要拿着语文课本坐在院子里高声朗诵。我心中有着一种朦朦胧胧的对未来的希冀。

到了中考，报考什么专业就摆在了面前。要报什么专业呢？我两眼一抹黑，就把招生目录拿起来看。我第一批报了南昌气象学校的气象专业，这个专业到底要学些什么也不知道，但天气预报总要看的，大概是学这一类的，考上以后可以跟天气打交道，觉得挺好奇的。我把希望寄托在这上面，但又不能十拿九稳，第二批还要慎重地报一所满意的学校以及专业，而且以我当时的成绩，更应该把目标放在这上面。于是我就报了在我们当地比较有名的福建交通学校，选择了道路桥梁专业。报好第一批和第二批后，其他的就随便凑数了，我基本上把目标锁定在这两所学校上。那时中专学校十分吃香，一个班级往往只能考上一两个，而且还很少是第一批的，高分的往往都去了第一批，而不是重点中学的高中。但阴错阳差的是，我又把连江一中放在了第一批的第二志愿。世界上的事情有时真是无巧不成书，我中考成绩出来了，比第一批的分数线低了一分半，南昌气象学校上不了了，本来接下来会稳稳当当地被福建交通学校录取，结果却被连江一中录取了。当时我被评为市"三好学生"，可以加分，但第一批的高中可以用，中专却不能用。要是我多考几分，就被南昌气象学校录取，去当一名气象员了；要是没有这"三好学生"，就被福建交通学校录取，背着测量器去到处测量公路了。但命运却偏偏给我安排了另外一条道路。

上高中后，到了高一下学期期末，就要面临着一个分科的选择，这其实也带有专业方向选择的性质，或者说是后来选择专业的一个序曲。我对理科其实是挺感兴趣的，曾经想要读理科，却遭到了父亲的极力反对。他是一个十分传统的人，在他们的眼里，读书就是为了"出仕"，要当上国家干部，吃上皇粮才有意义，否则跟没读书一样，读书做官对于他们来说似乎是天经地义的。他经常在外面打工，看到许多工厂都倒闭了，而读理科的出来后就是去工厂，就是这种命运。也不能说这种看法全无道理，他从自己的生活经验出发，认为国家干部最有地位，也最稳定，但也不完全有道理。是否当一个国家干部，还要看自己是否有兴趣，适不适合，否则充其量也只能在政府部门当个普通干部，混到退休，并没有多少的发展空间，更谈不上实现什么人生的抱负。倘若这也叫出息的话，也未免太廉价了。他认为读理科没有前途，也同样建立在自己生活经验的基础上，但这不一定就靠得住。后来恰恰颠倒了过来，一些理工科专业反而很好就业，而许多文科专业却备受冷落。我想读理科，但物理和化学的成绩不大好，尤其物理更是很一般，难一点的就理解不了，去读理科缺少优势。而历史、政治这些科目，更多的是靠死记硬背，只要肯用功，一般都能考好，从而考上一所比较理想的大学。同时，我对这些科目也是很有兴趣的。于是，我就选择了文科。

高考前填报志愿时，我第一批的第一志愿报了山东大学，报的都是财经类专业。那时赶上发展经济的大潮，财经类专业变得格外吃香。按照我们的理想蓝图，毕业后要进政府的经济部门，不但是官员，而且是财经官员，可谓要名望有名望，要利益有利益。高我们两届的县理科状元，考上了厦门大学的财经专业，我们都十分不解，理科考得这么好却不去读理工类专业，岂非一种巨大的人才浪费？听说他原先有想去读自己感兴趣的电子类专业，但最后出于现实的考量，觉得还是财经专业比较"实惠"。其实，很多人的想法都不外乎如此。高考前，我为了有一个更好的环境，到家在县城的一个亲戚那里住一段时间。他问我在报考专业上有什么打算，我说自己报了山东大学的财经类专业。他说现在人们报考专业主要看有没有"油水"，像这些财经类专业自然就很多人报，而像哲学这些专业就无人问津了。我听了觉得有些诧异，报专业还要看有没有"油水"，未免太庸俗了吧。但仔细想想，还不就是那么回事？我们报考专业不就是冲着这去的？其实我当时对财经类专业根本谈不上兴趣与否，甚至根本就不知道是怎么回事，只是人们认为这大有前途，自己就随大流了。

以我平时的成绩，我对第一志愿志在必得，但第二志愿也得填上，于是就报了云南大学。那年云南大学文科在福建招三名，分别是工商行政管理、汉语言文学和历史学专业，历史学专业我不予考虑，虽然我最喜欢的其实还是历史，剩下两个我都可以考虑，至于哪个排在前面，我也没有多想，随便把汉语言文学放在前面，工商行政管理放在后面。后来二哥到我学校来，把我填的志愿拿起来看了看，把两个专业的顺序对调了一下，我也由他去，反正只当凑个数。没想到这么一调，却改变了我的人生轨迹。那年高考我未能发挥好，没考上山东大学，却被云南大学的工商行政管理专业录取了。

后来我意识到，自己的一生被这个专业严重耽误了。在大学里它是一个新开设的专业，虽然很热门，我班上很多还是托关系进来的，但老师自己先前都未学过那些专业课程，都是现学现卖教给我们的，同时我对这专业也不感兴趣，可想而知四年下来我还能学到什么。终于混到毕业了，但此时国家已经不包分配了，同时那年又刚好遇上政府部门停招公务员，我即使找到门路也无法进对口的单位，除非回到老家连江，但我又想在福州工作。于是，我只能去找其他工作了。但我此时心中还有一种窃喜，可以不必去政府部门了——我读大学时观念已经发生了很大改变，并不喜欢走这条道路，而且也认识到自己并不是这个料。我开始喜欢读书做学问了，很想进一所学校。而我父亲此时又开始把他的生活经验搬出来了，认为我又不是师范专业的，怎么去学校？他根本不知道大中专院校需要的是各种专业的毕业生，师范院校的那些专业其实是很少需要的。可见人们的生活经验其实是很有限的，不能轻易地据此对许多问题做出判断。但无奈那年停招公务员，他让我去政府部门的愿望无法实现了，我最后去了一所中专学校。我在这个单位工作了二十年，虽然在事业上无所作为，却可以利用这种环境读书治学，从事社会科学的研究。虽然后来由于实在看不到出路而辞职了，但我在这里也得到了很多东西，在有一份稳定收入的同时，读了很多书，发表了很多学术论文。

我现在成了一个自由职业者。我上大学时就对文学产生了浓厚兴趣，无奈作品一直发表不了，于是大四时就转到社会科学上来，在这个领域整整摸索了二十年。后来由于打不开局面又放弃了学术研究，重新拾起年轻时的爱好，又开始从事文学写作。在自己的努力下，也在热心人的提携下，我开始发表作品了，并加入了作家协会，慢慢打开了局面，虽然还路漫漫其修远兮，但至少已经看到了希望，可以沿着这条路一直走下去了。我终于找到了最适合自己做的事情，也是自己最喜欢做的事情。但写作不能作为谋生的手段，否则就要去迎合市场的需求，很难写出自己真正想写的作品。为了能够更好地写作，我还得通过其他渠道取得收入，于是就去打工，以工养文。

我变来变去，终于找到了最适合自己的状态。我的年纪也大了，打算今后就这样一直走下去，变不了，也不想变了。

2020 年 6 月 25 日

纽约漫笔

乡　音

　　去年，我在纽约生活了很长一段时间，接触到当地的许多华人华侨，深深地感受到了，他们虽然已经离开了祖国，但身上流淌的仍然是炎黄子孙的血，对祖国仍然有着一种无法割舍的浓浓情怀。尤其从他们所习惯使用的母语以及纯正的乡音中，更能直接和感性地认识到他们对祖国和家乡的这种情怀：我们不管身在何处，都不会忘记自己是一个中国人，都不会忘记自己的根是在中国的。

　　在纽约期间，我住在布鲁克林的"八大道"。那里是华人聚居的地方，尤其福州人特别多，街边有以"东街口"作为店名的，有卖鱼丸肉燕的，还有卖"麦芽糖"和连江"马耳朵"的，这些都是我们福州十分熟悉的地名和美食，乍一看还以为又回到了福州。在我们福州，由于普通话越来越普及，人们已经很少讲福州话了，我们越来越听不到地道的福州话了，没想到到了美国之后，我却在这里听到了十分地道的福州话。这些福州乡亲个个都操着一口纯正的福州话，彼此之间很少有用普通话进行交流的，甚至许多我们已经不大会讲的俚言俚语他们也能张口就来，我们已经不大讲得出来的老腔老调他们也能很自然地讲出来。他们大都从农村出来，为了过上更好的生活而移民到地球的那一边，文化程度相对较低，传统和地方性的东西就保留得较多，受普通话的影响也较小，因而就很习惯讲家乡的方言，并且讲得十分地道。同时，他们身在异国他乡，见到老乡用家乡话交流就显得更为亲切，讲起家乡话来可以减少些许思乡之苦，乡音已经成为他们的一种精神寄托。

布鲁克林还有一个华人聚居的地方是"U大道"，不同于八大道，那里的华人主要是广东人。我也经常去那一带，接触了一些来自广东的老华侨。其中一个祖籍广东台山，那里是全国华侨最多的地方，据说在海外的比在国内的还要多。晚清时期很多被卖到美国西部修铁路和淘金矿的"猪仔"，就是从这里出发的。这些华侨在美国取得身份后又申请自己的亲属移民出去，因而那地方就有越来越多的华侨。但1949年后，这一渠道基本上中断了。这个华侨也有亲属在美国，但二十五岁以前只能留在国内当农民。1978年我们的对外政策开始松动以后，他很快就申请移民出去了，至今已经四十多年，可以讲一口地道的英语，早已融入了当地的生活。但我在跟他接触的过程中，发现他中文也讲得很习惯，平时看的写的也都是中文，只有需要用到英文时才使用英文。他还让自己的三个子女去上中文培训班，让他们也学会中文，更多地了解祖国的文化。

还有一个祖籍广东潮汕，其父亲是抗日战争时期的一个国民党军官，抗战胜利后内战紧接着又开始了，他不想中国人打中国人，就退役来到了越南（以前两广一带的人很多去越南），南越一带。1976年，北越统一了南越，他又举家离开了越南，先来到马来西亚，不久后又来到美国，在美国定居了下来。这个华侨会讲潮汕话、广东话和越南话，当然到美国后也学会了英文，但他中文也讲得十分地道，跟中国人在一起都讲中文。他的房子重新

255

进行翻新，有一次我问他完工后有没有准备办酒席请亲戚朋友。他起先听不懂，经我解释后明白过来了，说哦，那叫宴会。又有一次我问怎么都没看见您的太太。他说我的太太已经往生了。可见比起我们，他们的中文显得更为"纯正"，更为地道。他父亲当年很重视对他进行祖国语言的教育，他也让自己的子女学习中文。他平时很关注我们国家的动态，观点很接近我们国内的一些主流观点。

这两个华侨都处于普通的社会阶层，而不是什么社会名流，不像我们平常所看到的爱国华侨回到祖国大手笔地捐款或者投资兴业之类。但人们对于祖国的情感是不仅仅体现在财富上的。我可以看出他们十分关心祖国的发展，对当时香港的局势就很关心，都希望香港社会能够尽快安定下来。尤其值得一提的是，他们是对祖国的语言和文化都十分重视，不仅自己如此，也让自己的子女如此，不要忘记自己的根在哪里。他们都对祖国语言和文化有一种深厚情感，而这种情感又是爱国主义中最具生命力的部分。

快要回国时，我想买点东西带回去送给亲友。美国有一家很大的连锁商场叫"Costco"，八大道附近有一家，但它实行的是会员制，要有会员卡才可以购物。人们告诉我在里面可以找一个中国人，把卡借过来用一用。在一个天气晴好的周末，我就去那里购物了。里面的商品堆积如山，可谓应有尽有，价格也很实惠，顾客摩肩接踵的，不时都有华人面孔的身影从眼前闪过。我挑选好东西后，推着购物车去结账。在一个队列那里，我很快就找到了一对华人母子，母亲五十出头，儿子有二十来岁，我排在了他们后面，准备向他们借卡。但我又不能确定他们就是中国人，因为在美国，日本人或韩国人看起来也跟中国人一模一样，要是不开口讲话，并不知道他们是哪国人，我就有过一次把韩国人认作中国人的"误会"。于是我试探性地问一句："No Chinese？"我刚说完，那母亲就说："说吧!"哦，原来是中国人，是我们的同胞。听了我的用意后，他们爽快地答应了，并且还很热情地指导我怎么结账，为我解决因为人生地不熟而带来的难题。我问他们是哪里人。他们说是广州人，移民到了美国。

广东人通常给人们的印象就是普通话说得很不利索，带着一口浓重的广东腔，但这对母子普通话却说得十分地道，听不出有广东的口音。在遥远的异国他乡，我就在这地道的母语和浓浓的乡情中，愉快地结束了这次购物，准备启程回国了。

汉　字

在海外华人聚居的地方，一直都通行着汉字。人们漂洋过海来到海外，总要找华人多的地方才可以更好地落脚，才可以更好地交流乡情，于是这些地方慢慢就形成了一个华人的群落。人们在外面扎根了，同时也把祖国的文化以及语言文字带到了外面，因而在海外的唐人街，满眼都是汉字的招牌。而且在海外，传统的文化得以更多地保留下来，汉字也都还是繁体字。

纽约的华人社区也不例外，也通行着繁体字，在街上一路逛过去，满眼都是繁体字的招牌，比起国内的店名更显得"文绉绉"的，大都是黄底红字或红底黄字。最早移民到美国的中国人，是从19世纪中叶开始陆续被卖到美国中西部修铁路和淘金矿的广东"猪仔"，他们在美国取得身份后又不断地把自己的亲属移民出去，所以最早的美国华人主要是广东人。因此，纽约华人社区的汉语汉字在很大程度上都打上了广东人的烙印。

在街头随处可见卖各种建筑和装修材料的五金店，上面都写着"五金水喉店"。我起初不知"水喉"为何意，但也知道想必与建筑和装修有关。后来问起一个广东的朋友，他说水喉在我们广东话里就是水管的意思。哦，我明白了，又学会了一个汉语"生词"。但我们国内都不这么叫，而叫水管。仔细一琢磨，两者还是有着不同意味的：水管，输水的管道也，显得一般化和学名化；而水喉，水经过的喉咙也，这就形象生动起来了，而不是那么干巴巴的。

许多餐馆的招牌以及橱窗上，都会写着"游水海鲜"四个字，我不需要去问广东人，自己琢磨一番便知道了，就是所谓的活海鲜。在国内我们都管它们叫"生猛海鲜"，但在纽约它们却转身一变，变成了"游水海鲜"。这也是十分耐人寻味的：生猛海鲜是20世纪80年代后流行起来的一种说法，给人的感觉就是先富起来的一些土豪所过的那种奢侈生活，要吃就要吃那种还会活蹦乱跳的海鲜，其价格不菲，却十分生猛，就跟这些人一样。其实这些来自海洋的动物未必就生猛，那些软绵绵的软体动物亦被归入这一范畴，它更多只是反映一种暴发户的心态罢了——他们的荷包鼓起来了，却没有同时变得文明起来。三代才能培养出一个贵族，文明素质的养成不是一朝一夕的事情，这从社会上流行的"生猛海鲜"一词就可以看出来。而"游水海鲜"就不同了，它是海外华人从国内带出去的，又一直沿用至今，这充分说明了其生命力。它把海鲜形象生动地表现出来了，又保持着我们汉语对一种意境的追求，将"生猛海鲜"与之放在一起，顿时高下立判：一个是有着很高的文化修养，彬彬有礼的君子，一个是没有多少文化，只会炫耀和挥霍金钱的暴发户。

有一天，我在"八大道"附近闲逛，看见一家店的店名写得很是怪异，叫"鸡栏"。我不得其解，但我又是一个对外界事物十分好奇的人：怎么会有这种名称呢？它到底跟鸡有啥关系？是卖鸡的还是养鸡的？于是我就驻足观看了一番：店里摆着一个个的笼子，每个笼子都关着很多只鸡，一看就知道是卖鸡的地方，原来就是我们国内经常见到的活禽店。这也是一句广东话，虽然与活禽店是同一个意思，但"鸡栏"无疑显得更有意味，也更具有传统的乡土色彩，而"活禽店"就显得过于平淡乏味了。文字除了要表情达意之外，还要讲究修辞，要让人从中感受到一种语言的美，一种特别的意味。我为这个"鸡栏"叫好！在城市里一般不允许随便开这种宰杀活禽的店，一般都要开在人流量不大的偏僻地方。我那天也是都逛到这一带的外围才发现了这个"鸡栏"，后来在其他地方也偶有遇到。

　　我不由得又想到了建筑工地上一种常见的机械，它在我们大陆叫挖掘机，是按其功能叫的，我们久而久之都叫习惯了。而在台湾地区，它不叫挖掘机，而叫"怪手"，十分的形象生动，既把其怪异的形状表现出来了，又能很好地形容其功能——它像人的手一样可以干活，却从不会叫苦叫累，可以干很多的活，人的手与之是不可比拟的，所以是一只神奇的"怪手"。平心而论，它是高出"挖掘机"一筹的。自2005年那次国民党主席连战率团访问大陆的破冰之旅后，两岸之间的交流日益密切起来，一些台湾政界要人在各种讲坛上发表演讲，他们带进来的一些新鲜词语也广为人知，譬如"选项""愿景"等，在社会上日益变得流行起来，不久就成为我们的正式用语。这是一个可喜的现象，一方面可以丰富我们的词汇，使其变得更加生动活泼，更加人性化，而不是越来越单一化，越来越标准化，越来越机器化；另一方面也有利于增进彼此之间的交流以及认同。有更多的地方语言在相互交流中变成共同的语言，人们就会产生更多的认同感和向心力。在这个过程中，有生命力的地方语言自然会变成共同的语言，只要我们不去人为地阻碍这个过程。

随着国门的打开，中外之间的交往会越来越频繁，越来越密切，其中也包括我们与海外华人之间的交往。我相信或者说希望，纽约街头流行的这些汉字有一天也会回到我们的祖国大地，给我们带来更多鲜活的词汇，给我们的语言注入更多的生机和活力，同时也增强海外华人对祖国文化的认同感和归属感。

洋　人

纽约布鲁克林的"U 大道"外面一些就是大海了。有一天傍晚，我坐友人的车出来，在一个快到海边的地方叫他们放我下来，让他们先回去，我自己去海边逛逛，然后再乘坐地铁回去。

马路边有一个狭长的水域，停着许多游艇，还有一些海鸥静静地蹲在木桩上，可以看出这里离大海已经不远了。我过了一座木桥，遇到一个年轻的白人，就向他问路。他彬彬有礼地停了下来。我说去海滩怎么走，他用手往前指了指，叫我顺着这个方向往外走。我顺着他指的方向，不久就来到了海边。这里是一个小小的海湾，一个月牙形的沙滩静静地躺在水边，海水十分的清澈，现在是傍晚时分，已经变成深色了。对面是长长的一望不到头的陆地，从方位上判断，应该是所谓的长岛了，但又不能十分确定。这时候有一中年白人穿着泳裤走过来准备下水游泳，我就指着对面问他说是不是"Long Island"，他很友善地点着头说"Yes"。美国东部都是平原地带，海边很少有山丘和岬角，大都沿着大西洋笔直地连贯过去，这长岛湾也是如此，对面是长条形的长岛，这边是布鲁克林，中间隔着一道长长的海湾，一切都显得那么工整，那么干净利落。在苍茫的暮色中，长岛湾显得十分

260

平静、辽阔。

在边上不远的地方，有一群人正在聚会，其中有几个大人，其余的都是青少年。他们的物品摆在公园的一个长桌上，人沿着桌子站着，气氛十分的欢快活泼，个个都有说有笑的，却没有一个人在高声喧哗。在这景色宜人的海边，我本想再继续逗留下去，但时候不早了，怕天黑后找不到路，就回去了。经过人群那边时，我发现他们在桌子上摆着各式各样的食物，地上却没有一点垃圾——他们都很自觉地收好自己的垃圾，丢到附近的垃圾桶去了。

我又回到了木桥那里，但这时去地铁站就不像去海边那么容易判断方位了，我只能一路询问过去。我看见一个略微发胖的中年白人走了过来，就上前问路。他似乎正在沉思什么，被我的声音惊吓了起来，但反应过来后就停下来和颜悦色地听我讲。他听明白我的问题后，很详细地对我说，地铁站比较难走，要拐几个弯，到前面一个路口先向右拐，走一段后再去问一下别人。他怕我没有听懂，又很耐心地重复了一遍，然后拍拍我的肩膀，十分友好地说："Understand?"（明白吗?）我点了点头，并向他道谢，他也笑容可掬地和我道别。我顺着他指的方向往前走，从那个路口拐过去，到下一个路口时，又向一个中年妇女打听。她不像许多美国妇女那样身材壮硕，而是有着很姣好的身材，一脸的和气。她很耐心地对我说，往前直走，到第二个路口时再往左拐，不远就到了。她刚好也要往前方走，怕我不会走，就在后面跟随着，到一个路口时，提示我说再往前走，再到一个路口时，又叫我往左拐。我往左边一看，地铁站果然就在前面不远处。我"哦"了一声，心怀感激地回头看了她一眼，她也微笑着对我点了点头，又继续走她的路了。

我从他们的身上，看到的是对问路的陌生人不但要帮，还要热情、耐心地帮，帮人要帮到底。谁都有这样的时候，让别人顺利地走到目的地，自己又何尝不是开心的呢。从他们的身上，我丝毫看不出对外来人的一种冷漠和排斥，而是完全当作了朋友和邻居，我遇到他们就像走在家乡的土地上遇到熟悉的兄弟姐妹那样，十分的和蔼可亲。洋人洋人，我更多的是看到"人"而不是"洋"，他们与我们其实都是一样的，在内心深处都愿意与人友善相处，也都希望这个社会变得有秩序起来。我们固然有着不同的肤色、不同的文化和不同的祖国，但我们又都是人，都有着共同的人性，都是大地上的同胞。我们只有更多地互相以同胞视之，才会少一分摩擦，多一分和谐。

2020 年 9 月 16 日

乡
土

云居山·望夫塔

在我的家乡连江，有一座很有历史也很有名气的山叫云居山。此山出名并非因为风光有多么秀丽，而因为它处在两条大江入海的交界处，一边是闽江口，一边是敖江的下游即岱江。山的前方是蜿蜒曲折的海岸线以及茫茫无际的大海，后边是连绵起伏的群山以及县城周边的平原地带。在这江海交汇处的地方，它的海拔是最高的，显得十分突兀，站在山巅上视野极其开阔，县城以及各处的村庄都一览无遗，岱江像一条长长的银练从它的脚下缓缓流过，周边远近高低的小山就像卫兵似的拱卫着它。前方海面上白茫茫的，浓密的云朵在不停地交织和变幻着。当天气晴好的时候，可以清晰地看见远方一个个的岛屿，在洁白的海面上散发出璀璨的光彩，宛如一颗颗的宝石，那就是著名的马祖列岛。山高可以望远，又离海边不远，因此它又是一个观看日出的绝佳去处。人们为了一睹壮观的日出美景，半夜三更就远道而来，甚至前一天晚上就到山上过夜。

自然条件的得天独厚，再加之历史的长期积淀，这座山就闻名遐迩了，人们纷纷慕名前来。山上有两座寺庙，我们当地人分别叫"上庵寺"和"下庵寺"，至于其本名为何倒很少人知晓了。上庵寺在山顶的位置，名气比位于山麓的下庵寺大，香火也更为旺盛。人们大都来这里进香，祈求平安富贵、人丁兴旺诸如之类的心愿，但同时也不乏前来欣赏自然风光，尤其是登高望远的成分。以前在人们的生活字典中是没有"旅游"二字可言的，人们不会特意出门去哪里旅游，既无这份精力，亦无这份财力，甚至都缺少这种概念，但每年的登高却是要去的。重阳节原本为老人节，是一个尊老敬老的传统节日，但在我们那一带却完全衍变成了登高的节日，人们到了这天都要扶老携幼去攀登附近一座富有名气的高山，为了图个人生的红运，生活可以芝麻开花节节高。同时，登上高山后可以使人变得神清气爽、心胸开阔起来，对人生就会产生一种更深的思索，人生目标也会变得更加清晰起来，变得更有进取心了。当然，人们还可以借助这个机会，在这个秋高气爽的时节去名山大川欣赏一番自然的美景。旅游在家乡老一辈人的口中就叫"看景致"——以前人们也不是没有这种兴致的，这是一种内在的需求，只是由于条件所限而难以实现罢了。

由于一年中只有一次登高的机会，人们的兴致都很高，只要没有放不下的事情大都会去，并且还要带上些吃的，不但要饱览一路上的美景，还要边走边吃点零食，满足自己的口腹之欲。我父亲是埋头苦干的人，在我印象中他从无闲情逸致去欣赏什么风景，但有一年的登高他居然带上哥哥姐姐们去登云居山，还带上了一袋炒花生以及一桶酒。那时我还小，没被带去，也不知道有这件事情，但可以想象那天他们在山上过得多么逍遥和尽兴，享受着一种多么美妙的天伦之乐。

我小的时候，每年登高这天云居山都是游人如织、摩肩接踵的，同时游人多了，卖东西的也多了，在要道的两边摆满了各种摊子，吃的喝的应有尽有，各种时令水果琳琅满目，还有人在一口很大的平底锅上吱啦吱啦地煎着"煎包"。我印象最深的是那种火红的柿子，这时它们已经熟透了，又大又红，在秋日的阳光下显得晶莹剔透的，看上去极其的诱人。但这天由于需求过旺，同时货物还要从山下搬运到山上，十分的不易，因而东西就卖得特别昂贵，我们更多的只能看着眼馋而已。

登高途中人们一般都会顺道走进上庵寺。这天寺里人声鼎沸的，香客络绎不绝。有一年大哥带我们几个去登高，这寺院中的一口水井倒扣着一只塑料桶，人们把硬币往上投，不掉入水中就说明会交上好运，投中越多就会越走运。寺庙这些地方为了满足人们的这种心理，总会想出各种"奇招"，从而得到一笔"经济收入"。大哥也上前投，看看能否投出自己的好运气。这其实与人们平时干活的手感很有关系，而他平时很勤快，很会做事情，手感很好，把手慢慢地放到上面，然后轻轻地放开，硬币就不容易弹飞了，因此十有八九都能留在桶底上，看得旁边的一个年轻人直咋舌。别人不懂得如何讲究，结果硬币大都掉进井底。做什么都有窍门，都有一个手感即熟能生巧的问题。当然今天多投中了，就会笑得合不拢嘴的，满脸都是喜悦，但过后也不会把这看得太重，该咋过的还咋过，未能心想事成也不必挂怀，因为这到底只是一种美好的愿望罢了，生活和事业是好是赖还得"七分靠打拼，三分靠运气"。

说到云居山的登高，就不能不说到山上的一座石塔了。它叫普光塔，年代已经十分久远，在远近都十分闻名，本身也确有许多奇特之处。这塔首先奇特在它建于云居山的山巅之上，是整座山的最高处，登高那天人们从远近赶来最后的目的地就在这里。能从人山人海中爬上塔顶登高望远，更是会给自己带来一身的好运，因而"去爬塔"也变成了"去登高"的同义语。

小小的塔身岂能容下蜂拥而至的游人，因而便只有那些年轻力壮的后生可以挤上去了。上去后都要燃放一挂鞭炮，噼里啪啦地响个不停，其寓意也无非为了祈求人生的走运。我们小孩上不去，只能在下面找个地方待着。那次大哥也奋力挤上去了，我们在下面等了好久，才看见他下来了。他挤得汗流浃背，却带着一副容光焕发、志得意满的样子。好在塔内的通道过于狭窄，人们只能缓慢地挪动，因而也不会发生踩踏事故。在山上燃放鞭炮固然会增加节日的气氛，给人们来带来一种生活的企盼，但同时也会带来山林火灾的隐患。在我印象中，几乎每年登高这天山上都要发生大大小小的山火。好在这天人多力量大，可以及时地把山火扑灭，不至于酿成大祸。据说这里曾经是一个山高林密、野兽出没的地方，但后来由于人为的砍伐，更由于很多人来这里燃放鞭炮，因而经常发生山火，使树木变得十分稀少，山上显得光秃秃的。

这塔由于年久失修，有一段时期都关闭了。但登高这天必须开放，以满足人们的需求。后来政府投入一笔资金把它修牢，就不再限制了。我原先人小，只有登高这天才能跟随大人到山上来，但塔却上不去，只能在下面仰望着，上面是什么情形也只能在心里好奇着。后来长大了，可以自己到山上来了，并且这时塔也不再关闭起来，我终于可以顺着狭窄而陡峭的石阶爬上这座仰慕已久的古塔。我通常不在登高这天去人挤人，而选择平常的日子上去。这时山上少有游人，自个儿悠闲地坐在塔顶上，静静地欣赏着周围的风景。上面没有任何东西挡住自己的视线，周围的景物可以三百六十度地尽收眼底：连绵不尽的黛色的群山，浩瀚无边、气象万千的大海，顿时令人感到一种眼界的高远和心胸的开阔。

古代没有避雷针，人们从经验中得出，要在山巅上建塔就不能建那种砖木结构的塔。同时这里又是江海交汇的地方，山风异常强劲，到了台风季节更是狂风大作，似要地动山摇起来，因而这塔只能建成石塔，全是用一块块巨大的方形石头垒起来的。塔是八面形的，第一层前后左右各设一道门，其余四面在外墙各有一个塔神浮雕。第一层和第二层原先都塔檐，但很多地方都塌断了，后来修复时用钢筋混凝土补了上去。有了这飞檐斗拱，石塔在不失厚重的同时，又增添了一份灵动。

这塔还奇特在它只有两层，缺少上面的部分。何以如此，在我们当地流传着一个传说。据说古代有一个女子，丈夫漂洋过海去了海外，一去就是多年。她无比思念自己的爱人，就出资在这里修建了一座石塔。塔建成后她每天在上面眺望着远处的海面，看自己的爱人是否回来了。又多少年过去了，她丈夫终于坐着船回来了。但他看到山上有一座塔，而当初离开时并没有塔，便以为走错了地方，于是又掉转船头离开了。这时海上突然刮起了大风，他的船就沉没了。这女子眼巴巴地望着自己朝思暮想，此时就要归来与自己团聚的爱人又离开并且葬身海底，顿时悲伤欲绝起来。这时天地也为之变色，一阵狂风把塔上面一截连同她一块儿吹走了，消失得无影无踪，只留下现在看到的这两层。因为这则凄美动人的传说，这塔也被叫作"望夫塔"。这个传说在我们乡间广为流传，可谓妇孺皆知，以至人们只知道这塔叫望夫塔，而它的"学名"普光塔却不大有人知道了。

传说毕竟是传说，这塔其实是一座未建完的塔，以前人们在它的周围还见到过用于建塔却未曾用上的巨大石块。至于为何没有建完，是设计上出了问题，财力上难以为继了，还是别的什么原因，我未曾深究，也暂且不论了，现在要继续从这望夫塔的传说说下去。

我们连江一带依山傍海，海岸线的长度据说在全国是数一数二的。靠山吃山，靠海吃海，人们沿海而居，就必然向海而生，因此出海打鱼之类的活计就成了一个平常的谋生之道。海里的物产很丰富，收获的海产不但可以用于自家食用，还可以拿到市场上出售，取得经济上的收入，可以向海里讨生活，因而人们出海就叫作"讨海"。同时，海外面还有异邦，通过海上这一通道可以实现彼此的互联互通，这不仅是一种贸易上的往来，也是一种文化上的往来。我们沿海一带很早就存在一条发达的海上丝绸之路，即使实行海禁的年代，它也不曾完全断绝，只是比正常年代萧条了许多。定海一带的海域就是古代很多商船沉没的地方，政府曾经多次组织海底考古队进行打捞，打捞起大批珍贵、精美的瓷器。

然而，海上的状况又是变幻莫测、异常凶险的，在古代由于缺少现代的气象知识，人们出海后经常会遇到狂风巨浪而翻船，同时也没有声呐设备，经常会碰上海底的暗礁而触礁沉没。人们出海，从某种意义上说要拿上自己的性命去搏击的。为了祈求能够平安归来，海神妈祖的信仰在我们沿海一带就变得十分流行。望夫塔的传说恐怕也与此有关吧。在我们以大团圆为特征的乐感文化中，这种悲剧性结局的传说恐怕也是不多见的。这反映了我们这一带的现实——大海是如此的博大，如此的富饶，同时又是如此的变幻莫测，如此的暗含玄机，我们人类还是多一点敬畏之心吧。

但大海再凶险，也挡不住人们对机会以及财富的追求，也挡不住人们对外面世界的向往。人们悲伤过后又开始上路，又开始扬帆起航，向大海的深处进发了。只要站在山巅之上往海上眺望，看到极目之处的海平线时，心中就会油然产生一种对远方的向往，就会产生一种去远方的冲动。我之所以从小就很想去外地，高考填报志愿时都填上遥远的外省，后来又很想去国外闯荡一番，也许跟我从小就经常登临这座云居山，爬上这座望夫塔很有关系吧。

我们连江是一个著名的侨乡，很早就有人出去闯荡世界了。古代由于缺少相应的交通技术条件，无法抵达欧美等遥远的地方，人们一般都是去南洋这一带，所以我们当地有一句俗语是"走南洋"，其意为一个人在外面发大财了，这隐含着到外面可以寻找到更多机会的意思。早年去海外发展，后来衣锦还乡、荣归故里的人就叫作"南洋客"。人到海外了，但不会忘记自己的根还在这里，以后有机会还会回来。回来时还会带回许多财富，反哺于家乡。这财富对家乡来说也是十分需要的，尤其在困难时期作用就更大了。它还是一种观念上的，即人们带回了许多新鲜的观念、新鲜的事物，开阔了家乡人的眼界，更新了家乡人的观念，从而使我们的社会变得更加充满活力，更加生生不息。在改革开放时期，许多事业有成的华侨纷纷回来投资兴业，他们不仅带回了大量的资本和先进的技术，也带回了许多先进的管理经验和经营理念，而后者有时比前者更为重要。正是有了广大华侨的积极参与，我们的经济快速发展了起来，极大改变了我们的社会面貌。因此，政府一向都十分重视打好这张"侨牌"，借助广大华侨的力量发展我们的经济以及其他事业。

正因为我们沿海而居、向海而生，对外界充满了向往，与外界保持着密切的沟通和交流，我们的观念一直是比较新潮的，思想一直是比较开放的。在1911年的黄花岗起义中，牺牲的七十二位烈士有十位就是我们连江籍的，在中华民族追求自由、民主、进步的伟大历史进程中，我们连江儿女也积极地参与其中，与有力焉，也与有荣焉。在后来的改革开放过程中，我们连江籍人士又涌现出了两位重要人物，他们分别是林涧青和林子力。林洞青曾任中共中央书记处研究室副主任，参与了党中央许多重要文件的起草。林子力是改革开放早期一位著名的经济学家，他于20世纪80年代初在计划经济与市场调节的关系问题上提出了一种比较彻底的市场取向观点，即商品经济的观点。后来我们确立了建立社会主义市场经济的改革目标模式，实践证明林子力的这种观点是正确的。由此可见他当时思想的解放程度，以及一种敢为天下先的可贵精神。

好一座云居山，好一座望夫塔呵！

2020 年 1 月 6 日

祖父

　　我出世的时候，祖父早已长眠于地下，我从未见过他，他也未留下任何一张相片，甚至连一张遗像都没有。我除了跟他存在一种血缘关系之外，他在我的生命中其实是一个空白。但我依然要写到他，这主要并非出于对祖上的一种敬意，而因为他的确是一个值得书写的人物。

　　祖父的父亲即我的曾祖父是一个乡下的普通农民，年纪很大了才从邻村娶回一个比他小十二岁的女子为妻。就像许多人娶了妻子会旺夫一样，他成家后家境也开始兴旺起来，接连生下了四个儿子。祖父是其中最小的一个，所以叫"依细"（"细"在我们的方言中是"小"的意思）。而我们那一带在村子南部的边上，所以叫南边，祖父后来成为村里的一条好汉，名声变得很大，因而人们都叫他"南边细"，至于本名倒很少人知道了。生到他时，他父亲已经上了年纪，没几年就过世了。以前生活贫困，房子十分紧张，他们兄弟一人只能分到一两间房。长兄想谋取他名下的两间房，他才十岁出头就把他带到云居山抬石头，下坡时故意让他走在前面，把重心都往他身上压，想通过这种方式把他害死。在这千钧重压之下，他承受不住，鲜血大口地吐了出来。好在他命硬，又活下来了。曾祖母知道后对长子痛骂不已，从此跟祖父单独过起日子，对他严加保护起来，终于将他养大成人。对于传统社会，人们容易想到那是一个田园牧歌式的温情脉脉的农耕宗法社会，兄友弟恭，彼此相亲相爱，但这只是其中的一面，还有十分残忍的一面我们往往看不到，或者不愿意看到。为了两间房，哪怕亲兄弟都可以谋害，而且这种现象并非多么离奇。

以前那种社会，固然像通常所说的人们温良恭俭让，实行礼尚往来，但同时也是一个缺乏司法公正的社会。人们要进官府打官司，就要钱走在前面，所以我们那里流行着一句古语："有理没理，没钱先死。"（在我们的方言中死和理的发音相似，放在一起倒也显得合辙押韵）即便如此，人们也很少有机会进官府，因而许多纠纷只能靠一种民间伦理来解决。要是这也解决不了，就只有通过武力来解决了，看谁的拳头更硬。在同一个村落的熟人社会中，人们长期在一起生活，这种民间伦理能够更多地起到作用，而要是出门到一个陌生的地方，它就不大起作用了，这时候更多地要靠武力来解决。人们出门做事，跟陌生人往往一碰到一块就打起来。人们为了保护自己，往往都要学点武艺。祖父长得很壮实，也学有一身好武艺。

他有一次去东岱村买东西。那是一个比较繁华的村镇，在敖江边上，离出海口也不远，因而集市贸易十分发达，我们村的人要经常去那里。但一旦繁华人员就杂了，他那天不知何故与几个当地人起了冲突，眼看就要开仗了。在村里对方人多势众，自己显然会吃亏，于是他就巧妙地把对方三人引出了村子。到了一个水塘边，他放下担子，其中一个冲了上来，被他一把牵住，奋力扔进了水塘。那人爬上岸后，又气冲冲地扑上来，又被他扔了下去。他们见状，知道这可不是一个等闲之辈，就不敢再上前了。这场恶仗他也被打掉了两颗门牙，却创下了一人勇敌三人的传奇。

后来那个被祖父扔进水塘的人到我们村里治伤，他要找的一个远近闻名的伤科大夫就住在我们家附近。那天祖父正坐在路口的一丛竹子下乘凉，那人走过来问路。他看见祖父被打掉的门牙，顿时认了出来。真是冤家路窄，那人吓得魂飞魄散，从前面那条石阶路飞奔而下。其实又何必呢？以祖父那种性格，一定会相逢一笑泯恩仇的。人在江湖上行走，哪能没有磕磕碰碰和打打斗斗的呢？

祖父有一身的好武艺，却从未欺负过人，相反还经常匡扶正义、保护弱小。他的一个侄子（就是他那个曾经想谋取他家产的长兄的儿子）有一次因为什么事情被人抓走了。那人的家在离我们这边不远的南沃那边，为人比较凶恶，把人绑在自己家里要进行毒打。他闻讯后提着一把杀猪刀赶了过去。那人看他这阵势，知道打起来根本不是对手，就赶紧把人放了。

他非但不欺负弱小，还很仁义，经常扶危济困，为人主持公道、调解纠纷。南沃那边还有一个人有时跟他一起出去跑生意，却是个鸦片鬼，吸得几近倾家荡产。有一年的年关，他家里揭不开锅了，人们忙着过年，而他们夫妻俩有气无力地躺在床上，没吃没喝的。祖父自己日子也过得紧巴巴的，知道后却买了两斤肉，又装了几升米送到他家，让他们也好好过个年。我母亲也是本村的，她小时候在村外的路上曾经见过祖父。那天两个妇女因为什么事吵得不可开交，这时祖父刚好经过这里。母亲印象深刻的是祖父光着膀子，宽阔的背部呈倒梯形状，像一个酒瓮，肌肉十分发达，一看就知道是一把好身手。她看见他边走边不停地对吵架的妇女和蔼地劝说着："嫂啊，莫多话！嫂啊，莫多话！"这一幕她几十年后仍然记忆犹新。她那时当然不知道自己后来会嫁给他的三儿子，成为这位仁义长者的儿媳妇。

祖父目不识丁，却十分的明理，也十分的善解人意。大伯母嫁过来后，便一直受到祖母的虐待。这种现象在传统社会并不罕见，自己当媳妇时要受婆婆的虐待，等到自己也当上婆婆了，就开始以同样的方式对待自己的媳妇，所有才说"多年的媳妇熬成婆"。父亲生前我曾经问过他，听说大伯母以前被您母亲虐待得很厉害，您母亲人是不是特别坏？他不经意地说，我母亲哪里特别坏？以前的婆婆都这样，哪像现在，婆婆还要反过来被媳妇虐待。虽然这种现象并不罕见，但祖母又确实相对比较刁蛮，在我们南边被公认为三个坏婆婆之一。有一次都大年三十了，她还叫大伯母上山割柴草。有时大伯母多去娘家几天，回来后就要被她骂个不休。但祖父却经常保护大伯母。有一次她又多去了娘家几天。她的娘家在海边的定安村，她这次从海里拾了一篓蛏回来。但她还未踏进家门，就被祖母骂开了，蛏还被倒在了地上。大伯母满心委屈地站在那里，带回蛏不被领情不说，还无端地被骂个不休。祖父见状，就对刚会走路的小叔叔说，蛏不小心倒在了地上，快把它们捡起来。然后就和他一起捡了起来，把一件事情平息过去了。他平时与祖母相敬如宾，但有一次看见她又对大伯母无理取闹起来，就一拳头砸在她的手臂上，让她收敛一些。大伯母心地善良，有一次怀孕了，看见家中没什么吃的，仍然只把锅里上面最稀的部分舀去吃，而把下面稠的留给小叔子们吃。祖父见后心疼地说，××嫂（以前我们那里公公叫儿媳妇也叫嫂）啊，你每次都把稠的留给小的吃，自己还吃个什么呀？对于他的这种善解人意，大伯母始终记在心上，几十年后对我讲起这些陈年往事时，仍然十分感慨，说他这人很有良心。

除了为人好，祖父还很有头脑，在社会上懂得与人进行周旋。那时在国民党的统治下，官府让他当甲长。这可是一个吃力不讨好的角色，主要任务就是替官府拉伕派差，在百姓这边要得罪人，但又要向上边交差。但他总能做得十分圆融，两边都能应付下来。有一次派差时，上面提到的那个欺负过他侄子的人对他说，你只要这样张一张嘴，我们都要去为国民党卖命。他说这是上边的命令我也没办法，要不然这甲长由你来当，你去向他们交差好了。那人说我当就我当。但他无法派出差使，就自己去复命了。结果那天回来后，人们却发现他灰溜溜的。原来他因为无法交差而吃了一顿老拳，看来这甲长也不是好当的。后来这事就变成了一个典故，在我们村里久久地流传着。

对于那些惹不得的人，祖父也知道怎么妥善地应对。我们村里有一个人长得又高又大，凶神恶煞似的，人们要是不小心冒犯他了，譬如牛跑到他的地里，他看见了就会一锄头抢下去，把牛打得落荒而逃。因而人们都很惧怕他，轻易不敢招惹他。有一次祖父的一个侄子和一个侄孙在山上放牛，把牛带到那人的一棵大树下，牛在那里吃草，人在那里玩耍。祖父看见后，不声不响地走了过去，冷不防对他们各打了一记脆亮的耳光，然后厉声地喝道，你们知道这是谁的树？就那么干净利落，却让他们醍醐灌顶，知道了这种地方是来不得的。我们村和隔壁道澳村的田连在一起，有一次快要收割稻子的时候，那边一个无赖在地界处他们的田里把许多稻穗都拔下来了，故意留下一个被偷窃的现场，然后诬赖是我们上边的人干的，要求赔偿损失。对于这样的一个无赖，跟他针锋相对就会引起纠纷，事情闹大了甚至会引发两边的械斗，祖父就从家里挑了一担稻谷下去赔偿。这并非简单的息事宁人，以他那种柔中有刚的气势，对方也知道这已是仁至义尽，不能再得寸进尺了。后来两边果然相安无事。

祖父在社会上吃得开，创业心也很强。他一连生了五个儿子，需要创下更多的家业。他有时与别人合伙当猪贩，把猪贩到福州等地卖；有时当挑脚，为跑生意的人把各种海产品挑到古田

（从海边的晓澳一带到山区的古田从前是一个重要的商道，我们村许多人都以当挑脚为生）。

他人生最大的事情就是要把房子盖起来。他原先全家住在祖屋两间又狭小又阴暗的房子里，到要娶儿媳妇时，那地方显然就不够住了。祖父有一个兄长过继给了一个亲属，那亲属给他留下了很多家产，因而他就盖起了一座大房子。祖父从他那里租下了半边房子，就搬过去住。但这不是长久之计。他克勤克俭，终于在大儿子和二儿子的帮助下把房子建起来了。但他已为此耗尽了一切，以致房子建成后连油灯都点不起了，真到了家徒四壁的地步。有一天他吃晚饭时愤然地骂道，我有钱建房子，却没钱点油灯！但他好歹把房子建起来了，这房子是"六扇五"，而且还是两层的，当时在我们村也是不多见的，五个儿子都有了自己的房子。

以前那个年代，土地是财富的象征，是人们的命根子，人们有了钱就不断地买地，拥有更多的田产，变成富农和地主，落魄的只好不断地卖地，最后变成了租地耕种的佃农或者给人家打长工、短工的雇农。祖父只要做生意挣了一笔钱，就想方设法把地买进来。后来开始土改了，他辛辛苦苦买回来的这些地都被分走了。虽然十分可惜，但他却更在乎自己的社会身份，评成分时还主动到工作队那里询问，说我这么多地，够评上中农吗？能够评上中农，他认为这是对自己一生奋斗的最好肯定。

2020 年 1 月 13 日

"廉吏之神" 陈玺

　　到四川眉山的人有两个地方不能不去，一个是名闻天下的峨眉山，再一个就是著名的"三苏祠"了。三苏祠里供奉着苏洵、苏轼、苏辙三位具有传奇色彩的父子，同时还供奉着当地明代的一位父母官——陈玺。

　　陈玺（1455—1521），字天瑞，号竹溪，福建连江人。他天资聪慧，尚在幼童时期就开始崭露头角，十五岁入县学，所作文章多为邑人传诵。他走的也是传统士子所走的道路，即自幼发奋苦读四书五经，以求在科举中考取功名，登上逐级向上的官阶。明孝宗经治二年（1489），他乡试考中举人，时年三十五岁。翌年到京城参加会试，然而屡试不中，直到弘治十五年（1502）才考中进士。他考中进士之后，授任思恩府（今广西武鸣县北）通判，接着又到桂林任职。明武宗正德元年（1506），被擢升为四川眉州（今四川省眉州市）太守。他走上仕途时已经四十八岁了，这在古代已经算是高龄，因而在官员的任上只有短短的九年时间。就在这九年的时间里，他克己奉公，尽职尽责，做出了不凡的政绩，留下了很好的政声。尤其是在眉州太守的任上，更是秉公执法，勤政爱民，很大地改变了当地的社会面貌，也受到了当地百姓的由衷爱戴。

　　陈玺到眉州上任之始正值当地大旱。他甫一上任，即组织广大军民投入抗旱救灾。眉州境内多半干旱水田，需要引来塘堰水进行灌溉，各塘堰配有"堰首"，负责对塘堰进行管理和修缮。但多数"堰首"既无德又无才，贪污腐败而且不作为，有的借故推托不按时整修，有的偷工减料中饱私囊，从而使塘堰系统年久失修、漏洞百出，严重影响到当地的农事生产。他查明事实之后，对这些"堰首"果断地予以革除并依法惩办，并让百姓推举德才兼备之人来担任"堰首"，维护塘堰系统的正常运行，同时还增修了十几座塘堰，为百姓解除农田灌溉用水的难题。此举极大改善了当地的灌溉条件，促进了当地的农事生产，解决了一大民生问题。公共工程容易给掌权者以及与之进行勾结的商人带来上下其手的机会，结果浪费了大量官帑不说，还造成了劣质的豆腐渣工程，对社会危害十分巨大，广大百姓深受其苦，这是一个古已有之的现象，也是很难进行治理的。面对这类现象，许多主政官员并不进行严肃处理，往往还同流合污，自己也从中分到一杯羹，甚至他们本人就是这种歪风邪气的最大制造者，所以才有"三年清知府，十万雪花银"一说。而倘若哪个官员对之动起真格，就要冒着一种巨大的风险——因为断了同僚的财路，就必然会受到他们的排挤和报复。但陈玺不惧于这些压力，更没有打自己的小算盘，而是勇于任事，敢于担当，很快就解决了当地这一多年的痼疾，广大百姓无不为之拍手称快。

眉州衙门原先雇用专门的打手，这批人经常仗势欺人，在乡间鱼肉百姓。陈玺接到百姓的控告后，立即着手调查核实，然后依法惩办了其中的首恶分子，并解雇了所有打手，一举废除了为害当地百姓多年的这一苛政。另外，他还严惩了当地滋事生非的黑恶势力以及扰民肇祸的屯军头目，很大地改善了社会治安，使百姓过上了安宁的日子。为官一任，就要保一方平安，对于各种扰乱社会秩序、侵压百姓的黑恶势力及时地进行惩治，但官府自身又往往容易成为这些黑恶势力的保护伞，与其沆瀣一气，共同鱼肉百姓。主政官员对这类现象进行治理，往往要面对巨大的阻力，特别是当这些势力已经把触须伸进了官府，与官府形成盘根错节的利益共同体时。他们要打击的对象就是自己的下僚，对方都是有来头的，自己同时还要依靠他们才能办事。但在这种阻力面前，陈玺同样没有退缩，而是敢于出手进行打击，从而澄清了吏治，改善了社会治安，使当地百姓可以安居乐业。

眉州当地原先民风十分落后，社会上有大量的巫婆、神汉进行愚民惑众的迷信活动，大量骗取人们的钱财，同时还流行着童婚等各种陋习，造成了各种严重的社会问题。陈玺在任上也着手整顿这类现象，警诫了那些巫婆神汉，并下令废除童婚等各种陋习，较好地改善了当地社会风俗，提高了百姓的精神面貌。官员为任一方，并非只求保境安民，也并非只求纾解民困，同时还要改善当地的乡风民俗，使百姓有一种健康向上的精神面貌，这是一个社会是否文明的重要尺度，也是更好地解决保境安民和改善民生等其他社会问题的重要保证。

陈玺在眉州任职的五年内，还创办了"社学"，重修了"远景楼"，修筑了墙门楼等防御工事，在当地留下了许多重要的政绩。

正德六年（1511），陈玺奉旨进京述职，上疏以母老为由乞休。正德十六年（1521），他病逝于家乡。眉州士民闻讯后寄来了悼念诗文十余篇，树之为"廉吏之神"，并将其灵位供奉于眉州"三苏祠"内，把他与苏洵、苏轼、苏辙三位父子并位敬仰，一直到今天。

"当官不为民做主，不如回家卖红薯"，还有包青天、海瑞等这样的清官，这些有时也被认为是一种落后的封建观念，认为这不是人民自己做主，而是官员为其做主，清官往往意味着人治，百姓呼唤清官的年代也恰恰是吏治败坏、民不聊生的年代，等等。这些观点也是不无道理的，但我们也不可走得太远，而把这类现象都一棍子打死，认为其毫无可取之处，完全是一套封建落后的观念。一方面，我们无法用现代的观念去苛求古代的社会。在过去，无论官还是民，都普遍缺乏一种"人民当家做主"、民主政治等现代的观念，在这样的背景下，官员多一些执政为民的情怀，多一些清正廉洁的意识，也是好事而不是坏事，百姓也会从中受益。另一方面，即使到了现代"人民当家做主"的时代，人民授权于官员，可以对其进行监督使其更好地为自己服务，但政府工作仍然是一项专业性很强的事务，而且越是现代社会越是这样，因此官员就具有一定的主体性，不是简单靠一个监督就万事大吉了。这时候，官员的表现在很大程度上就要视其主观能动性以及觉悟程度而定了，否则就很难理解为何在同一制度之下，不同的官员却有着截然不同的表现，无论为官的清廉还是执政的能力都是如此。因此，对于官员的素质问题，我们切不可等闲视之。

同时，我们还应当看到，政府存在之后就被赋予巨大的资源，掌握了巨大的权力。对于各种的社会痼疾，对于社会上的各种丑恶现象，官员尤其是主政的官员倘若具有执政为民的情怀，勇于任事，敢于担当，也是可以进行治理的，那些力量再强大，终究胳臂扭不过大腿，只要政府的行为是合法正当的，是符合民心民意的。官员在这一基础上，还要做到执政的公正廉洁。"吏不畏吾严，而畏吾廉；民不服吾能，而服吾公。公则民不敢慢，廉则吏不敢欺。公生明，廉生威。"这是《清碑·官箴》中的一段话，其观念固然十分传统，但也十分精练地概括出了为官之道，至今仍然具有很大的启示意义。官员要想更好地达到执政的效果，实现执政的目标，就必须注意执政的公正性，做到一碗水端平，从而才能使人们服从，尤其从内心里服从，才能使政令得以有效地推行下去。同时他们还必须以身作则，奉公守法，廉洁自律，从而才能更好地带动左右，才能身正不怕影子斜，敢于对各种丑恶现象进行打击。而所有以上这些，又必须建立在官员正确的人生观、价值观以及义利观的基础上，即要把义看得比利更重要，从而才能克服各种贪欲，才能抵挡各种诱惑，才能权衡出何为大何为小，何为重何为轻，何为是何为非，何为正何为邪，这才是为官之道的根本所系。

2020 年 1 月 15 日

连江的瓦窑

在过去那个年代，人们建造房屋都少不了一样重要的建筑材料——瓦片。除了极少数一贫如洗的人家只能搭盖一间简陋的茅屋以供栖身之外，上至达官贵人下至寻常百姓，都要有一个像样的家，都要建造起一座属于自己的房屋，而房屋就必须有覆盖屋顶的瓦片。"下无寸土，上无片瓦"，这句话常被用来形容那种日子过得最为栖皇、最为落魄的光景。由此可见，过去瓦片在人们的生活中有着多么重要的位置。在我小的时候，还很少有砖混结构的房子，无论是县城还是乡村，房子大都是土木结构的，满眼望去都是那种高低错落、鳞次栉比的老房子，瓦片盖的屋顶呈出对称的斜面，看上去很有一种美感。下雨时雨点敲击在瓦片上，会发出一种脆亮的笃笃声。随着雨点的迅疾以及风向的变化，又会产生不同的节奏和音高，像是在演奏一首乐曲。雨点在屋顶上溅起了一片水烟，呈现出一派优美的烟雨迷蒙的景色。我们已经习惯了这种生活，似乎这才是房子，才是生活。瓦片，已经成为我们生活中必不可少的一个部分。

在我们连江，说到瓦片，人们自然就会想到一个地方，即东岱镇的山堂村。山堂瓦窑制作的瓦片不仅供我们当地所需，还远销到外地，甚至国外，可谓闻名遐迩。我们那一带谁家要建造新房，或要翻修旧房了，首先需要做的就是去山堂买瓦。山堂村位于云居山山麓的一个山坳里，与我们村相距不远。瓦窑烧瓦需要用山上的柴草，而我们这个村四面八方都是山，物产并不丰富，但山上的柴草却是很不缺的，因而他们就经常把车开到我们村收购村民的柴草，我们也从山堂村的制瓦业中分沾到了一些经济收入。

山堂之所以有瓦窑，就不能不提到古代从山堂村走出的一位重要人物——陈晴。就是他最早把先进的制瓦工艺从外地带回自己的家乡，从而催生了瓦窑这一行当，一直兴盛不衰地发展到现在。他也因此成为连江瓦窑业的鼻祖。

陈晴（1400—1461），字光霁，连江县永福乡永贵里山藏村（今东岱镇山堂村）人，明宣宗宣德七年（1432）在乡试中考中举人。明英宗正统六年（1441），经吏部铨选，他赴任湖广岳州府（今湖南省岳阳市）知州。履职岳州六年期间，他走遍治下所有地方，深入体察民情风俗，还时常微服私访于集市田野，与平民百姓亲切地拉起家常，从而可以更好地了解民意，更好地做出稳定社会、发展经济、保障民生的施政决策。在这种深入民间和社会的过程中，他发现岳州当地生产砖瓦的工艺十分独特，工具十分先进，于是就虚心地向有经验的工匠求教，并且还亲自参加生产，亲手进行操作，学会了用黏土制作砖瓦的全部工艺。工匠们为他的这种精神所感动，送给他一个制瓦的木模具"瓦斗"作为纪念。

正统十二年（1447），陈晴因父艰而回乡丁忧。在此期间，他把在岳州所学到的砖瓦制作工艺无偿地传授给族亲邻里，以造福乡梓，促进了当地砖瓦制造业的大发展。从那以后，连江县以山堂瓦窑为主的砖瓦制造业一直兴盛不衰，既满足了百姓建房居住的需求，又促进了当地经济社会的发展。

明代宗景泰二年（1451），陈晴丁忧期满，出任山东东昌府

（今山东省聊城市）同知。任职三年，政绩卓著，吏部考绩优等，升任汉中府（今陕西省汉中市）知府。上任之时适值母丧，遂返乡守孝。景泰六年（1455），他孝除复职，赴任高州（今广东省高州市）知府。高州地阔人多，政事繁杂，"匪盗流寇"时常出没，扰得官民日夜不得安宁。年过花甲的陈晴为治理匪患，为高州当地的安定和繁荣，呕心沥血，勤勉奔波，终因劳累过度，于英宗天顺五年（1461）殉职于任上，终年六十二岁。

陈晴的其他功业大都随着时间的流逝而湮没无闻了，但他对连江瓦窑业的这一巨大功绩却被人们长久地记住了，这是他给后人留下的最大遗产。他看到了家乡父老生活中的这一普遍而重要的需求，看到了岳州当地先进的制瓦技术，从而萌生了把它学过来带回家乡的念头。他不但发乎于心，还付之于行，不耻下问，虚心地向一线的工匠学习，并亲自动手操作，真正把它学到家了；然后把它带回家乡，向乡亲推广这项工艺，大大提高了当地的制瓦水平，从而长久地造福于乡梓。作为这个品级的官员，丰厚的俸禄足以使他过上优裕的生活，他并非要靠掌握这门技艺发家致富，而纯粹是看到了家乡父老的生活需求，出于要造福乡梓的动机。只有心中装着百姓，把百姓的冷暖放在心上，目睹先进的制瓦技术时才会受到触动和启发。传统的士大夫是问道不问器的，孜孜以求的是自己的官阶以及声名，而不是这种匠人的事情。但他却不是这样，而是把自己降到了匠人的层次，亲自去学习如何制作砖瓦，这在古代社会也是不多见的。

陈晴还给我们一个重要的启示就是，要善于学习先进的事物。连江原来也有瓦窑业，只是制作工艺相对落后，烧制出来的瓦质量欠佳，无法更好地满足人们的需求。他看到岳州更为先进的制瓦技术后，就虚心地向工匠学习，然后把它带回家乡，使当地的制瓦技术上了一个新台阶，振兴了瓦窑行业。"海纳百川，有容乃大"，只要是先进的东西，不管出自何人之手，我们都要虚怀若谷地学习，学到手后就变成了自己的东西，就可以迎头赶上，甚至青出于蓝而胜于蓝了。承认自己的落后，虚心地向先进学习，这丝毫不是什么丢脸的事情，不肯向先进学习，自甘于落后，这才是让人看不起的。一个人是这样，一个地方是这样，一个国家和民族也是这样，不同民族之间，不同文明之间，正是在这种比学赶超的过程中不断地发展进步的。一个先进的国家和民族无一不是善于学习，集众家之长的，一个落后的国家和民族也无一不是夜郎自大，故步自封的。

2020 年 3 月

漫说 "平话"

本篇所谈的 "平话" 不是指在我国古代民间流行的一种有说有唱的口头文学形式，而是指福州一带的方言即福州话。在我们当地，人们把自己的方言叫作 "平话"，即平常人们所说的话，类似于我们国家把人们平常所说的汉语叫作 "普通话"。

方言是我们真正的母语，我们一生下来就生活在它的空气里，一天到晚耳朵听到的、嘴里讲出的都是这种地地道道的家乡话。我小时候乡下电视还很少，也很少有外地人，因而很少有机会听到普通话，更甭说讲普通话了。后来到外地上大学需要讲普通话了，我就感到有一种严重的先天不足，一来发音很难发得标准，不像那些从官话地区来的同学，他们有着很好的普通话基础，讲起来可以字正腔圆、有板有眼的；二来许多话不知道怎么表达，许多平时所熟悉的东西用普通话就不知道该怎么说了。因此，每当看见那些尤其是北方来的同学在那里侃侃而谈，把普通话讲得那么顺溜，我在旁边只有羡慕的份儿。在与人交谈的过程中，我经常因为找不到词而陷入一种无语的境地，与别人争论起来也经常因为语言上的弱势而变得笨嘴拙舌，理未屈词却穷了。

但小时候我们那里也还是有一些外来的人。他们若是过路或作短暂停留，我们就可以听到他们讲外地的方言或者普通话。有一段时期，经常会有乞丐从北方下来到我们这边行乞，特别是在冬天的时候，他们刚好趁着农闲时节出来讨点生活。有一次一个老人乞讨到我家门口，我问他家在哪里，他说是山东滕县。他操着一口自己家乡的方言，很接近普通话，很容易听懂。外地人要长期留下来的，譬如在这里工作，或者嫁到了这里，他们就需要学着讲我们的平话，从而才能更好地融入当地社会。有的人先天语言能力强，特别是一些妇女，很快就学会了平话，并且说得还很地道。我们村里就有一个从龙岩上杭娶回来的妇女，平话说得跟我们没多大区别，乍一听还听不出是从外地来的。但一般人都带有明显的外地口音，平话说得很"不平"。我们就把这些留下来的外地人叫"南下声"。我们福州地处东南沿海，外地人大都是从北往南下来的，因而操着外地口音、平话说得不地道的外地人叫"南下声"。也有人对此提出了不同的看法，且不去详细考证了。

从前天天讲着平话，变得习焉不察了，从未想过我们平时所讲的平话还具有什么特征，里面还蕴藏着什么文化信息之类。后来听到了一种说法，说在我们的福州话里还保留着大量的古汉语，可谓古代的"普通话"。古代汉人从中原地区迁移到福州这一带，同时也把自己的语言带了过来，古汉语就在这里保留了下来。而中原那边却被北方的游牧民族迁移进来了，他们带来了不同的语言，经过与当地语言的融合产生了新的汉语，而找不到原来的汉语了。于是我就对这一问题产生了兴趣，开始揣摩起我们平时所使用的这种方言，发现这种说法还真不无道理，我们的方言的确有许多词语是古汉语才有的。就以我所掌握的有限范围姑且列举一些吧。在我们的方言中，爷叫"翁"，奶奶叫"嬷"，他（她）叫"伊"，你叫"汝"，我叫"奴"（我小时候还听见上了年纪的妇女这样称谓自己，后来听不到了），年轻人叫"后生"，阳光叫"日头"，房子叫"厝"，巷子叫"弄"，锅叫"鼎"，筷子叫"箸",这些都可以明显地看到古汉语的遗留。这些词现代汉语已经不用或者很少用了,而在我们的方言中还大量地存在着。

这种现象其实也是不难理解的。我们都不是这里的土著居民,先秦时代这里的真正土著是越人。秦汉以后中原的统治力量延伸到了这里,许多汉人陆续从中原迁移过来,原有的越人或者被消灭,或者迁移到更偏远的地方,或者与汉人融合在一起了,我们都是南下的中原汉人的后裔。到了福州外面就是海,不能再往前走了,南下的汉人就在这里繁衍生息下来,从中原带过来的语言也保留了下来,与当地的土语相结合,形成我们当地的方言。同时福建多山,通常是在群山中围出一块盆地,福州就是闽江下游的一块较大的盆地。这些地理条件使得我们与外界缺少交流,处于一种相对隔绝的状态,语言也不容易受外来的影响,来自中原的古汉语可以比较完整地保留下来。在西汉、西晋和唐朝时期,这里分别出现了三次大规模的来自中原的人口迁移,福州话也经过五百多年的发展形成一种比较成熟的方言。我们普通话说得不好,不免会产生一种自卑情结,但没想到我们说的居然还是古代的"普通话",这不免又平添了一份自豪感。

语言也不可能是一成不变的。到了明代,我们福州这里得地利之便,率先从海外引进了许多作物品种,像甘薯、马铃薯和西红柿等,成为我们当地常见的作物,为人们提供了更加丰富的食物,同时也增加了许多外来词语,丰富了我们的语言。在古代,我们通常认为自己是"天朝上国",而海外都是未开化的蛮荒之地,因而称这些外来的事物,通常都要带一个"番"字。在我们当地,外国人叫"番囝",甘薯叫"番薯",马铃薯叫"番囝薯",西红柿叫"番柿"。清末时,从海外进来的新事物就更多了，同时也不能再叫"番"这种带有明显歧视的称谓了，而改叫"洋"，意为从外面漂洋过来的事物。在我们当地，煤油叫"洋油"，火柴叫"洋火"，水泥叫"洋灰"，它们也成了我们的日常事物，这些词也成了我们的日常用语，平话开始变得"摩登"了。甚至硬币平话的发音也来自于英国的便士，原因无他，就是鸦片战争后福州成了我国的五个通商口岸之一，大英帝国的便士也随之进来了。

如今随着经济社会的发展和人员的频繁流动，平话更是发生了越来越深刻的变化。外地人越来越多，本地人的文化程度越来越高，这一来使得普通话越来越普及了，人人都会说普通话，也都要说普通话了，外地人也不必学着讲那种怪腔怪调的"南下声"了；二来使得许多新的事物以普通话的形式进入了方言，甚至方言中许多原有的词都被普通话代替，使得平话越来越普通话化，那种纯正的乡音已经十分难觅了。现在，我们除了跟一些不太会讲普通话的老人还讲一些平话，就是跟本地人也不大习惯讲平话了，讲起来也变得不那么地道，总要不时借助一些普通话，总觉得有些生硬和拗口，最好要切换成普通话才会把话讲得利索。我们这种年纪的还会讲平话，到我儿子这一辈就基本上不会讲，甚至也不会听了。因此，平话有朝一日会消亡，这也并非危言耸听。

对此，许多人感到忧心忡忡，这种心情是完全可以理解的。平话承载着我们深厚的乡土情感，是我们共同的儿时记忆。以前我从外地回到家乡，一进入连江的地界就自然而然会讲起平话来，讲得十分顺口，也十分亲切；在外地遇到家乡的人，也总是要讲起平话来，从而立刻就拉近了距离。它已经成为我们共同的情感家园。同时，它还蕴含着丰富的乡土文化信息，我们从中可以发现许多文化的密码，一旦消失了也着实会让人无比惋惜的。然而，事情倘若真要发展到这一地步，也是一件无可奈何的事情。语言（尤其是口头语言）是沟通交流的工具，必须服从于人们的这一需要，当社会发展到必须使用一种更为通用和便利的语言时，方言被取代从而走入历史，也就成了一种必然——事实上，人类历史上已经消失的语言是不计其数的。到那时，方言也许只能作为一种非物质文化遗产被政府保护起来，供专家们来进行专门的研究了。

2020 年 4 月 14 日

东莒岛上的大埔石刻

马祖列岛是位于闽江口外的一个群岛，就像一串美丽的珍珠撒在蔚蓝的海面上。它由南竿、北竿、东莒、西莒和东引、西引等岛屿组成。我们村在闽江口外的山上，天气晴好时站在山头上可以清晰地望见洋面上的一座座岛屿，那就是著名的马祖列岛了。以前我们这边经常有人去那边讨生活，去打鱼或者养猪什么的，出海后半天时间就到了。

在马祖的东莒岛上，除了那个著名的灯塔之外，还有一个重要的景点就是大埔石刻了。东莒岛是一个很小的岛，在古代是一个少有人烟的地方，只有出海打鱼的渔民才会在那里短暂地栖身，但它的地理位置却十分重要，扼守在闽江口外，台湾海峡过往的船只都要从那里经过。明朝时期，日本的倭寇经常侵犯和骚扰我国的东南沿海地区，小小的东莒岛上就发生过许多福建沿海军民奋起保家卫国，勇敢地抗击倭寇的事件，大埔石刻就记载着这段重要的历史。

明神宗万历四十三年（1615）秋末，日本国幕府将军德川家康歼灭太阁丰臣秀吉，平定内乱之后，开始积极地拓展海外贸易，凡出洋船舶都颁给"御朱印状"（即一种许可凭证）。万历四十三年（1616）春，日本肥前州（今长崎）代官村山等集合战船三艘、帆船十艘，士兵两千多人，组成了一支舰队，获得德川幕府颁发给前往"高砂国"（即台湾）的许可，以其次子村山秋安为舰队首领，于五月四日从长崎扬帆启航，浩浩荡荡地开往台湾。

当舰队抵达琉球一带海面时，遭遇了一场台风，有的船只沉没了，有的船只漂散了。其中村山秋安率领的两艘兵船远漂到交趾（今越南），三年之后才返回日本。部将桃烟门率领的七艘兵船流窜到闽浙海面，在沿海一带进行骚扰，抢劫财物、焚烧田舍、蹂躏百姓。部将明石道友则率三艘兵船来到台湾北部，其中一艘兵船的倭卒仓促登陆，遭到当地土著居民的围攻，被迫全体自杀。明石道友则率领剩下的两艘仓皇逃离，来到东沙岛（今马祖东莒岛），准备在此等候失散的其他兵船。

与此同时，琉球国王派遣使臣到中国报警，说日本正准备以五百艘兵船攻取台湾。于是，明朝政府下诏命令沿海一带实行警备。当明石道友率领的兵船占据东沙岛的消息传到福州后，福建当局误以为倭寇要大举入侵，省城附近的居民竞相逃入城中避难，一时间搞得人心惶惶，局势变得动荡起来，甚至白天都不敢打开城门，负责海防的各地游寨船队也不敢出海，龟缩在营地里。同时探子们又道听途说，把敌情说得越发严重，结果更加重了军民的恐慌情绪。一次倭寇这种"非正规军"的侵扰，就给东南沿海军民造成如此的慌乱，可见当时明朝已经国运衰微。朝政和吏治的腐败，大概也是倭寇问题长期为患的重要原因吧。

要击退倭寇，首先必须探明敌情，但此时人们已经被来势汹汹的敌情吓破了胆，无人敢出海进行侦探。福建巡抚黄承玄遂以重赏征募勇士出海侦探。告假在籍的吏部主事董应举向黄承玄上书，推荐起用沈有容，谓："闽海事，非参将沈有容不能了！"黄承玄采纳了，亲笔修书一封，派人到浙江邀请沈有容。沈有容认为黄承玄会知人善任，就二度入闽〔万历二十五年（1588），被戚继光、俞大猷等将领赶出中国大陆的倭寇，一直占据着台湾一带的岛屿，经常侵扰福建沿海地区。沈有容接受福建巡抚金学曾的邀请，出任海坛把总，不久又出任定海守御千户所千总，率军驱走了倭寇势力，从此"海上息肩者十年"]，被任命为水标参将。黄承玄还特设水师委他统领，全权负责驱除倭寇的军事行动。同时，董应举还动员其族侄董伯起前往应募出海侦探。董伯起自幼受到董应举的熏陶，深明大义，素怀报国之志，便毅然应募出海侦探敌情。

五月十六日夜晚，董伯起与四名舵手驾船从琯头出发，经竿塘、横山，于十八日凌晨抵达东沙。由于倭船都停泊在各澳口内，所以一路上都看不见兵船的踪影。待他们登上东沙山头后，董伯起才发现有一艘倭船停泊在山后的南风澳，另有一艘停泊在布袋澳，两艘船的篷帆都已经卸下，各载有倭卒一百三四十人，另有一艘是被倭寇劫夺走的定海卫所的白舫船，也藏泊在南风澳的一个隐蔽处。

倭寇发现了他们一行，上前讯问。董伯起说自己是出海的渔民，但倭寇看出他是一个读书人的模样，就威胁他说出自己的真实身份。自知无法蒙混过关，董伯起便孤注一掷，说自己就是奉命前来侦探敌情的，要他们立即回航，否则明朝大军将来剿灭。倭寇首领明石道友说自己只是奉命前往台湾从事贸易活动，因为遇到台风而暂时栖泊在这里，等候失散的其他船只。还说自己不能无功而返，必须将他们中的首领一人带回向代官复命。董伯起便说自己就是首领。

十九日中午，董伯起见倭船仍然没有起航之意，心想现在只来两艘倭船，省城就搞得如此惊惶不已，待其他倭船都到了，全省岂不大乱起来？他就机智地叫明石道友在大石上写下几句留言，经过的其他倭船看到后就会跟着回日本。明石道友觉得有道理，就写下了留言，然后率队返回了。船队抵达浙江的台山列岛海面时，他放回了董伯起的随行人员以及所劫夺的船只，只将董伯起一人带回。董伯起遂在船上写信叙述这次侦探的经过，叫随行人员带回福州。二十二日，福建官府接到信后，对倭船入侵的真相才有了第一手情报，方知是虚惊一场，于是省城解严，人心安定了下来。

万历四十五年（1617）三月，明石道友以送回董伯起等人为由，驾船进入黄岐海湾，被筱埕水寨的守军拦住。沈有容亲自审讯明石道友后，知道该倭船并无前来侵扰之意，只是护送董伯起归国和要求恢复通商。明石道友呈上表文恳请转奏朝廷，沈有容看后说道："天朝法度严明，来表文文理不通，字迹又非正韵，本纸亦非体式，有难转奏。"于是就颁一面写着"福建发送日本夷目"的布旗，令明石道友悬挂在船桅上，将他们遣送回国。倭寇是 13 至 16 世纪左右侵扰中国沿海各地的日本海盗集团，除劫掠外主要从事走私贸易。初期仅为九州沿海一带的名主、庄官以及失业的下层百姓加入倭寇，14 世纪初，日本进入南北朝分裂时期，在长期战乱中失败的南朝封建主组织武士，前往中国的沿海地区进行劫掠。沈有容因为明石道友呈上的表文不合体式，就拒绝转奏朝廷，可见在他们心中，自视为"天朝上国"，视外人为落后蛮夷的观念是根深蒂固的，而正是这严重阻碍了中外之间的正常交往。

五月，倭寇桃烟门率两百余人乘三艘战船进犯浙江，击毁明军兵船一艘，杀害十余名官兵，然后又流窜至福建沿海。当他们来到马祖东沙岛时，船只触礁搁浅，就"搭寮楼驻扎"，劫夺闽江口海面的渔船。沈有容得到消息后，立即率领水师冒风出海，兵分三路将倭寇围困在东沙岛上，先命水师以炮环攻，击毁倭寇的寮舍和工事，然后派人前去劝降。不意又有三艘倭船前来接应，沈有容遂"麾率官兵奋力总攻、戈船飙集、火器震震"，击沉了这三艘倭船。岛上的倭寇走投无路，除了一部分投海自杀外，沈有容生擒桃烟门等六十九人，斩杀了其中两名汉奸，而自己一方未伤一人。捷报传回福州后，军民大喜过望，董应举兴奋地赞叹道："某生六十一矣，未见有此不伤一卒、不折半矢、不糜斗粮、不旷时日，去如振叶、归如系豚，捷速而完，功难而易；即使俞（大猷）、戚（继光）再生，亦当首肯矣。"他还亲笔写下了这一段文字："万历疆梧，大荒落地，腊后浃日，宣州沈君有容获生倭六十九名于东沙之山，不伤一卒。闽人董应举题此。"后来它被刻在东沙岛大埔这个地方的一处岩石上。

马祖当地十分重视大埔石刻这一历史遗迹，精心地把它保护起来，成为当地的一个重要文物。它见证了历史上福建沿海军民反抗外来侵略、保家卫国的爱国主义精神，见证了董应举、董伯起、沈有容等名贤的杰出贡献，也有力地证明了大陆与台湾同属于中国的历史事实。

2020 年 4 月 18 日

连江的"吴尚书"

　　我的家乡连江明代时出过一个很大的人物，他叫吴文华，官至兵部尚书，在我们连江的历史上可谓最大的官了。我小时候就从大人的嘴里听过这个人物，我们的乡人也不知道他的大名，只知道他姓吴，当过尚书这样的大官，所以就叫他"吴尚书"。在我们乡间一直广为流传古代某位乡贤的事迹，据我所知除了这个吴尚书，再没有第二位了。我小时候听过的有关他的事迹大都已经淡忘了，只记得有一个是说，隔着敖江正对着县城的斗门山上的那座含光塔，就是在他手中修建的（这其实是古代事迹在口耳相传的过程中失真了，那座塔之前就已经存在，他只是对它进行了重修）。他早年在他乡任职，为官清廉，刚正不阿，同时又能体恤民情，勇于任事，在各个任上都做出了很好的政绩，声誉十分卓著，深得当地百姓的爱戴。晚年闲居家乡期间又不顾年老力衰，仍在为乡民的利益积极奔走，为百姓做了许多好事和实事。他的事迹之所以在乡人中间久久地流传着，主要还不是因为他官当得多大，而因为他的人品十分高尚，为百姓做了许多有益的事情，在百姓中间留下了很好的口碑。他不仅生前受到人们的敬仰，几百年过去了还仍然如此。他当年的政绩还会惠泽后人，更重要的是为后人留下了一种执政为民、造福桑梓的宝贵精神财富，从而永远活在了百姓心中。

　　吴文华（1521—1598），字子彬，号小江，晚年更号容所，连江县宁善乡钦平下里学前铺义井街（今凤城镇东北街）人。嘉靖三十五年（1556），他在殿试中了二甲进士。吏部向新进士子索取平常撰写的文章，他呈交了一篇《志对》，侍郎郭朴阅后赞曰："见《志对》醇雅，足觇异日事业矣。"翌年，他初任南京（当时的留都）兵部车驾清吏司主事，不久又升任武库清吏司署郎中。他在任上忠于职守，敢于担当。皇帝大兴土木建造宫殿，内监负责备办一切有关工料，下令南京各衙门准备大船三百艘装运。他认为这项开支过于庞大，会浪费大量公帑，毅然将其裁撤一半。那时各地的藩王要进京，乘船路过南京时，随从人员趁机敲诈勒索，当地百姓不堪其扰。他的同僚对此都缄默不语，但他经过审慎核实后，不畏惧各种风险，下令缉拿这些为非作歹之徒。自此以后，藩王进京路过南京时，随从人员都不敢恣意妄为，为朝廷节省了大量邮驿资金，也使这帮人的嚣张气焰有所收敛。无论是内监还是藩王，在当时都属于权贵集团，就是大臣都不敢轻易开罪，而他作为一个初出茅庐、级别不高的官员，却敢于进行抵制，可见他多么富有正义感。

嘉靖四十二年（1563），吴文华升任湖广按察司提学佥事，领提学道。此后十年间，又先后在四川、广西、山东、江西等地任职。万历元年（1573），授河南左布政司。在河南的任上，他勤于政事，忠于职守，严惩贪暴，推举人才，修筑水利，劝农耕桑，在当地博得了"贞勤忠亮"的美誉。在这些先后任职过的地方，他每逢空余必督促当地学子勤读四书五经，并亲自出题对其进行考试，成绩优异者予以奖赏甚至重用。经过他栽培的学子，不少都晋阶朝班，官职还在他之上。这充分显示了他广阔的胸襟和远大的眼光，既为国家造就所需要的人才，又使这些士子个人得到充分的发展。他出任江西右布政司时，在全省范围内清理土地，丈量田亩，抑制兼并，平均赋役，大力革除豪强巨绅把田赋转嫁给贫民的积弊。他在河南布政司的任上，正遇上连年干旱，灾荒十分严重，饥民纷纷外出逃荒。为了渡过这个灾荒，他想方设法筹集款饷，召集民工筑堰通渠，改善农田的灌溉条件，使外出逃荒的百姓又陆续回来安居乐业。"为官一任，富民一方"，这是一个官员肩负的神圣使命，他无论到哪里任职，都能体察民情，体恤民意，为社会的公平正义和百姓的安居乐业，而敢于担当，勤于政事。

万历三年（1575），吴文华由河南布政司升任应天（今江苏省南京市）府尹。由于他署理有方，离任时共节余纹银万余两，管仓库的司吏按惯例放入他的行李，但他分毫不取，如数封存起来，上交给国库。他离开汴梁（今河南省开封市）时，满城文武官员以及百姓扶轳挽留，舍不得他离去，道路都为之阻塞。他只得下车进行抚慰，然后再驱车赶赴前程。他一向廉洁奉公，一心想着为百姓做事情、谋福利，而不是中饱私囊。他心里装着百姓，百姓也记住了他。

吴文华在前往应天府的途中，又晋升为右副御史巡抚广西。当时广西旱情严重，当地百姓饥寒交迫，地方官却照样横征暴敛，弄得民不聊生。走投无路的瑶民揭竿而起，凭险筑寨，反抗官府的压迫，情势一度非常紧张。他上任伊始，便奏请朝廷进行赈恤，并募民垦荒，核实田赋，均平驿传，解决民众的疾苦问题，消除社会的动乱之源；接着又着手整顿兵戎，加强对士卒的训练，对叛乱实行剿抚并施、恩威并重的策略。不到一年时间，就基本上平定了叛乱，招抚叛众两万余人，建立城堡二十一座，开垦农田两万六千余亩，广西境内混乱的局面得到了初步治理。

翌年，柳州北三又发生了叛乱，"负固聚党万余，彪悍善骑。

诸将无敢撄其锋"。吴文华采取"声东击西"和"欲擒故纵"的战术，先派兵攻占西河，而后又传檄诸将领兵分路前进，乘叛众产生懈怠之机，连续攻破七十余寨，斩首四千八百级，取得了一场重大胜利。我们古代类似这样的叛乱大都是破产的农民以及无业的游民进行的，像吴文华这样作为一个地方要员，必须对朝廷以及统治集团负责，必须维持地方的秩序，因而对其进行了残酷镇压，我们不能苛求他们要站在农民的立场上。

万历六年（1578），吴文华以兵部侍郎的身份再次巡抚广西，不久又晋升为右都御史，总督两广军务。当时广西境内数患兼俱：倭寇骚扰沿海，蛮顽拥兵岭峒，诸黎抗命琼州。他首先积极筹划粮饷，不出数月就取得很大成效，除满足日常所需之外，尚节余白银十九万两。当时督府有卫士数百名，冒领饷银者超过一半，他对此进行了大力整顿，革除了旧弊，使冒领者无空可钻，既纯洁了队伍，又节省了开支。同时，他还对守军进行了大力改造，挑选出精壮人员，教以战阵，严明纪律，军容军风为之一振，战斗力大为提高。"工欲善其事，必先利其器"，对于他这样一个地方要员，要治理好当地的各种祸患，就必须拥有一支强有力的队伍，为此就要有效解决给养的问题、作风的问题、训练的问题，等等，只有各方面的工作都做到位了，队伍的战斗力才能形成。

翌年，数千倭寇聚集琼州海岛，劫掠过往的商船，并对各地的城堡进行洗劫，造成百姓的流离失所。为了赶走倭寇，吴文华积极进行备战，下令征集船夫，制造战船，训练水师，建立水寨，并亲自来到海上进行督师。战斗开始后，倭寇气势汹汹地进攻过来，他召集诸将面授机宜，采取了诱敌深入的战术，初战时让水师后撤数十里，以把倭寇引诱进来。倭寇获得小胜之后，愈加骄狂起来。他看到倭寇中计，就乘着夜半潮涨的时机，指挥军队潜往倭寨，放火烧毁了栅栏，大声呼喊着攻杀进去。倭寇从睡梦中惊醒过来，来不及做任何准备就溃不成军，甚至自相残杀起来。此役共斩杀倭寇两千余众，缴获军器、马匹以及粮食无数。同时，他还向被倭寇强掠的丁壮、妇女发给银两，遣送他们回家。接着又调拨库银向他们发放农具和谷种，让他们安心生产，重建家园。

万历十三年（1585），广东一带发大水，淹没了大量房舍。吴文华亲自率领小艇救起落水的百姓，并下令开仓赈济灾民，而后又上疏朝廷，请求留下正待上解的款项七万余两，以备赈灾之需。每当发生重大灾情的时候，主政地方的官员就要面临重大的考验，处理得好可以渡过难关，处理得不好就会使天灾与人祸迭加起来，酿成更大的社会动乱。吴文华除了亲自上阵搭救落水者，下令开仓赈济灾民，更重要的是成功地上疏朝廷，为当地留下了一笔不少的款项，这充分体现了一种首先对下为黎民百姓负责，而不是一心只想着向上邀功请赏的执政理念。

在吴文华的精心治理下，两广社会日趋安定，广大士民开始安居乐业下来。万历十五年（1587），他调任南京工部尚书。离任之日，广东士民建生祠以祀，并在高岩上摩崖纪其功绩。数月之后，他又改任南京兵部尚书，参赞机务大事，成为朝廷的一个重臣。戍卫南京的军队将悍兵骄，军纪十分松弛，战斗力十分低下。他为此向皇帝上疏条陈，提出了练兵、葺械、选锋、修城、重权、严谨等六事。皇帝赞许采纳，下旨部议执行。经过他的大力整顿，军队的军容、军纪和军风都振刷一新。

东厂司礼监宦官张鲸，仗着皇帝的宠信，贪赃枉法，结党营私，百官都为之侧目。此时，吴文华已经垂垂老矣，但依然耿介敢言，率南京九卿联名上疏，请求治张鲸之罪。他们首先历数张鲸的罪恶，批评皇上对之曲意回护，严重堵塞了言路。言辞虽然异常诚恳，昏聩的皇帝却仍然听不进去，他只好"引疾乞休"，接连上三次疏才得以获准。不久之后，皇帝下诏推选治理边疆的人才，御史台和内阁又一致举荐吴文华，遂重新委任他为南京工部尚书。他力辞不就，朝廷虚位以待四年，但他最终仍然没有奉诏。在封建时代，皇帝的意志是无法违逆的，而他却因为看透了皇帝的昏聩而屡次"引疾乞休"和力辞不就，是一种"目中无人"的抗上行为，无疑是要冒很大风险的，由此可见他身上所具有的一种铮铮铁骨，也可见他对当时的朝政多么失望。万历皇帝早期还想励精图治，后来却日益堕落，甚至长期不上朝，任由权臣和宦官把持朝政，致使社会日益溃败，大明王朝不可挽回地走向末路。

吴文华在家乡闲居十年，其实并没有真正赋闲下来，还为乡亲办了许多实事。他利用自己的威望，调解了许多民事纠纷；捐学田，修学宫，为发展家乡的教育事业费心尽力；置"义田"赡养族中的贫者，使少有所学，老有所养；主持重修了斗门含光塔，为家乡保存了一处重要文物；还捐资修建桥梁、疏浚河道、兴修水利等，改善家乡父老的生产生活条件。万历二十六年（1598），吴文华逝世，终年七十八岁，这在古代亦算是高寿了，可谓一生功德圆满了。

吴文华的一生，可谓多姿多彩，他为百姓以及社会做了大量有益的事情，留下了很好的功业，让人们知道了社会上还有这样一种好官，让人们知道在古代也不都是"三年清知府，十万雪花银"的，也有不少像他这样的官员会把百姓的冷暖放在心上，一心想着让百姓过上更好的生活，而不是只想着自己的官运亨通和财源滚滚。而后代的官员更是可以从他身上得到一些启示，认真学习他的为官之道。官当好了，既造福了百姓，也成就了自己。

2020 年 6 月 12 日

黄花岗的连江十烈士

在孙中山先生领导的推翻清朝封建统治的历次起义中，宣统三年三月二十九日（1911年4月27日）发动的广州起义是规模最大的一次。这次起义虽然失败了，但给敌人以沉重的打击，在国内外产生了巨大影响，从此更加激起人们对清朝专制政权的不满，使它变得更加摇摇欲坠，加速了它的覆亡。不到半年之后，武昌起义的枪声就响起了，各地也纷纷响应，延续了两百多年的大清王朝就此覆亡了，延续了两千多年的封建帝制被推翻了。起义失败后，同盟会会员潘达微冒着巨大危险，将所能找到的战死或被俘后慷慨就义的七十二具烈士遗体葬于广州东北郊一个叫红花岗的地方，并改名为黄花岗，后来人们就称这些为革命而壮烈牺牲的烈士为"黄花岗七十二烈士"。

这其中有十位烈士来自我的家乡连江。孙中山先生曾经对此做出了高度评价，说当年牺牲最多者，当推"粤之花县"和"闽之连江"。这些牺牲的连江籍烈士，大多农民出身，属于社会底层人物，他们目睹清王朝的对内专制、对外屈膝的腐朽统治给人民带来的苦难，日益产生了不满的情绪，同时受到一些先进革命志士的思想引领，逐渐走上了革命的道路，立志推翻清朝的封建统治。同时，他们又都是习武之人，身上天然地具有一种正义感，当受到外界因素的刺激和感召时，就更容易激发起革命的情绪，甘为革命理想而抛头颅、洒热血。为了革命事业，他们从自己的家乡出发，来到遥远的广州参加起义，视死如归，英勇作战，为革命事业献出了自己宝贵的生命。他们惊天地泣鬼神的事迹已经载入了史册，他们浩然的革命正气也永远地留在了人间。

说到参加广州起义的连江十烈士，不能不提到一个人和一个组织。这个人即吴适，他生于 1877 年，连江县名闻乡贤义里东塘（今东湖镇东塘村）人，自幼励志读书，善诗文，工书画，弱冠即中秀才，因为文才而闻名远近，被连江县咨议局聘为文书。他早年目睹朝廷的腐败，意识到只有用革命的手段推翻清朝的封建统治，才能拯救国家和民族于水火之中。他在福州结识了有着共同革命思想的刘元栋、林文和林觉民等志士，一道加入孙中山先生领导的同盟会，并在福州的仓前山建立一个桥南公益社，名义上办理社会公益事业，实际上暗中进行反清革命活动。

光绪三十二年（1906），连江县透堡乡的郑瑞声与好友黄克安以及浦口乡家宅里的拳师曾守辉三人，为了村庄的自卫在透堡棋盘堂组织成立了"广福会"，以赛社的形式定期进行聚会，练习武术技击，会员有五十余人，大多为农民和手工业者。

光绪三十四年（1908），吴适受福建同盟会派遣回到连江发展革命组织，经族侄吴济金（广福会成员）的引荐，与郑瑞声和曾守辉相识并结为挚友，也加入了广福会，开始向会员宣传民主革命思想。在吴适的耐心启发下，会员的觉悟逐渐提高，一致推举他为"大哥"（即会长），广福会也秘密改组为"光复会"，成为同盟会所属的一个革命团体，并在县城、马鼻、长龙和丹阳等地设立秘密活动据点，创立了学生自治会等外围组织，会员逐渐发展到三百余人。他们还在潘渡乡开设了一家"广福木柴行"，由罗乃琳负责，以做生意的名义为革命活动筹集经费。吴适经常到福州与林文、林觉民和刘元栋等人进行联络，共商革命的大计。

宣统二年（1910）二月，同盟会领导的"庚戌新军起义"失败后，孙中山计划在广州再次发动起义。1911年1月，同盟会在香港成立了统筹部，开始筹组敢死队作为起义的中坚力量。此时，连江光复会的成员已经发展到近千人，大都身强力壮，善于技击，拳脚和棍棒的功夫都十分了得，孙中山和黄兴特别重视这支队伍，便派遣林觉民从东京回到福州，传达了同盟会要在广州举行起义的决定，并命吴适速回连江，动员光复会成员奔赴广州参加起义。吴适回到连江后召集曾守辉、黄忠炳、罗乃琳等光复会骨干开会，布置动员光复会成员自愿报名参加起义。分散在全县各地的光复会成员闻讯后纷纷赶到，踊跃地报名参加，最后共有二十六人前往广州参加起义。其中刘六符已于4月9日随林觉民、刘元栋、冯超骧等十余个志士，从马尾乘坐轮船转道香港抵达广州，先期进行起义的准备工作。吴适于4月24日率领其余二十五名连江光复会成员从马尾登上轮船，抵达香港后住进湾仔旅社，会见了黄兴和林文，然后又于27日下午抵达广州小东营，与来自四川和南洋等处的志士一百余人汇合。这二十六名光复会成员编入了黄兴直接领导的"敢死队"。下午三时，林文前来整队点名，每人分发一条毛巾，缚在臂上作为标志，并发给枪械弹药。临战之前，总指挥黄兴和姚雨林、朱执信等人，化装成富绅，外出观察形势，特别挑选几个连江光复会成员打扮成轿夫、听差和仆役，作为随行护卫。

下午五时半，敢死队兵分四路开始发起进攻。这二十六名连江籍志士都编入由四川、福建和南洋志士百余人组成的第一路，由林文为先导，吴适和冯超骧为督队，向两广总督衙门发起进攻。当他们进至督署时，敌军已经有所准备，开枪进行抵抗。起义军枪弹并发，击毙了管带金振邦，并冲进衙门，但两广总督张鸣岐早已翻墙逃遁。起义军放火焚烧了督署，转而进攻军械局。他们进至东辕门时，遇上水师提督李准率卫队营进行堵截，与对方展开了激战。由于寡不敌众，林文、林觉民、刘元栋、冯超骧等人先后中弹牺牲，黄兴右手被炸断两根手指，仍然忍痛指挥战斗。他下令兵分三路，绕出小东门和南门，以争取新军防营兵的接应，但联络不上。他们孤军奋战了一昼夜之后，伤亡惨重，整个队伍遂被打散。在这一过程中，始终冲锋在前的连江光复会成员卓秋元、陈清畴、陈发炎、魏金龙、罗乃琳、林西惠等人先后阵亡。

起义军溃败后，吴适与黄忠炳、王灿登、胡应昇、黄顺基等五人逃入一家理发店，见四下无人，桌上尚有未及撤去的饭菜，就顺便吃了一顿，并在店内宿夜。翌日早晨，清兵入店搜索，黄忠炳、王灿登和胡应昇三人因睡在楼下而被捕，不久英勇就义。吴适和黄顺基因睡在楼上承尘板上未被发觉，午后又有敌兵前来搜索，仍然未被发现。一直挨到了晚上，他们才敢下来取残饭充饥，然后又在上面躲过了一夜。第三日早上，又有清兵前来搜索，其中一人发现承板上有累重之状，知道上面必定有人，就跑到庭中开起枪来。他们知道已被发觉，就索性跳下楼拼命，把敌人吓得落荒而逃。他们从临街的窗户跳出，吴适落入路旁的沟中，与黄顺基走散了，就沿沟伏行了一昼夜，逃出了城外，又在一处山坟旁被埋伏的清兵捕获，审讯时坦然承认自己就是革命党。黄顺基与吴适离散后，在广州城内躲避了两三天，因为不懂粤语，到街上买东西时被巡警作为疑犯逮捕，后又与吴适一起关押在番禺县监狱。因为他留置发辫，吴适尽力为其掩饰，只关押了月余，便宣判无罪递解回籍。武昌起义后，广州得到光复，吴适也顺利出狱了。

曾守辉以及其他十一个连江光复会成员，跟随朱执信等广东籍志士突围，他们因为熟悉路径而顺利地脱险。在所有参加起义的二十六个连江光复会成员中，无一人变节，也无一人临阵脱逃，他们都表现出了大无畏的革命精神。

刘六符烈士在战斗中中弹受伤，鲜血濡满了衣裳，仍然振臂奋战，直至力竭被俘。在监狱中，主审官问他："如此年轻，何故执迷不悟？"他昂然答道："血性青年，为国为民，觉悟不迷，欲杀从速。"表现出一种为了革命事业早已将生死置之度外的大义凛然。5月11日，他临刑不跪，从容就义，尸身不仆，充分表现出一个革命者可杀而不可辱的英雄气概。

卓秋元烈士在赴粤举义前夕，跟妻子洒泪相别，并对后事进行了嘱托："自古英雄多磨难，汝吾相爱不到几年，此次一去不知能否回来。但牺牲吾一人之性命，救活千万人之性命，牺牲吾一人之家庭，幸福千万人之家庭，也是值得的，望吾妻勿悲。家中诸事还得靠汝一人操劳，实在过意不去。"这种舍小家为大家，为了国家和民族的解放而不惜舍弃小家的崇高精神，让人不禁为之动容，同时也为烈士家属的深明大义而深受感动。

为了解决革命活动经费的困难，黄忠炳烈士带头卖掉祖遗的山田二亩、房屋一间，把全部所得都捐给了光复会。当要派队前往广州参加起义时，为了筹集旅费，他又将四扇三间的房屋卖掉一大半，可谓为了革命事业而毁家纾难，倾其所有。对于一个传统农民家庭来说，房屋和田亩乃命之所系，可他为了参加革命活动，毅然把它们都献了出来，充分体现了对革命理想的坚定追求。

罗乃琳烈士考取过秀才，当过小学教员，也开过小商店，在连江这些参加起义的志士当中，算是文化程度较高也较有社会地位的一个。他自幼爱好拳术，也好读史书，胸怀大志，抱负不凡，与人论学每有独到见地。他常说过这样一句话："汉代以后学术不及秦前，究其原因，应咎于专制约束。"由此可见，他素有推翻封建专制的民主革命思想。县里有人组织一个"保皇"性质的自治会，也邀请他加入其中，他态度坚决地推辞道："士各有志，某不敢随诸先生之后也。"加入光复会后，他在家乡开设了广福木柴行，为革命事业积极筹集经费。

陈清畴烈士自小在家务农，平时爱好技击，务工精湛，虽然只是一个普通农民，却志存高远，胸怀天下，平时好谈时事政治，有着强烈的民族意识。他的家乡有抗清志士林国贤的坟墓，他经常向乡民宣传其抗清事迹。有乡人说他不安分守己，作为一介小民却去关心这些大事，但他并不介怀，反而向人们坦然直陈革命的大义。"天下兴亡，匹夫有责"，这是我们中华民族的一个宝贵精神传统，不仅士这个阶层具备这种精神，就是普通百姓也多少都具有这种精神。都说辛亥革命是一场资产阶级领导的革命，但其参加者许多都是陈清畴烈士这样的普通阶层，在他们的身上，同样也有着强烈的家国意识，蕴藏着巨大的革命潜力。

2020 年 6 月 13 日

连江长龙的华侨农场

今年疫情发生后，我无法外出打工，被困在了家里。一个作家朋友看我无事可做，没有经济收入，想介绍点活给我做。刚好连江长龙华侨农场要修一部场志，把这个项目交给了他，他需要一个帮手，就把我叫去了。

我之前未去过长龙，知道它在高山上，曾经两次骑摩托车分别要从东湖和马鼻两个方向上去，都因为山高路远而中途放弃了。这次约好成行后，我们从连江汽车站坐上开往长龙的班车。到洋门后就开始爬坡了，车沿着盘山公路缓慢地向上行驶着。公路修在右边的一座大山上，左边还有一座大山对峙着。那时正是清明时节，山下的枇杷树开始成熟了，农民沿路摆着不少摊子在叫卖。山上到处都是梧桐树，开着白色的桐花，一路走来真有一种"桐花万里关山路"的壮观景象。汽车在狭小的公路上行驶着，有的地方一边是峭壁一边是悬崖，十分的惊险。到了山上，眼前开始出现修葺得很整齐的茶园，我们来到长龙这个盛产茶叶的地方了。那天山下有些闷热，一到上面就感觉凉爽了不少，到底是高山的气候。山路又往下降了一点，眼前出现了一片开阔的地带，是高山上的平地，类似于我们通常所说的高原了。平地上有长着各种作物的田畴，有新建的民居，高山上藏着一个小镇，让人不由得感到一阵惊讶。

下车后，农场派一部小车过来接我们。农场是一个华侨农场，接纳来自东南亚八个国家的归侨，因而大门的设计就很有东南亚的风格，场名除了中文之外，下面还有这些国家的文字。右边沿路竖着八面铁板，分别设计成这八个国家的风格，各自选出有代表性的风物。初来乍到，还以为来到了一个东南亚国家风情园。这个农场接收归侨主要有两次。20 世纪 50 年代末印尼、菲律宾、马来西亚等国掀起的排华浪潮，使华侨受到了严重迫害，许多华侨想回到国内。于是我们国家派出力量接回了大量华侨，并在许多地方建立华侨农场安置他们。长龙华侨农场 1960 年 9 月开始筹建，1962 年 3 月，经上级批准，被洪水冲毁的闽侯上街华侨农场正式迁到长龙。1978 年，越南与我国的关系出现了恶化，又出现了一次排华浪潮，许多越南华侨以难民身份回到了国内，长龙华侨农场又安置了大量越南归侨。

我们第一次去是与场方进行初步洽谈。在场部办公楼的会客室谈完之后，场领导带我们在场部简单参观了一遍，我们就离开了。第二次我们开始上去收搜资料。我在上面住了三个晚上，每天除了看资料，还到周边的工区走走，并在场部对一个退休职工进行了采访，从而对农场有了进一步的了解。

在早期那次排华浪潮中，要数印尼最为严重，所以这一批归侨中也以印尼的最多。据我采访的那个刚退休不久的陈先生讲述，1960 年时他随父母回国时才一两岁，在连江生活了近六十年，还不会讲本地话，只会简单听一些，但印尼话却讲得十分地道。当年归侨大都来自印尼，在一起都讲印尼话，而上学时老师又教他们普通话，因而印尼话就相当于他们的方言。他们原先又是从国内出去的，有两广一带的，有客家人的，有闽南人的，因而很多人还会讲祖籍地的方言。他们回国后在农场聚居，普通话就成了共同语言，而我们本地话由于比较难学，他们又较少与当地村民接触，因而除了少数一些人会说，大都不会说。我在各个工区参观时，听到他们讲着各种语言，但唯独没听到他们讲我们当地的方言。在长龙这个小小的地方，却有着很多种不同的语言，这无疑是很神奇的，对语言现象感兴趣的人士可以前来采风或者调查研究。

这些归侨各自带来了独特的饮食、服饰以及风俗习惯等。印尼归侨都喜欢做咖喱菜，咖喱是他们日常的调料。以前我们都不知咖喱为何物的时候，他们可以通过香港这个渠道得到，可见这个世界是很难完全隔绝的，人员和商品的往来总是阻挡不了的。他们中许多人还会跳东南亚风情的舞蹈，唱东南亚风情的歌曲，还保留着一些东南亚的服饰习俗。我看见一个七十岁左右的老归侨来卖茶青，他戴着一顶印尼人常戴的那种黑色无边小礼帽。我还以为他是一个穆斯林，后来询问了那个陈先生，才知道不是，他是一个印尼归侨，戴这种帽子是印尼人的一种风俗。他到这里几十年了，身上还保留着这种风俗。同时，他们身上还鲜明地保留着祖籍地的印记。我听那个祖籍广西的何姓副场长说，他基本每年都要回广西老家祭祖。后来在福州还听一个祖籍广东的归侨说，他家里平时都是做广东菜。他们在东南亚大都信奉佛教，也有一部分信奉基督教，但同样信奉佛教，却不像我们当地人信得那么虔诚，也没过那么多的民间节日，一般只有春节和清明节时才放放鞭炮、祭祭祖之类的。这种复杂多元却又和谐共生的文化现象很值得研究，也很值得进行挖掘，从而增加我们文化的多样性和包容性。特别是这里的饮食文化，要是开发得好，一方面可以使这种文化得到传承，另一方面又可以增加他们的收入，产生一定的经济效益。

他们刚回来时，外面的发展水平比国内高，他们又大都属于商人阶层，至少也是小商人，因而家境都比较殷实，而回来后刚好遇到三年困难时期，再加上生活习惯的差异，因而很不适应国内的生活。在外面过惯那种优越生活了，现在要在这艰苦的山区挥舞锄头，因而很多人都产生了一定的情绪，特别是一些年轻人存在着不务正业，搞倒买倒卖等现象。因此，在"四清运动"中主要对这些人进行教育和改造，使他们适应国内的生活。但毕竟这种差异还是明显存在的，因而到 1978 年以后，很多人都申请离开大陆，其中去香港的最多，也有去欧美的，也有回到东南亚的，未离开的有的留在长龙，有的来到福州，也有的回到他们的祖籍地。随着我们国家经济的发展，申请出去的也少下来了。人员的流动是一种正常的社会现象，大体上是往生存发展条件好的地方流动。

他们逐渐适应了这里的生活，融入了当地社会，与村民的关系变得融洽起来，彼此之间经常来往，通婚现象也多了起来。他们最早都在内部通婚，后来越南归侨经常请当地妇女参加生产，很多人就娶了当地妇女。他们融入当地社会后，通婚就变成一个正常现象了，用那个祖籍广东的归侨的话说就是看缘分了。

长龙这地方山高水冷，并不适合水稻的生长，但当年也要"以粮为纲"，把很多地方开垦为稻田，农场也不例外，也种了很多水稻。但这地方毕竟更适合种茶，而且很早就有种茶的历史，1915 年长龙的鹿池茶还在巴拿马国际博览会上获过银奖。然而，就是在那个"以粮为纲"的年代，这里也仍然有种植茶叶，毕竟社会上有这种需求。后来随着政策的放宽，农场就开始因地制宜，不断扩大茶叶的种植，而水稻以及其他作物就越来越少了。

农场曾经办过一个很大的茶厂，还有好几个其他的小厂，以安置更多的人员就业，要把农场办成一个小而全的单位，但现在这些厂都没有了。据那个陈姓的归侨讲，这些厂不论怎么承包都不行，茶厂在 20 世纪 90 年代初倒闭了，塑料厂搞了几轮承包也都不行，现在唯一还在的是雨衣厂，但也租给了一个福州老板经营，只是一年收几十万的租金，其他一切都跟农场没有关系了。他自己以前也在农场的茶厂里当工人，后来下岗了，就到外面的私营茶厂打工。农场现在基本上只负责服务原来留下来的职工的生活，茶山也都由他们承包经营，一年收一点的承包费。它今后到底要如何运作下去，是像社区那样管理，还是实行企业化经营，并没有一个明确的答案。华侨农场只负责第一代归侨的安置，并且随着人员的进一步流动，作为社区管理显然不是长久之计，而要是作为企业来进行经营，又该如何突破经营机制上的困境，这些问题都是有待于探索的。

那个何姓副场长是 1978 年六岁时跟随父母从越南回到中国的。他对我说，你要带着感情去写场志，农场是特殊的时期（两次排华浪潮）的产物，是与我们国家当年的重大政治事件联系在一起的，在政治上发挥了重要作用。归侨对国家很有感情，国家也很重视他们，投入很多力量进行安置，帮助他们发展生产，同时也促进了这一带山区的开发。现在农场不再发挥这种作用了，就必然要退出历史的舞台。但我们也不必对此感到惆怅，一切都在发展变化，无论什么最后都要走入历史。我们只要知道曾经有一个群体在这里工作和生活过，在这里留下了足迹就可以了。而且还有不少人至今还在这里生活着。我问那个陈姓的归侨以后会不会离开这里。他说自己都来六十年了，早已习惯了这里的生活，已经融入当地，在这里扎下根了。他的父母都终老于此，他也准备在此终老了。最后那个晚上，我又出来走走。很凉快，也很宁静，对面一座楼下面坐着几个人，他们也是归侨，用普通话在拉着家常。我产生了一种莫名的感动——这就是生活，不管我们来自何处，在一个地方生活了，这个地方就成了我们的家园。我们好好地生活着，这才是最重要的。

2020 年 6 月 24 日

世相

不是所有的钱都能赚

临近岁末的时候，在北京民航总医院发生了一起杀医案。一名五十多岁的男子因为不满主治医生对其母亲的治疗而怀恨在心，伺机进行报复。暴力现象是令人发指的，凶手持事先准备好的尖刀，反复切割、扎刺这位女医生的颈部，致其不治身亡。人们不禁要问，到底有多大的仇恨才会如此痛下杀手？医院本是救死扶伤的地方，医务工作者被认为是白衣天使，如今却屡屡成为病人及其家属暴力伤害的对象，类似的恶性杀医案件已经不是一起两起了。我们的医院到底怎么了？我们的医患关系到底怎么了？到底在什么地方出了问题？

凶手固然要面临法律的最严厉惩罚，但他当初迈出这一步时，原本就没打算给自己留下后路了。他事先准备好了尖刀，说明是蓄谋已久而非一时的冲动。他作案后还自己报警，显得异常的冷静。因此，我们对杀医凶手进行过多的道德声讨是没有太大意义的，仅仅对他们处以极刑也不足以起到震慑作用，而要更多地思考他们为何要这样走极端，我们的医院为何会屡屡发生这样的悲剧，从中找到问题的根源以及治理的对策，从而今后才能减少这类悲剧的发生。这样的案件对于受害者及其家属固然是悲剧，对于凶手及其家属同样也是悲剧。

人们首先会想到的是，我们现在的社会充满了一种戾气现象。的确如此，现在虽然生活不断好起来了，但人们好像却变得

319

故事演绎

更加暴躁了，在社会上经常因为一语不合或者因为一件什么琐事而爆发冲突，各种极端的恶性案件层出不穷。这种戾气现象的背后是我们生命尊严的缺乏以及对生命权利的不尊重。在一个自己活得有尊严同时也尊重他人生命的社会，是很少有这种戾气现象的。以这个杀医案为例，我们目前还听不到凶手一方的声音，他这样做或许"事出有因"，但无论如何都不能成为对医生进行杀戮的理由。他把自己九十五岁高龄的老母送进医院治疗，说明他是一个很有孝心的人，对自己母亲的生命是十分看重的，但对那个医生的生命呢？人家可是正当壮年呀！即便不考虑这一因素，她至少也是一条生命，而所有的生命都是平等的。即便自己受到天大的委屈，也要通过合法的途径寻求正义；即使穷尽所有的途径都无法得到正义，也不能以此为由对他人生命进行伤害，更甭说剥夺他人生命了，除非我们还停留在一个野蛮的社会。因此，我们首先需要的是争取我们的生命尊严，同时尊重他人的生命权利，减少我们社会的戾气。

到目前为止，这起案件的具体原因尚未充分披露出来，特别是患者家属这一方的声音基本上还听不到，因而我们很难对其进行深入的分析。但我们从这些年来大量存在的医院盈利化倾向，医生对患者进行的各种过度检查和治疗，从而导致患者及其家庭遭受巨大的利益损害，就可以看出一些端倪来。不是所有的病都能够治疗，也不是所有的病都需要治疗，医生必须对患者讲清楚这一点，从而让他们正确地配合自己，而不是所有病都要给他们治疗，并且还要进行过度的治疗，从而让他们花去大量的冤枉钱不说，还把身体给生生治坏了。

几年前曾经连续发生几起杀医案，其中一起发生在浙江温州，凶手是一个二十多岁的年轻人。他患有严重的鼻炎，在一家

320

医院做了鼻窦切除手术，不但没有治好，还带来了严重的后遗症。据其本人的说法，每呼吸一次就要疼一次，以至睡觉时都要拿一个笔帽塞进鼻孔，从而才会缓解一些。我相信他对记者说的是实情。这种病虽然说大不大，但又是很难治愈的，甚至就是无法治愈的。这或许与各人的基因有关，有的人就不会得，而有的人就会得，只要来一次感冒就变成鼻炎了。虽然已经有这方面的手术治疗手段了，但还是无法根治的，同时还会带有很大的风险。医生对此就应当心中有数，即使患者愿意做这样的手术，也要把手术的真实疗效以及风险说清楚，而不能轻易向他们推荐这种手术，更不能为了谋取钱财而有意误导他们。

人们或许会说，利益受到侵害的患者可以通过申诉进行维权。这固然没有错，这是唯一可以走的维护自己权益的合法渠道，但医疗事故鉴定机构又是由医学专业人士组成的，同样会面临着巨大的信息不对称问题，患者要通过这个途径讨回公道，难度是可想而知的。目前，我们显然还缺少一个这方面的有效机制，人们甚至都没有想到要通过这个途径解决问题，于是就想到了各种"医闹"，在医院布灵堂、摆花圈等，甚至还出现的专业的"医闹"人员。如果穷尽了一切手段还无法讨回公道，有人就会想到一种极端的方式，对医生进行人身伤害，甚至痛下杀手。

这样说，并非认为对医生的暴力伤害就是正当的，而是说倘若我们不能有效地解决医患纠纷现象，就无法完全避免这类的悲剧发生。为此，我们就要建立起一个真正中立的具有公信力的医疗事故鉴定机构，让人们可以通过合法的途径维护自己的利益。更重要的是，医疗行业要加强自律，对治疗的药物、手段等进行规范，要把有关实情告诉患者，而不要去有意误导患者。对于医生而言，最要不得的就是轻易向患者许诺治疗的效果，却要患者自己承担治疗的风险。医生有的事是不能做的，有的钱是不能赚的，否则就昧了自己的良心，就会给患者带来巨大的损失，同时也置自己于一个十分危险的境地。

医院是一个救死扶伤的地方，而不是一个营利性的机构，公立医院尤其如此。但在我们的当下社会，情况却显得十分不妙。不但那些以"莆田系"为代表的民营医院，它们为了创收，医生要叫患者做各种昂贵的检查，给患者开各种昂贵的药物，就是公立医院也越来越出现营利化倾向了，医生也要叫病人做各种检查，然后"用大炮轰蚊子"，哪怕一个普通感冒也是如此。其实除了流感，普通感冒是不需要治疗的，医生只要建议患者多喝水多休息就可以了，而不需要吃药，更不需要做各种检查。人们或许会说由于政府对医院的投入不够，他们才不得不这样做。但这种理由又是站不住脚的，就像我们不能因为自己穷，因为钱不够花，就可以去偷去抢一样。

当然，并非说所有的医生都是这样的，很多医生其实是很有医德的，医术也很高明，我就遇到过不少这样的医生。医生这个行业总体上还是很辛苦的，他们在敬业地工作着，呵护着我们的健康。但我们又不得不说，确实存在着不少这样的现象，存在不少医德低下的医生。而这正是这些年来人们对医生这个行业评价很低，存在很大不满的原因。悬壶济世、医者仁心，这是作为医生必须牢记在心的。

2020 年 1 月

风风火火 "吹捧文"

　　农历己亥年的岁末，在我们这个历史悠久、当下又热闹异常的神州大地上，"吹捧文"一词又火了起来。它并非通常那种有钱人雇写手写的吹捧文章，这种"一手交钱一手交文"的现象世人也不大当回事，都知道这是一种交易，甚至还是一种公平的交易——卖文的要挣钱养家，买文的要宣传自己。它属于一种软文，而且由于没有多少权力的背景，吹得也不十分离谱，只是有些夸张做作罢了，人们并不觉得有多恶劣。它也不是那种下属为了讨好上司，而精心炮制出来的令人作呕的阿谀奉承之作，无原则地对自己的上司进行吹捧，将其夸得天花乱坠，才具平平者也要说成天纵英明，敲骨吸髓者也要说成爱民如子，生活糜烂者也要说成作风检点、自律甚严。这种拍马屁的吹捧文章才是最为恶劣的，人们通过给上司脸上贴金，换来了自己的权位，攫取更大的利益，是一笔巨大的买卖，而且还是以公共资源作为交易的筹码，以大众利益的受损作为代价。但只要权力是专横和傲慢的，林林总总的这类现象就会不断地发生。

　　本文要说的"吹捧文"是指学术刊物以及学术论文。马克思说过一句名言："在科学的入口处，正像在地狱的入口处一样，必须提出这样的要求：'这里必须根绝一切犹豫；这里任何怯懦都无济于事。'"学术活动天经地义要以寻求真知、探索真理为职志，是十分严谨也是十分大胆的，在科学面前没有任何的权威可言，人们奉行"独立之精神，自由之思想"的原则，唯真理是从，在真理面前人人平等。令人匪夷所思的是，时下我们的学术界居然也产生了一种新型文体——学术"吹捧文"，并且还火了起来！最近，舆论界先是爆出某核心期刊发表吹捧"导师崇高感"和"师娘优美感"的奇葩论文，接着又爆出一家核心期刊的主编给自己十岁的儿子开一个文艺专栏。这两颗重磅炸弹产生的震荡未消，某所大学的一则博士论文答辩公告又爆响了。人们发现，答辩论文的研究对象就是指导老师的个人教育思想，这位指导老师是原某所大学校长，他不但指导自己的博士生研究自己的教育思想，同时还是论文的答辩委员会委员。在我们这块神奇的土地上，任何神奇的事情都是有可能发生的，人们都会一回生二回，变得见怪不怪了。

　　吹捧"导师崇高感"和"师娘优美感"的论文作者辩称这不是拍马屁，而是通过这样的例子论证夫妻之间和睦共处关系。但"瓜田不纳履，李下不整冠"，即便真如他所说的那样，在自己导师所主编的期刊上发表这样的论文也是极为不妥的。再者，他所写的又是哪门子"学术论文"？符合这种专业期刊的学术定位吗？其实事情远不这么简单，作者在这家刊物上发表的这两篇"导师崇高感师娘优美感"论文，属于一个重大研究项目，资助金额为两百万元，作者就是项目的负责人，而其导师是合作者。真是无利不起早啊！

　　另一家刊物的主编也回应道："我们的刊物有这个栏目，这是我们办刊的风格。我没啥解释的，谁写得好，就发谁的。"真是好一个坦荡啊！在一个核心学术期刊上设一个"文化休闲"栏目，够有创新意识的，但也未免有些不务正业了。而让自家的小公子在上面一而再，再而三地发表作品，甚至还亲自披挂上阵，写过一篇主编按语，对其赞扬有加，不遗余力地进行推介，这也未免做得太明目张胆了一点吧。我未去读这位小公子的作品，不知其成色到底如何，但即便再怎么少年天才也应该把作品投到别的地方发表，而不是在自己老爸主编的这样一个学术期刊上开一个专栏。

那所大学校方也回应称，导师指导学生研究自己的教育思想这合法合规，导师担任答辩委员会委员这是全国高校通行的做法。我未读过这位老校长的著作，不知道其博大精深的教育思想是什么，但指导学生研究自己的教育思想却显然是极其不妥的。学术研究本来就要不断地开拓新领域，自己的思想经过不断的面授学生想必已经十分熟悉了，再让其深入地研究岂非一种重复劳动？更为重要的是，让学生研究自己的思想，他们还如何客观地进行研究？倘若如实地指出自己的种种不足，岂非对乃师的大不敬？而倘若一味地说自己的好话，这种廉价的吹捧又有多大的意义和价值？同时，"旁观者清，当局者迷"，老师指导学生研究自己，又如何个指导法呢？诚然，有关法律法规并无明文规定老师不能指导学生研究自己，但这是一种约定俗成的东西，是一种不成文的规定。网友们还发现，这位导师担任大学校长期间，指导的不少博士生毕业论文的研究对象都是他个人的教育思想，中国知网收录一百二十一篇以他的名字为篇名的文献，其中大部分来源于他所在的大学。这就让人不禁想到，许多学生之所以以他的教育思想为研究对象，也许并非因为它有多大的研究价值，而是冲着他所掌握的巨大教育权力和教育资源而来的。至于说指导老师担任答辩委员会委员是全国高校的通行做法，即便这样，也不意味着它就是合理的，就像不能因为很多人都闯红灯就认为它是对的一样。论文答辩既是对学生的答辩，也是对指导老师的答辩，而指导老师同时也是答辩委员会的委员，这就相当于既当运动员又当裁判员了，有违程序公正之原则了。

这些形形色色的"吹捧文"有一个共同特点就是太拙劣，太缺少技术含量了，如此露骨的东西白纸黑字地放在那里，是迟早要出尽洋相的。那些吹捧的固然会为人所不齿，而那些被吹捧的呢？就像那个校长一样，看似很多人都在研究他，俨然成了这一领域的泰山北斗，但一旦西洋镜拆穿之后，人们发现这不过是学生给他搭起的一个花架子罢了。他们不这样倒好，闹腾起来之后反吃不了兜着走了，可谓聪明反被聪明误，自以为是短平快的成功捷径，却偷鸡不成反蚀一把米。这种事情一般人是不屑于做的，以至有人慨叹，还是翟天临有"骨气"——他的论文虽然抄袭了别人，但至少没在论文中起劲地吹捧自己的导师。但这些人又都是所谓的"高知群体"，其智商之高是我等之辈无法望其项背的。他们之所以还做出了这种十分不智的行为，只能说明他们被糊涂油蒙住了心，利令智昏，不知羞耻为何物了。

学术界之所以出现这类现象，与我们一些落后的传统文化有关，譬如人情因素的泛滥、关系网的无所不在、阿谀奉承的流行等，但本文重点要谈论的是一个制度的问题，即它与我们缺少一个科学、规范的学术管理制度有很大关系。我们至今尚未在学术界建立起一种学术共同体制度，由自治、权威的学术共同体对学术活动进行评价，从而决定学术资源的分配，决定学术人才的录用、晋升等，而是在很大程度上由行政权力主导着这一切，学术机构严重行政化了。以学术期刊为例，许多期刊尚未实行匿名审稿制度，已经实行的很多也只是徒具形式而已，因而权力稿、关系稿、人情稿等现象就变得十分普遍。在这种背景下，就不可避免会出现许多学术赝品，包括上面提到的这些"吹捧文"。学术研究是一项十分寂寞艰辛的事业，需要一种"板凳甘坐十年冷，文章不写一句空"的精神，学者需要过着一种清苦的生活，在学术的园地里默默地耕耘，从而才能收获学术的成果，但由于我们学术机构用人机制的落后，致使许多其实并不适合从事学术活动的人也进来滥竽充数了。这些年随着国家对学术研究的重视，随着科研经费的增加，学术界更是成为许多南郭先生猎取名利的场所了。这些人做不出真正的学术成果，但又要在里面混出个名堂，于是就只能寻求各种终南捷径了，写"吹捧文"无疑也是其中的一种。试想，学术研究有多么的艰辛，要下多大的功夫，而且还不容易出成果，但这种"导师崇高感师娘优良感"的抒情式"学术论文"却很快就可以炮制出来。它们不但在导师主编的核心期刊上发表了，还给自己带来了两百万的课题经费，可谓名利双收。

像学术造假、学术"吹捧文"这类丑闻之所以层出不穷，还与我们在这方面的惩戒制度不完善有关。这些年来由于舆论尤其是网络舆论的发力，许多这类现象都得到了曝光，但真正受到应有处理的却很少，对于一些人而言，可谓"任你风吹浪打，我自岿然不动"。在刚过去的 2019 年 11 月，某所大学校长被美国一位知名学术打假人士曝出，他有五十篇学术论文存在伪造图形、图片的问题，从而引起舆论界的哗然，也造成了很不好的国际影响。但至今有关部门仍未拿出一个调查结果。那位导师已经引咎辞去刊物主编职务，那家刊物也把这两篇"学术性不足"的论文撤稿了，虽然这还不是人们想要的结果，但毕竟已经走出一步了。而后面两个呢？但愿有关部门会给公众一个交代的。倘能如此，则学界幸甚，社会幸甚，国家幸甚！

2020 年 1 月 17 日

喜鹊与乌鸦

　　喜鹊与乌鸦是两种十分不同的鸟类，人们却经常把它们相提并论，这并非在自然界中两者有多少交集，兴许它们还是井水不犯河水的，但由于人们分别赋予了它们两种不同的象征，一种是吉利的，一种是不吉利的，而人们在生活中又免不了要么抬头见喜，要么触到霉头，因而就免不了要它们借用过来。当然人们都希望自己能够走运而不是倒霉，能够摊上好事而不是坏事，所以也连带着喜欢喜鹊而不是乌鸦。乌鸦一般单独活动，浑身都是乌黑的，蹲在枝头一动不动的，突然间又飞了起来，发出"哇——哇——哇——"的十分难听的叫声，让人听了有些毛骨悚然起来。它还喜欢在动物的尸体上啄食腐肉，因而人们总把它和死亡联系起来，它的叫声也变成了报丧的声音。人们听到什么不合自己的愿望、令人扫兴的话，就说是"乌鸦嘴"。提到乌鸦时，人们总带着一种欲避之却又无可奈何的心情。而喜鹊一般成群结队的，羽毛是黑白相间的，黑色中又带有不同层次的光泽，啾啾啾的声音听起来很是清脆悦耳。它们停在一棵树上啾啾啾地叫着，给生活平添了一份喜庆祥和的气氛，所谓"喜鹊登枝"是也。

　　小时候我家后面的山上种着一排杉树，一天清早树上飞来了几只喜鹊，它们在枝头欢快地闹着。母亲对我说道："这就是'吉鹊'（在我们老家喜鹊叫'吉鹊'，这似乎更能把它的象征意义表现出来），谁家来吉鹊了就会交上好运。"我听了心里也一阵欢喜，谁不希望自家好运不断呢？就连我自个儿也想考个高分，从而能当上"三好学生"呢。那时我们家最需要的是多取得一些收入，从而使光景变好起来。而乌鸦在我们那边是很少见到的，我是后来到了北方才见到许多的乌鸦。但在我们的汉语文化圈里，乌鸦即使没有见到也有听到，都知道它不是什么"好鸟"，最好不要碰上它，碰上了也权当没看见，似乎这样晦气就不会沾上我们了。

喜欢听到好话而不喜欢听到坏话，这可是人的一种天性，于是报喜不报忧的现象就随之产生了。人们当着对方的面都是尽量好话说上一箩筐，哪怕带有水分的甚至无中生有的，而对方的缺点却不愿意坦言相告，都喜欢当讨人喜欢的喜鹊而不愿意当不受欢迎的乌鸦。这种风气其实是害人不浅的，久而久之就会使人找不着北了，以为自己通体都是闪闪发亮的，自我感觉显得过于良好，而看不到自己还有哪些缺点，从而变得故步自封了。因此之故，人们经常欢迎别人多提一些意见和建议，哪怕十分尖锐的都可以，"良药苦口利于病，忠言逆耳利于行"。但真要做到这一点却是十分不易的。客观、中肯的意见总是直指问题的要害，说出来往往会使对方形象变得不那么光鲜，脸面不知道往哪里搁了。即便没有脸面的问题，也还有利益的问题，直言无忌地道出自己的看法不免会损害对方的既得利益。因而人们往往明哲保身，尽量不去当一个"坏人"，即使对方开门纳谏也不会过于当真，担心会是"引蛇出洞"，从而引火烧身。

然而，一个人要想不断取得进步，又非得学会虚心听取他人意见不可。人们总是很难发现自身错误的，总是倾向于认为自己是对的，不然就不会这样说和这样做了。妻子辅导儿子做数学作业，每每指出他的错误，他总是接受不了。一方面固然可以说他很固执，另一方面其实也可以说他爱较真，他确实认为自己是对的才这样固执的。为了避免固执己见，我们就要灵活地打开自己的思路，即要先把自己的认识搁在一边，从一种"无"的状态出发，以一种客观、中立的他者立场，重新对自己的认识进行审视，也许从中就可以发现自己的错误。

我出第一本书时，曾经把电子版发给几个朋友看，并请他们提一些中肯的意见。有的有反馈，有的没有反馈。从反馈回来的看，有一个称赞了书中的优点。对于这些好话我既希望听到又不希望听到，希望听到是因为我写这本书确实做了很多准备，是很认真地写出来的，因而听到肯定的话也会感到欣慰；不希望听到是因为我确实还想要别人提出一些中肯的意见，以利于自己的进一步提高。更多的则是在肯定的同时也坦率地提出了一些意见。一个说我针砭时弊的部分写得还不够深刻，一个说我的文字还不够精练，有点记流水账，一个转述专家的观点说要少用一些"得地的"等。我收到他们的意见后都表示了衷心的谢意。这些朋友都是我很熟识和信得过的，我相信他们都是读了我的书之后，经过深思熟虑才说出来的，而不是在敷衍我。姑且不论他们的观点对还是不对，首先出于这一点我都要十分感谢他们的朋友义气了。

然而，真要我要认识到这些意见的可取之处却颇费周折。关于针砭时弊的部分不够深刻，我主要归咎于外界条件的限制，使我无法把自己的思想充分表达出来，而不太从自己的身上寻找原因。但我经过冷静想想，又感到自己其实还是有不小缺陷的，思想在许多方面尚未做到十分透彻，表达也未做到入木三分、鞭辟入里的地步，自我感觉似乎可以了，实际上还欠火候。在文字方面，我原以为经过反复的修改，已经过得去了，后来经过冷静想想，又感到自己的行文的确还有一些拖泥带水，有些部分文字不够精练，有些部分可有可无，有些部分干脆就是无话找话，同时也的确还有点记流水账的毛病。我之前虽也意识到有些地方不用虚词修辞的效果会更好，但在更多的地方还是用上了，却未意识到这样做有何不妥。

要避免这种"当局者迷"的现象，就要有"海纳百川，有容乃大"的宽阔胸怀，不要把自己看得多高明，多完美无缺，而要更多地认识到人类的知识是一个海洋，自己所掌握的不过是沧海一粟，要更多地认识到"三人行，必有我师焉"，要善于取人之长补己之短，要更多地认识到"旁观者清"，他人往往更超然、更客观，更能看出问题的所在。

从旁观者的角度讲，我们也要对别人负责，敢于把自己的真实想法说出来，而不是看出对方的问题了也不肯坦言相告，更不应无原则地进行奉承，即要当一个净友，而不是一个老好人，更不是一个溜须拍马之徒。当然这并不意味着要与人为难，对并不严重的缺点进行小题大做，甚至对并不存在的缺点进行捕风捉影，从而沦为一种酷评和苛评，这同样也是十分不负责任和不可取的。

优点倘若是客观存在的，它就是属于你的，而不会跑走。而缺点倘若也是客观存在的，你不承认它，它也会一直存在下去，从而严重阻碍你的进步。只有你真正认识到它了，才谈得上克服它，才能取得必要的进步。而虚心地让人提意见，让人指出自己的缺点，无疑是发现缺点的很好办法。从这个意义上说，我们要少报一些喜多报一些忧，要少一些喜鹊多一些乌鸦才好。对于一个人如此，对于一个企业、一个国家也同样如此。一个企业只有多想想市场所存在的各种风险，多想想自身所存在的各种缺陷，才能在异常激烈的市场竞争中生存下来；一个国家只有居安思危，不断地发现所存在的各种社会问题，并寻找解决问题的对策，才能使社会真正长治久安。

对于傲慢的权力而言，敢言直谏、报忧不报喜的乌鸦无疑是最煞风景的，而歌功颂德、报喜不报忧的喜鹊无疑是最受欢迎的，因而围绕着它的往往是后者而不是前者。海瑞"舍得一身剐，敢把皇帝拉下马"的精神无疑是十分可贵的，但又是常人所难能的，我们需要的是使权力受到应有的制约，使权力变得不再傲慢，从而使我们可以充分地行使批评的权利，而不必担心受到打击报复。唯有如此，才能真正做到广开言路，"言者无罪，闻者足戒"。

2020 年 1 月

庸人哲学

"人怕出名猪怕壮""出头的椽子先烂""枪打出头鸟""木秀于林，风必摧之"，这些都是我们国人耳熟能详的"名言警句"，无一不是教导人们要不为人先，行事要低调，要随大流，只有这样才有安全感，才能更好地为人处世。要是过于高调，过于出众，就会成为众矢之的，给自己招来不便甚至危险。在这种思想的长期熏陶下，人们的一言一行都变得中规中矩，为人处世变得谨小慎微起来，一种不求有功但求无过、不求卓尔不群只求泯于众人的庸人哲学就盛行开来，并一直流传到今天，成为我们国人的一个显著精神特质。

这种人生哲学压抑了人的天性，使人变得过于平庸化，才能得不到充分开发，个性得不到充分发展。发挥个人的所长，追求个人的志趣，在这种追求中不断取得突破，这其实是人的一种天性，人们在内心里总希望自己能够与众不同的，总希望自己能够出人头地，实现自我价值的。但在这种人生哲学下，人们却只能处处压抑自己的天性，使自己变得平庸起来，这是很不人性的。同时，这种人生哲学也严重阻碍了社会的发展进步。社会是由一个个的人组成的，社会的发展进步有赖于每个人都充分发挥自己的才干，积极地去追求自我、实现自我，只有每个人都这样了，才能为社会的发展进步注入不竭的动力，才能形成一种你追我赶、互相学习的良好氛围。一个好的社会绝不是一群平庸的人所能建设起来的。

在我们的传统社会中，一些有创造性的思想通常被认为奇谈怪论，被认为思想复杂，甚至异端邪说，一些不同于流俗的行为被认为特立独行、天马行空，一些不同于常人的服装被认为奇装异服、伤风败俗，这些现象都是很难被社会容忍的。但其实恰恰这些人才是真正具有活力，能够促进社会发展进步的。无论什么领域，哪怕要进行一项小小的革新，都要有人最早提出来，而这些人往往都是一些不同于常规思维、不按常理出牌的人，在常人眼里都是思想怪异的人。我们从生活中就可以观察到，多是那些思想怪异的人，才能想出别人想不到的点子，才敢去尝试别人不敢尝试的事情，最后往往都是他们占得了先机，取得了成功。我们改革开放初期产生了大量个体户，他们当中一些做得大的后来又成为民营企业主，变成了让人眼红的富豪阶层。他们当初都是一些处于社会底层的人，但同样处于社会底层的人很多，为什么偏偏让他们成功了呢？他们都是一些有想法、不安分的人，追求财富以及事业的愿望十分强烈，同时又敢闯敢拼，别人看不出来的机会他们看得出来，别人不敢尝试的事情他们敢于尝试，所以他们成就一番事业了。再举一个例子，我大学时有一个老师，他的着装总跟别人不一样，我真奇怪他哪来那么多怪异的衣服。但他恰恰是我们学校最有思想的老师，在许多问题上都能提出自己的独特见解，让我们受到很多的启发。他也因此成为当地一个极具影响的学者。云南那个地方从某种意义上说，正是因为有了他这样的学者，思想文化界才变得更有生气。然而遗憾的是，我们的传统社会却不适合这些人的生存，很多人才都被扼杀了。

这种人生哲学的盛行有其特定的社会背景。我们古代是一个农耕宗法社会，这是一个超稳定的停滞型社会，需要的是稳定，是遵守既定的社会秩序和价值观念，人们只需要学会先人留下来的经验，做到循规蹈矩就可以了，而不需要标新立异和出类拔萃。对于那些标新立异和出类拔萃的人，人们还会认为会破坏社会稳定，成为害群之马，必欲除之而后快。"世人皆欲杀，吾意独怜才"，诗仙李白无疑是不世出的人才，却不见容于当时的社会，虽然有杜甫这样的知己，但又是很少的，而且就是杜甫自己的处境也好不了多少。所以他的一生过得十分栖皇，只能去"斗酒诗百篇"了。而且在这样的社会，人们生活在熟人的圈子中，需要遵守尊卑长幼的秩序，必须按照长辈的意思去做，一旦违逆了他们的意愿就要受到各种惩罚。在这样的社会，人们不允许有自己的主见，甚至都不能有自己的隐私以及个人的财产，还如何伸展自己的个性，如何去开拓进取呢？

　　而在西方社会为何就不盛行这种人生哲学呢？其实他们在中世纪时代，人性也被严重地压抑着，人们生活在专制权力特别是神权的统治之下，追求自我、特立独行的人也要受到严厉的惩罚，宗教审判庭就处死了大量的思想异端。经过了文艺复兴和宗教改革，人性得到了肯定，人们从神权下走了出来，才可以追求个人的幸福，追求自己的个性，实现自我的价值。近代以后，西方进入了工商社会，这是一个由陌生人构成的契约社会，也是一个激烈竞争、开拓进取的社会，需要人们去追求自己的个性，去发挥自己的积极性和创造性，平庸是这种社会的大敌。在这样的社会，人们得到了自由，可以去追求自己的个性和理想，实现自我的价值，同时社会竞争的压力也促使人们必须积极进取，而不能沦为平庸。

　　我们现在处于从传统社会到现代社会的转变过程。一方面，个人开始得到了承认，人们的自我意识开始苏醒，在不断地追求着自我。另一方面传统的东西又不容易打破，仍然在严重地束缚着人们。说起个人主义以及个性这些话题，人们仍然充满着一种颇为复杂的情感，庸人哲学仍然有着很大的市场，许多人还不能正确地理解自由以及个人主义这些概念。自由意味着责任，而不是通常所理解的为所欲为，它要以不妨碍他人的自由为界，而我们则往往过了头，在追求自我的同时往往不顾他人的死活，从这意义上说，我们不是不够自我，而是太过自我了。个人主义也绝不是自私自利的代名词，个人的自由权利应当得到保障，个人的正当利益应当得到保护，但我们也不能只做一个自了汉。人是生活在社会中的，在享受权利的同时，还要履行义务，在自我得到实现的同时还要为社会做出应有的奉献。所以个人主义最发达的美国，慈善事业也是最发达的，不仅富人慷慨地向慈善机构捐款，穷人更是热衷于此。据说美国十三岁以上的人口中，有50%的公民每周平均当志愿者四个小时，75%的美国人为慈善事业捐过款，平均每个家庭的捐款占年收入的3%—4%，而且低收入阶层的这一比例通常达到5%，高于高收入阶层。个性也是如此，个性有健康的，有不健康的，不健康的个性法律无法禁止，但社会不能提倡。吉尼斯世界纪录五花八门，但那些会损害健康的申请项目却被拒之门外。我们要追求自己的个性，要活出自己这没有错，但我们的个性不能违背社会的公序良俗，也不能损害自己的身心健康。

在别人的眼里，我这个人也许显得比较特立独行，总喜欢追求自己的个性。有一段时期，我曾经因此而与周围的人格格不入。我后来经过认真的反思，其实我也不是刻意要这样，在我看来追求一种自己喜欢的生活方式是一件很自然也很合理的事情，问题并不在于是否具有自己的个性，而在于自己的个性是否会影响到他人以及社会，要是会就要及时改掉自己的毛病，要是不会就不妨坚持下去。我上大学时晚上在宿舍里想早点睡觉，别人熄灯后还继续开"卧躺会"。我不让他们讲，他们意见很大，终于起了很大冲突。我意识到自己错了，少数要服从多数，我不能封住他们的嘴，就随他们了，时间久后也习惯了。我被子有时叠得不够整齐，有一个同学很爱管闲事，认为这影响到宿舍的美观，我也就顺了他，按他的要求去叠。但其他的我就不能顺他的意了，譬如我很少跟他们在一起玩，有空就去教室里看书，他虽然也有些看不惯但也拿我没辙，因为这是我的权利，我没影响到任何人。

当庸人哲学真正从我们这里消失了，我们真正懂得了如何追求自己的自由，也懂得尊重别人的自由，从而人人都能充分地发展自我、实现自我，可以"万类霜天竞自由"，那该是多么的快意啊！

2020 年 6 月 17 日

我们该发绿卡了吗

在这次疫情期间，一个关于吸收外来移民的征求意见稿在社会上掀起了轩然大波，顿时像一滴水掉进了油锅，炸开了。我对于社会上的热点问题向来不急于跟进，一来自己不靠写时评吃饭，二来许多问题一时还看不清楚，急于跟进总难免会留下各种漏洞。但我会一直关注事件的进展，等到事实真相都浮出水面了，各方面的意见都表达出来了，再进行自己的观察和思考，写出文章也不为了发表，而只存在那里备忘。我不知道这种马后炮的文章是否有存在的价值，但有价值也罢，无价值也罢，写下来就是了，又不会占用刊物的宝贵版面和读者的宝贵时间，当作一种自娱自乐亦无妨。

在这场关于移民问题的争论中，很多人认为现在开放移民，最后进来的不会是那些我们真正需要的高端人才，而会使那些低端"人才"都进来了。特别是那些原来在国内，后来移民到海外的人，现在看我们国家发展起来了，就会又回来享受这边的福利以及各种发展机会，做到好处两头拿。这种担心也是很有道理的，笔者十分认同。制度难免会有漏洞，人们事先提出这样的担心也是必要的。对于那些公共性的问题，人们发表自己的意见是一种权利，也是政府集思广益，使最后出台的政策更加周全、更加合理所必需的。在现实中，我们出台一个政策时，因为事先未经过周密的论证和设计就仓促地推出，从而导致弊病丛生，这样的例子俯拾皆是。但在开放移民这个问题上有两说，要是认为现在存在很多漏洞，不能急于出台，需要广泛征求意见，经过充分论证和完善后再出台，我则举双手赞成；要是因此就反对更多地吸收移民，反对开放移民，我就不敢苟同了。这是两个不同层面的问题，我们不能因为会存在各种漏洞就反对开放移民，我们要做的是补上各种漏洞，而不是一刀切地反对开放移民。

还有一种观点认为，我们不能吸收外来的移民，特别是大规模的移民，因为我们具有很不同的文化和制度，要是外面的人大量地移民进来，就会大大增加我们的复杂性，改变我们非多元文化的属性。因为移民不同于客居在这里的人，是可以永久居留的，甚至还可以进一步拥有公民的身份，享有公民所享有的各种权利，从而成为这块土地上的主人。移民带来了不同的文化、不同的价值观，他们要在这里生根，会改变我们的文化土壤。这种观点也是不无道理的，我们的确在各方面都有很大的独特性，要是像曾经有人提出的那样大规模地接纳叙利亚难民，也的确实是一件不可想象的事情。但在这个问题上我们也不能过于绝对化，要完全不接受外来的移民，不接受外来的文化，这既不合情也不合理。

同时，说大量地接受外来的移民和文化不符合我们的历史传统，这也不是事实。我们中华民族向来就是不断地融合外来的民族而得到壮大的，我们的中华文化向来就是不断地吸收外来的文化而得到发展的。我们汉民族本身就不是一个种族的概念，而是一个文化的概念，是以中原的华夏族为基础，不断地吸收甚至有时是大规模地吸收周边的民族而形成的，然后又以我们汉民族为主体，又不断地和其他民族接触和融合，在文化上相互交流，共同形成了中华民族这个大家庭。我们的文化不是单一的，而是极为多样的，而正是这种多样才保持了我们中华文化的巨大活力。唐朝被认为是我们古代最为强盛的朝代，但它同时也是一个文化最为开放的朝代。它敞开胸怀吸纳各个民族，其皇室本身就具有北方其他少数民族的血统；它也敞开胸怀吸纳各个民族的文化，中外之间文化交流是十分发达的。长安是当时一个著名的国际大都市，有来自许多国家和地区的人，他们同时也带来了不同的事物、不同的文化、不同的宗教，诗仙李白就出生于中亚的碎叶这个地方。也正因为这种开放和博大，才造就了唐朝的盛世以及文化的辉煌。

人口的流动是一种不可避免的社会现象，只要有人类社会就会有人口的流动，地球上的任何地方都不是世世代代属于哪个民族的。人口的流动固然会带来一定的社会问题，但更带来了不同的文化和不同的人才，给当地社会注入了生机和活力。我们的胡椒、胡琴、葡萄、苜蓿等，都是古代随着外来民族的进入而带来的，从而增添了我们文化宝库的内容，也丰富了我们的生活。其实细数起来，我们的文化宝库中很少不是以这种方式产生的。我们大可不必害怕人口的流动，害怕吸收外来的文化，越善于吸收外来文化越说明一个文化机体的健康，只有一个不断走向衰落的文化才害怕吸收外来文化，就像一个弱不禁风的人才怕风怕水又怕光，最好整天都关在屋子里一样。

我们中华文化有着巨大的包容性，也有着巨大的吸纳能力。佛教进来了，并未取代我们的文化，而是经过吸收和改造，与我们本土的文化融合在一起，变成了本土的佛教，同时也使本土文化得到了必要的补充和改造，变得更有生机和活力了。晚清以后我们又开始一个新的大规模吸收外来文化的阶段，现在这个阶段还远未结束，并且随着世界越来越全球化，我们与世界其他文化的交流只会越来越频繁，融合只会越来越深入。可以想见，今后会有越来越多的老外来我们这里定居，会给我们带来许多不同的文化。相信以我们悠久而博大的文化，以我们文化的包容性和吸纳能力，它们并不会从根本上改变我们的文化，却有利于我们文化的更新和发展，就像历史上曾经发生的那样。有人或许会说，古代那种中外文化交流的格局，是因为在古代社会我们的文化相对处于高位，因而相对低位的外来文化最后都被我们所同化。而到了现代工业社会，我们的文化就不再处于高位了，外面的文化过多地进来，就会使我们失去文化的独特性。按照这个逻辑，为了保住我们的文化独特性，岂非要永远处于那种传统社会，永远也不走进现代社会了？

事实上，文化也必然会发展变化的。先秦时期、秦汉时期、魏晋南北朝时期、隋唐时期、宋元时期、明清时期，更不用说晚近时期了，这些不同时期的文化都发生了变化，甚至是很大的变化。要是能够起先秦时期的古人于地下，他们恐怕会认为我们是天外来客了，甚至连我们写的字都不会认识了。同时，文化要为人们更好地生存发展服务，而不是人们要为一种文化而活着，当我们需要更新既有的文化才能更好地生存发展下去时，就必须大胆地对文化进行改造。新文化运动的宗旨就在于此。

在人口的流动越来越频繁，不同的文化越来越融合的时代，我们与其去抵制这种发展潮流，不如去学会适应这样的时代，通过相互调适、相互包容，在和谐共生中产生出一种新的文化，让人们更好地相处下去，更好地发展下去。事实上人们担心开放移民会带来的那些问题，包括民族的、宗教的、政治的，原来都是存在的，都不是新问题，我们需要的是学会妥善地处理这些问题，而不是刻意地回避它们。当然，从长远的发展方向看是这样，并不是现在就要大规模地开放，否则就会给我们各方面带来很大的冲击。

　　说我们无法接受大量的移民，但我们自己又有多少人移民出去了？我们移民出去的人适应了当地的文化，当地的人民也接纳了他们，这难道不会给我们一些启发吗？现在也有人愿意移民进来了，说明我们的国家发展起来了，对世界人民的吸引力增强了，这是以前未曾想过的事情。说开放移民会产生各种问题，我们也缺少这方面的传统，但有问题，把问题解决了不就可以了？不习惯，做了以后不就习惯了？要知道，我们当初刚解开裹脚布时也是很不习惯的。

2020 年 6 月 19 日

洋女婿的 "超国民待遇"

第一次鸦片战争后，我们被迫开放了五个通商口岸。从那以后，外国人开始大量地在中国居住，从事经商、传教等各种活动，外国人的特权和待遇问题一直牵动着国人敏感的神经。他们的一举一动都经常会被放大，从而成为舆论的焦点，有时甚至还会掀起巨大的社会风浪，晚清的许多教案以及后来的许多反帝爱国运动，都是由这些事件引发的。在半殖民地时代，我们与外国人的关系总很难处理得好，因为这些外国人的背后是列强的势力，我们与列强之间存在着一种不平等的关系，因而他们也受到特殊的保护，享有各种特权。譬如，外国人在我们国家享有治外法权；租界对我们存在各种的歧视；出现我们与外国人的纠纷时，官府总是偏袒外国人，或者不得不屈服于他们。这些现象的长期存在，使得我们总觉得外国人受到超国民的待遇，这是我们的屈辱——我们是这块土地上的主人，却要处处低人一等，而他们作为客人却可以横行霸道，因而感到愤愤不平，要是遇到什么敏感事件就很容易掀起巨大的波澜。

长期以来形成的这种情绪也会变成非理性的力量，使人们会把一些普通的问题上升为政治问题，上升为民族情感问题。譬如，"华人与狗不得入内"曾经成为我们民族的屈辱记忆。其实，当年上海的外滩公园是允许华人进入的，只是因为许多华人缺少文明游园的习惯，存在许多不文明行为，因而租界当局做出了规定，禁止在公园内有这些不文明行为，限制不文明的游客进入。这并非专门针对华人，但因为当时有这些不文明行为的大都为华人，因而很容易被理解为专门针对华人，所以才演绎出了这块牌子的故事。许多人曾经做过考证，这块牌子其实并不存在。这说到底是一个公民素质的问题，是两种不同的文明交汇在一起时发生的摩擦和碰撞。不得不承认我们当时确实有这方面的问题，其实就是现在不少游客在公园里也还有这些不文明行为呢。

再譬如，外国人在我们国家犯法了，要由他们设在租界的司法机构依据他们自己的法律进行审判，享有治外法权。这当然是对一个国家主权的严重侵犯，成为我们民族的一个巨大伤痛，也一直为人们所诟病。但我们在这一问题上也不能过于情绪化，必须冷静下来思考这一问题的由来。西方列强当初提出要求享有治外法权时，也并不认为这是可以一直享有的特权，只是因为当时我们还实行一种十分落后的司法制度，还存在许多极不人道的肉刑，根本不知现代法律制度为何物，他们为了保护自己的公民，就要求得到治外法权，同时也承诺当我们经过司法改革，建立起与国际接轨的现代法律制度时，就取消治外法权。从这个意义上说，治外法权的存在也促使我们对落后的司法制度进行改革。在清末新政中，司法制席改革取得了重大进展，确立了司法独立、审判公开、罪刑法定、罪刑相适应和无罪推定等重大法律原则，并废除了一些极不人道的肉刑。民国时期，我们的司法制度改革继续向前推进，同时经过大力争取，终于在 1943 年废除了治外法权。

那个屈辱的时代早已过去了，我们已经是一个主权独立的国家，并且日益发展壮大起来，按理说我们可以正常地与外国人相处，可以不在这个问题上纠结了。然而在现实生活中，我们仍然被这一问题困扰着。

　　在这次疫情期间，上海因为对一个"洋女婿"在防疫方面实行特殊的待遇，在社会上引发了巨大争议，一时间关于外国人在我们国家享受超国民待遇的问题再次牵动人们的神经。在所有人都要密切配合政府实行严格的防控措施，众志成城抗击疫情的非常时期，一些老外可以不遵守防疫的规定，享受特殊的待遇，岂非太不合理了？这种批评的声浪也自有一定的道理。

　　我们政府制订的这些防疫措施，是针对所有生活在我们国家的人。老外到了我们国家，理所应当遵守我们的法律法规，而不能搞特权，不能再享受以前的那种治外法权了。即使在他们眼里，我们的一些防控措施有不尽合理的地方，他们也应当遵守，我们对那些拒不配合的老外执行强制措施是不成问题的。就像一个法律倘若不合理，必须通过法定的程序进行修改，但在修改过来之前又不能不遵守它。同时，老外也不能因为他们观念和习惯跟我们不一样，就可以不遵守我们的有关规定。我们的一些做法的确有我们的特色，但他们必须入乡随俗，适应我们这里的特色。他们来到我们的国家，就要了解和尊重我们的习俗，就像我们去他们国家一样。

　　同时，我们也要冷静地想一想，我们对老外的一些照顾也不能简单地理解为一种超国民待遇。他们也许初来乍到，对我们的一些习俗无法了解得很清楚，因而未必就能很快适应。其实，我们去别的国家又何尝不是如此呢？因此，当与老外出现一些摩擦时，我们要是有办法多做一些沟通，甚至做一些变通处理，而不是那么机械地执行规定，像上海这次最后让那个洋女婿居家隔离，而不是在指定的酒店隔离，只要他有真正做到了隔离，也不是不可以接受的。有时通过这样的变通处理，我们还可以从中学到人家的一些有益做法，使我们的工作得到更好的改进。人类正是在相处的过程中互相取长补短而不断走向进步的，我们不妨把眼光放远一些，做到大度一些。

对于老外，我们多给他们一些方便也是不过分的，这是一种基本的待客之道——我们对待客人总要更周到一些，更客气一些，更宽容一些才对。其实我们自己出国后就会知道，人家也是这样对待我们的，不能说这是一种超国民待遇。我们有插队、闯红灯、大声喧哗等各种不文明行为，人家对此也是清楚的，也知道这些长期形成的习惯不是一时半会儿就能改过来的，所以并没有因此而排斥我们，而是更多地予以宽容。不同的文化在一起必然会引起摩擦和碰撞，双方在相处过程中要学会互相适应，老外在我们这里要入乡随俗，我们对他们也要懂得宽以待人。

随着世界越来越一体化，国际交往越来越密切，人员往来越来越频繁，我们还要逐渐学会遵守国际上的一些共同交往规则，我们对待外国人既要坚持按照我们的法律法规来处理，又要尽量符合国际上的一些共同交往规则。这样我们与外国人打交道时就会顺畅许多，同时对我们自己也有很大帮助，可以更好地改革我们的一些规章制度，即所谓以开放促改革的道理。只要主权在我，我们主动如此，又有何不可？

当然，我们对待外国人也的确存在一些超国民待遇。譬如，有些大学为了成为所谓国际化的大学，而一味地招收留学生，不断降低录取的门槛，使一些根本就不合格的留学生也进来了，甚至还要给他们找一个异性学生进行陪读，这显然就过头了，这种超国民待遇的确要不得。还有，我们的执法机关有时对一些外国人的违法行为未能严格地进行执法。其实，那些行为根本就不是不同习惯的问题，而是简单的违法问题，无论在哪个国家都是这样，都要予以制裁，否则就没有公平正义可言，也无法维持基本的社会秩序。

走笔至此，不由得想起了鲁迅先生的一段话："中国人对于异族，历来只有两样称呼：一样是禽兽，一样是圣上。从没有称他朋友，说他也同我们一样的。"在这全球化的时代，面对要越来越多地与外国人相处这样的现实，我们只有把他们当作朋友来对待，以一种平等、宽容的心态跟他们相处，才能少一些隔阂和冲突，多一些理解和沟通。

2020 年 6 月 19 日

你要踏入哪一行

本文要谈的是关于专业的话题，包括报考什么专业、在学校读什么专业以及在社会从事什么专业，这三者是有关联的，又是有区别的。人们报考时看中了什么专业，但还要看考得上考不上。往往有好几个志愿，最后录取哪一个，就要看你的造化了。有时自己最心仪的第一志愿上不了，甚至自己所报的志愿都上不了，却被调剂到一个完全没有料到的专业。许多人都有这样的经历，即自己想读的专业未能读成，却读了一个其他专业，但也只能一直将错就错下去。当然也不排除自己后来喜欢上了这个专业，从而真正地选择了这个专业。不管是第一志愿、第二志愿还是随机调剂的专业，在大学里读了并且毕业了，但走上社会后是否专业对口，是否学有所用，用为所学，这其中又充满了不确定性。有一部分人会对口，那些专业性强的对口会多一些，而那些专业性不强的，就很少会对口了。实际上很多人所从事的并非自己所学的专业，甚至八竿子也打不着。

中学生报考专业时，其实都是懵懵懂懂的，他们并不清楚自己真正喜欢什么，自己的特长又在哪里，一切都还在变化之中，充满了不确定性。因此，他们报考专业时大都带有很大的盲目性。同时，他们的选择很大程度上还要受到社会风气的影响，往往社会上什么专业热门，他们就争先恐后地报考这些专业。即使他们不想这样，家长也会叫他们这样。但时代是会发生变化的，一个热门的专业也许以后又会变成冷门，许多人反而会后悔当初的选择。因此，我认为大学需要根据这个特点，进行通识教育，不要把专业分得太细，主要给学生打好基础，提高他们的综合素质，拓宽他们的知识面，以后可以从事不同的工作，使他们具备很好的学习能力，以后在工作中可以不断进行学习。同时，还要允许学生换专业，让他们有"后悔权"。他们入学一段时间后，也许会发现自己其实并不适合这个专业。而且他们进入大学后得到的信息更多了，经过对不同专业的了解和比较，往往可以做出更为理性的选择。这时，大学就应当允许他们重新选择专业。民国时期的大学之所以造就了许多杰出人才，也与大学生可以换专业有很大关系。抗日战争期间组成的西南联合大学以自由和宽容著称，著名历史学家何兆武在那里读了七年书，一共换了四个专业，最早读土木，后来转到中文、外文，最后选择了历史，因为"二战爆发了，要学历史，了解世界的大局"。在这一过程中，他接受了不同的教育，发展了不同的兴趣，最后找到最适合自己的方向。这在后人是很难想象的，又是十分具有启发性的。

这种大学教育本来十分符合人才培养的规律，但又往往是不合时宜的。1949年后，我们要以工业建设为重点，教育要为经济建设服务，大学要以理工科为主。读这样的专业，就能分配到令人艳羡的单位，享受十分优厚的待遇，因而许多人都选择这样的专业。"学好数理化，走遍天下都不怕"，正是这个时代的真实写照。学这些专业的人很多都分配到国有企业，但改革开放后，随着国有企业日益陷入困境，他们的日子也不好过起来了，因而这些专业就变得不吃香了。而这时转入以经济建设为中心，财政经济和企业管理类的专业就变得格外吃香起来，无论进政府的经济部门，还是进外资企业，它们都是香饽饽。同时国门打开了，对外交流频繁了，外语也很吃香了，因而许多人都去报考这个专业。再后来，计算机兴起了，进入了信息时代、网络时代，无论什么部门都离不开它，因而计算机专业人才就变得十分抢手，许多人都选择了这个专业。现在大概又流行什么人工智能了。无论哪一波的潮流，人们都会趋之若鹜。这其中有合理的一面，毕竟这些专业在当时是最有发展前途的，而人都是具有经济理性，都懂得权衡利弊的。但我们同时也要理智地想一想，这些热门的专业到底适不适合自己，它们固然是十分流行的，但又不是唯一的，社会上还需要其他专业，其他领域的发展空间也是很大的。人们都削尖脑袋都往这里挤，留给自己的机会其实也是不多的，而那些看似冷门的专业或许更有发展的机会。特别这些专业倘若非自己所擅长的，亦非自己所喜欢的，就会学得不深不透。与其拿自己的劣势跟别人竞争，不如更好地发挥自己的所长。

个人如此，办学机构亦如此，什么热门，就一窝蜂地去办什么专业，而不顾自身的师资力量以及教学设施是否具备。这样就变得鱼龙混杂起来，人们要是进了那些挂羊头卖狗肉的学校，也学不到什么东西。这是一种极大的教育资源的错误配置。在一个正常的社会，应该有主流，亦有支流，人们会更多地趋向主流，但又不会忽视支流。社会在任何时期都是复杂多样的，都存在不同的分工，同时人也是复杂多样的，都各有所长，必须因材施教。只有不同的领域都各得其所，才能更好地满足社会的需要，并促进不同人才的发展。同时，也才能形成一种多元竞流的格局，彼此互相激发、互相促进，更加充满了生机和活力。能否出现这样的格局，体现了一个社会的成熟程度。

大学一开始就给学生固定了专业，而且专业还要划分得很细，似乎越这样越好就业，而那些基础性的专业就被打入了冷宫。其实片面地办这些过于精细化的专业，使学生早早就被这些狭窄的专业知识框住了，失去了更广的视野，失去了综合能力和适应能力，会极大妨碍他们的成长。这些专业似乎很好就业，但工作以后一旦需要改变专业方向，就变得十分困难了。同时，在大学里转专业也是十分困难的，需要经过复杂的手续，想转的很少能够转成，因而人们大都将就下去，这其实是十分不利于人才成长的。人们或许担心那样一来会带来管理上的成本。这种可能性是存在的，但比起人才的成长这种大事，多花一些管理上的成本只是小事而已。人们或许还担心那样一来有的专业会无人问津，而有的专业却人满为患。这种可能性也同样存在，但也大可不必过虑了。在西南联大，学生转专业是十分自由的，却未出现这种情形。恰恰相反，由于人总有不同的禀赋和兴趣，只要给人们以选择的自由，给一次选择的机会不够还要给两次、三次，最后反而会形成一个最佳的比例关系。

　　从事什么行当，往往要由自己的特长和追求决定，而这些因素并非固定不变的，更何况人生的际遇对这种选择也会产生重大的影响，因而人们所从事的行当也会发生变化。要是找到了最适合自己的行当，是自己所擅长的，也是自己感兴趣的，同时外界又提供了相应的机遇，做起来就会如鱼得水、游刃有余，充满了一种激情，又充满了一种乐趣，再苦再累都会乐在其中、乐此不疲。这最容易取得事业的成功，实现人生的价值。但我们又并非都能找到这样的人生状态，往往都是出于现实的考虑而进了一个单位，所做的并非自己所擅长的，也并非自己感兴趣的，并不能实现自己的人生价值，在精神上并不快乐。在单位里，许多人总向往着远方，世界那以大，也想去走走，但出于各种现实的考量，譬如不想失去稳定的工作，不想出去冒险，外面的世界很精彩，但也很无奈，往往都只能想想而已，最后无非得过且过，做一天和尚撞一天钟，混到退休罢了。

要找到最适合自己的行当，需要不断地进行选择。但要做到这一点，除了自己要敢于进行选择之外，社会还要创造一个让人们可以进行选择的环境。我们长期实行国家分配的人事制度，人们失去了选择的自由，国家需要你去哪里就去哪里，往往一定就是终生，所以以前提倡一种"螺丝钉"的精神。我们的工作流动性是很低的，而国外人们往往一生要换好几次工作。改革开放后，我们各方面的政策开始变得灵活起来，人们的工作流动性有所提高，但还远远不够，远未达到一个理想的状态。无论从社会效率，从人性化，还是从人的发展看，这都是十分不利的。要让社会更好地流动起来，除了需要破除体制性的障碍，即要打破国有企事业单位的铁饭碗制度，要消除不同部门之间、不同地区之间各种不合理的待遇差别，达到一种市场化的均衡，还要改变我们的一种落后观念，即官本位的观念，似乎只有当官，只有成为单位的人，才有更高的社会地位，而做别的无论怎样都低人一等。许多生意人发家致富之后也同样以自己未能进入单位为憾，因而一心想把自己的子女培养成国家的人。

许多高智商的人终生只能在沉闷的单位里庸庸碌碌的，这是一种巨大的智力资源浪费。他们中的一些人要是能够跳出来，到合适的领域进行创业，就会成为很有作为的人，这无论对个人还是对社会的发展都是十分有益的。1992 年十四大后，我们掀起了新一轮的改革开放大潮，体制内一批高学历的官员就选择了下海，后来许多人都成为著名企业家，这些人被称为"九二派"。但更多的人却跳不出这个樊笼，要改变这种状态还任重道远。

2020 年 6 月 25 日

跋

经过半年的写作，我的第二本书杀青了。这又是我到社会上后写的第一本书，人生的阅历和感悟自然不同，同时也吸取了第一本书的经验教训，希望能在原有的基础上有所提高。读高中时，我从同桌那里听到过一种转述，说人生就像一个苹果，是一个不断成熟的过程，熟透时也就从树上掉落了。这话我也是一点一点地读懂的，人生是一个不断增加阅历的过程，也是一个不断进行感悟的过程。读书和写作亦是如此，每个阶段都显示了既有的成就，也显示了既有的限度，并成为下一阶段的起点。

书写完了，正值一个罕见的暑天。炎炎夏日，我一边写作，一边打工，挥汗如雨地劳作着。无论写作还是打工，劳作都是辛苦的，但也是快乐的，既让我收获劳动的果实，也让我感到精神上的充实。

我在写作的道路上，得到过不少热心人的提携，使我的一些作品得以在刊物上发表。每次这样的机会都十

故事演绎

分难得，我十分珍惜，也十分感激！发表一些作品后，我就把更多的精力放在读书和写作上，而不是跟刊物打交道，作品写好后直接出版。但这丝毫没有降低自己对作品的要求，同时也使自己的笔下变得更加从容和自由。

2020 年 7 月 27 日

354